コロナ狂騒録
2021五輪の饗宴

海堂 尊

宝島社文庫

宝島社

Contents［目次］コロナ狂騒録 2021五輪の饗宴

【桜宮市・東城大学医学部付属病院】

田口公平（たぐち・こうへい）……不定愁訴外来担当兼新型コロナウイルス対策本部長
高階権太（たかしな・ごんた）……東城大学学長
如月翔子（きさらぎ・しょうこ）……小児科総合治療センター看護師長
若月奈緒（わかつき・なお）……黎明棟（ホスピス・コロナ軽症者病棟）師長
彦根新吾（ひこね・しんご）……房総救命救急センター病理医長
藤原真琴（ふじわら・まこと）……元看護師・喫茶「スリジエ」副店主
天馬大吉（てんま・だいきち）……元ＮＹ・マウントサイナイ大学病院病理医
冷泉深雪（れいせん・みゆき）……崇徳大学・公衆衛生学教室講師
別宮葉子（べっく・ようこ）……『時風新報』社会部副編集長、「地方紙ゲリラ連合」統領
終田千粒（ついた・せんりゅう）……「コロナ伝」作者

【浪速市・浪速梁山泊】

村雨弘毅（むらさめ・ひろき）……政策集団「梁山泊」総帥。元浪速府知事

白鳥圭輔（しらとり・けいすけ）……厚労省大臣官房秘書課付技官

喜国忠義（きくに・ただよし）……浪速大学付属疫学センター所長

菊間祥一（きくま・しょういち）……菊間総合病院院長、浪速府医師会会長

朝比奈春菜（あさひな・はるな）……菊間総合病院事務員

宗像壮史朗（むなかた・そうしろう）……日本学術会議委員。歴史家

宇賀神義治（うがじん・よしはる）……浪速大学ワクチンセンター二代目総長

鳩村誠一（はとむら・せいいち）……浪速大学ワクチンセンター開発研究局主任研究員

〈浪速白虎党〉

鵜飼昇（うかい・のぼる）……浪速府知事

皿井照明（さらい・てるあき）……浪速市長・白虎党党首

蜂須賀守（はちすか・まもる）……テレビコメンテーター。白虎党創設者

三木正隆（みき・まさたか）……「エンゼル創薬」社長・浪速大ゲノム創成治療学講座教授

【霞が関・自由保守党】

安保宰三（あぼ・さいぞう）……第九十八代内閣総理大臣

酸ヶ湯儀平（すかゆ・ぎへい）……第九十九代内閣総理大臣

煮貝厚男（にがい・あつお）……自保党幹事長

豪間太郎（ごうま・たろう）……ワクチン担当大臣

泉谷弥助（いずみや・やすけ）……首相補佐官

本田苗子（ほんだ・みつこ）……厚労省・大臣官房審議官・内閣府首相補佐官次官兼務

出山美樹（でやま・みき）……首相広報官

泥川丸代（どろかわ・まるよ）……五輪担当大臣

橋広厚子（はしびろ・あつこ）……ＪＯＣ委員長

近江俊彦（おうみ・としひこ）……政府コロナ感染症対策分科会会長・厚生労働省
新型コロナウイルス感染症対策アドバイザリーボード座長

コロナ狂騒録

2021
五輪の饗宴

1章　紅茶の美味しい喫茶店

二〇二〇年九月八日　桜宮・蓮っ葉通り・喫茶「スリジエ」

夕方五時、通常業務が終わって俺が手持ち無沙汰にしていると、扉が開いて約束の時間ぴったりに待ち人が現れた。

ロマンスグレーの小柄な老年男性は、純白の不織布マスクの下で微笑を浮かべた。

「お待たせしました。では参りましょうか、田口《たぐち》先生」

東城《とうじょう》大学医学部付属病院院長、東城大学医学部理事、理事長を経て、現在は東城大学学長になった俺の直属の上司、高階《たかしな》先生だ。

病院の玄関に黒い公用車が待っていた。俺は高階学長に続いて車に乗り込んだ。

助手席には色とりどりの薔薇《ばら》の花束が置いてある。俺はむっとした。

「それって反則です。招待状にはお祝いは御遠慮しますとあったんですから」

「私は招待されていません。たまたま藤原《ふじわら》さんが喫茶店を開店するというウワサを聞いたので、個人的な気持ちとしてお祝いを持って行くだけです」

棘《とげ》のある言い方だ。明らかに拗《す》ねている。俺は藤原さんに「永久会員券」をもらい、そこに開店の挨拶状が入っていたのだ。招待されずに子どものように拗ねている高階学長を横目でみながら、この展開はいつもよりマシだな、と思う。

いつもは学長室に呼び出され、いきなり無理難題を丸投げされたからだ。でも、いつそうなるかもしれないと、びくつく俺は車中で四方山《よもやま》話をする。

「安保《あぼ》首相が突然、政権を投げ出したのはビックリしましたね」

八月末、憲政史上最長の在位期間を達成した安保宰三《さいぞう》首相は、突然辞意を表明した。持病の潰瘍性大腸炎の悪化が理由だ。

「私は想定してました。一次政権と同じ辞め方ですから。そもそも彼は潰瘍性大腸炎だと言われていますが、医療団がその病名を公式に発表したことはないんですよ」

「つまり詐病だと？」と驚いて訊《たず》ねると、高階学長はうっすら笑う。

「まあ、政権を投げ出した無責任な政治家のことより、自由保守《じゆうほしゅ》党の総裁選が問題です。立候補者たちがテレビで論争していますが、妙だと思いませんか？」

「確かに最近は連日連夜、ワイドショーやニュース番組に党首候補が出て、自分の主張を訴えていますけど、それって必要なことなのでは？」

「我々がアレを聞いても役に立ちません。あれは自保党員選挙で、一般市民は投票できないんですから。それなら七月の都知事選や、前回の参議院選で党首討論会も同じくらい頻繁に放送すべきでした。でも政治中立を言い訳にやらず、自保党の主張だけは垂れ流す。これは自保党のメディア支配による情報コントロールなんです」

車は病院坂を下り、二十分ほどで駅近の繁華街「蓮《はす》っ葉《ぱ》通り」に入った。

商店街の入口に到着すると高階学長は「ここで結構です。ありがとう」と運転手に言い、助手席の花束を手にして車を降りた。薔薇の花束が似合う老年男性なんて、日本では稀有《けう》な存在だが、そんな粋な姿は今の蓮っ葉通りには似合わない。過疎化する地方都市の常で、昔は賑やかだった通りも、今はシャッター街になっている。

ただし街にはかすかな希望の光が差していた。店子《たなこ》が撤退し大家が家賃を下げると、尖《とが》った店が現れ、コロナ禍の下でも元気な一画が生まれた。無国籍料理、ネパール料理、ジビエ料理など多様な店に、馴染《なじ》み客が通っている。

そんな街の片隅に、われらがヒロイン・藤原さんが喫茶店を開いたのだ。

藤原さんは定年退職後、不定愁訴外来で俺の助手を務めてくれていた。だが今年五月、コロナの緊急事態宣言が解除された時、助手を辞めた。

昔の友だちと紅茶専門の喫茶店をやると言ってわずか三ヵ月で開店にこぎつけるとは、さすが藤原さんだ。実はその前にちょっとしたトラブルがあった。一年前、高階学長が病院福祉の一環で「不定愁訴喫茶」をやるように、とオーダーした。俺はその無茶ブリを藤原さんに丸投げした。藤原さんは紅茶中心の喫茶店を立ち上げようと張り切ったが、準備万端整い「愚痴喫茶」のテスト開店の段になり、企画は突然中止になった。職員の予約が殺到したのをみて、職員の隠された不満が「愚痴喫茶」に集積し暴発するのではないかと、病院上層部が怖《お》じ気づいたのだ。かくして開店前閉店という、前代未聞の事態に直面し、藤原さんの失望は大きかった。それが藤原さんが病院の助手を辞め、喫茶店を始めるきっかけになったのは間違いない。

そうだ、思い出したぞ。「愚痴喫茶」を潰された藤原さんは、高階学長を恨んでいたんだ。ハーフミラーの扉に自分の姿を映し、身だしなみを整えている高階学長は、自ら地雷原に足を踏み入れようとしていることにまだ気づいていない。

うくく。

高階学長は花束を持ち直すと、言った。

「ではいざ、新装開店の喫茶店にお邪魔しましょう」

扉を押し開けると、からん、とドアベルが鳴った。

ふわり、と紅茶の香りが漂ってくる。

煉瓦《れんが》の壁で穴蔵のような室内には、高窓から光が差し、本を読むのにちょうどいい明るさになっている。学生時代、隠れて本を読んだ物置部屋は、今は俺の根城の不定愁訴外来になっているが、その雰囲気とどこか似ている。

大きい丸テーブルに椅子が六脚置かれ、手前に小さなテーブルと椅子が向かい合わせに二脚。右手に白木のカウンターがあり、椅子が四脚、並べられている。

カウンター奥にエプロン姿の藤原さんがいた。カラフルな花柄マスクをしている。

「田口先生、ようこそ。あら、高階先生まで。まあ、素敵な薔薇。ありがとうございます。シネマのヒロインになった気分ね」

藤原さんはあっさり、高階先生から花束を受け取った。俺はあわてて言う。

「私は開店祝いを持ってきませんでした。すいません、気が利かなくて」

「お気になさらないで。田口先生は名誉会員としてご招待したんですもの。それに花束だらけになっても困りますし。友だちは一緒に準備していたんですけど、体調を崩してしまったので、とりあえずあたしが店長代理で開店することにしたんです」

俺と高階先生は窓際のテーブルに座りマスクを外す。メニューには紅茶が十種類、裏に茶菓子が五品ある。俺はアールグレイ、紅茶マスターの秘書さんがいる高階先生はシッキムという聞き慣れない品を注文した。

五分後、ティーポットとカップが運ばれてきた。小さな砂時計が添えられている。

俺は珈琲《コーヒー》党で紅茶は飲まなかったが「愚痴喫茶」が開店前閉店した時、藤原さんは憂さ晴らしで紅茶ばかり淹れた時期があり以後、紅茶も嗜《たしな》むようになった。ポットが空になると、藤原さんがお代わりと自分の紅茶ポットを持って来た。

「田口先生、あたしがいなくなって淋《さび》しいでしょ？」と言って、悪戯《いたずら》っぽく笑う。

「ええ、胸にぽっかり穴が開いたようです」と、俺は素直にうなずいた。

藤原さんが辞めて三ヵ月、やっと俺は自分で珈琲を淹れる習慣を身につけた。初めの頃は患者の診察が終わるとつい「藤原さん、珈琲を」と言ってしまったものだ。

そんな素直な答えが返ってくると思わなかったらしく、藤原さんはそわそわした。

「田口先生はお世辞が達者になったんですね。でもあたしの代わりに来た、若い看護師さんと仲良くやってらっしゃるんでしょ」

「後任はいません。東城大は慢性的な看護師不足で、不要不急の部署への人員の補充は後回しにされているんです。加えて愚痴外来の患者も減っていますし」

現場では全ての患者をコロナと見做して対応し、経済的にも労力的にも手間がかかる。コロナ患者を受け入れると外来患者が来なくなり収益も減るという悪循環だ。

最近、三船《みふね》事務長の眉間の皺《しわ》が増えたのも、そのせいだろう。

東城大はスキャンダルの巣窟《そうくつ》で、トラブルが起こる度に病院長、理事長、学長と出世魚のように肩書きを変えた高階学長が騙《だま》し騙し、運営してきたのが実情だ。

そこにコロナの負担があり、今度こそ本当にヤバそうだった。

そんなことを考えていたら、からん、とドアベルが鳴った。

「藤原さん、喫茶店の開店、おめでとうございます」

華やかに入ってきたのは、時風《ときかぜ》新報の別宮《べっく》葉子《ようこ》記者だ。彼女は半年前、コロナ患者に対応する東城大の取り組みを特集記事にした。特集は第三弾まで掲載され、東城大の声価を高めてくれた。近々また取材したい、という依頼を内々に受けていた。

「あら、田口先生。あらまあ、高階学長まで。東城大のコロナ対策本部のツートップを呼ぶなんて、さすが藤原さんは凄《すご》いですね」

「田口先生に永代会員証を差し上げる約束をしていて、高階先生はええと……」

「私は田口先生のおまけです」と高階学長が自嘲《じちょう》気味に言う。

「実は今日はスペシャル・ゲストをお連れしたんです。びっくりしますよ」

別宮記者の背後に所在なさげにつっ立っていた中年男性のマスクはブラック。上等な布地のジャケットだが袖がほつれ、ズボンの膝には小さな穴が開いている。

「『コロナ伝』の作者、終田《ついた》千粒《せんりゅう》先生です」と聞いて藤原さんは立ち上がる。

「ようこそ。お目に掛かれて光栄です。連載を読ませていただいていました」

「コロナ伝」は今年の大ベストセラーだが、書店の店頭ではほとんど見かけない。たぶんコロナ対策に右往左往する政権を強烈にこきおろした作品だったからだ。

五輪開催をめぐり都知事選直前に出版され、「五輪か都民か」という惹句《じゃっく》で話題になった。聖女なら五輪中止、魔女なら五輪断行するという予言書めいた小説だったらしい。結果、小日向《こひなた》知事は聖女ではなく魔女の顔で、五輪中止を表明せずに再選した。

熱烈ファンの藤原さんのラブコールに作家はご満悦だ。そこでやめておけばいいのに、「こちらのドクターも作家さんなんですよ」と余計なひと言を言う。

「こんなところでご同業とお目に掛かるとは奇遇だ。デビュー作は何という作品かね」

「ウェブサイトでエッセイの連載を一回書いただけなので、まだ作家とは……」

「ご謙遜を。出版不況の今日、ウエブ連載は高嶺《たかね》の花、よほどの文才がないと無理だ。因《ちな》みに連載のタイトルはなんというのかな？」

俺が口ごもり、高階学長が含み笑いをする隣で藤原さんがあっさり答える。

「『イケメン内科医の健康万歳』という連載です」

すると終田氏は、がたりと立ち上がり、椅子が後方にひっくり返った。

「帝国経済《ていこくけいざい》新聞の健康サイトの『イケメン』か。儂《わし》も連載中で、儂の看板連載に対抗する挑発的なタイトルなので、ひそかに注目していたのだ」

「『健康くそったれ』ですね。楽しく読んでます」と藤原さんが言う。

「だが一回で終わっているな。続きは書かんのか？　あの文章は天才の成せる技だ。前半と後半が乖離《かいり》していて、前半は伝統的な文学的文章だが、情緒に走りすぎて中身が薄い。後半は情緒のかけらもない粗雑な文章だが論理は確立している。別人格が憑《ひょう》依《い》したかのようで、相矛盾する文体を統合するなど常人には不可能、まさに天才技だ。その当人とお目に掛かるとはなんたる奇遇。握手させてくれたまえ」

その分析の的確さに驚いた。あの文章は前半を藤原さん、後半を厚労省の問題児が分担執筆し、俺は名義貸しの、まさしく「別人格が憑依」したものだったからだ。

「ところでおぬしは、創作は書かないのか？」

「私など小石のような才能のかけらを磨くので精一杯でして」と、気取って文学めいた謙遜をしたのがいけなかった。途端に終田氏が食いついてきた。

「それはいかん。物書きは創作を書いて初めて作家と呼べるのだ。あのような特異な才能の持ち主は、創作にチャレンジすべきだ。ちょうどいい。儂に来た依頼をおぬしに譲って進ぜよう。うん、それがいい、そうしよう」

「いや、私はエッセイを一本書いただけですので、先生の代役などとても……」

「遠慮するな。後輩を育成するのは先達の任務だ。依頼するのはショートショートで、枚数は原稿用紙一枚以上、五枚以下だ。それくらいなら書けそうだろ？　お、今、やれそうだと思ったな？　よし。担当者に連絡しておく。因みにお題は『怖い話』、つまり怪談だ。速筆の儂であればこんな依頼、サラのラーで一息なのだが、これから世紀の大作に取りかからなければならん。儂の名代、しかと頼んだぞ」

その言葉を聞いて別宮記者が言う。

「新しいお仕事の依頼があるのは結構ですが、その前に『続・コロナ伝』を書いてくださいね。今年前半のコロナと政府の動きをまとめたレポートをお届けしますので」

「お、おう」と生返事した終田氏は一瞬、視線を左右に彷徨わせた。それから壁の掛け時計を見上げて言う。

「お、もうこんな時間か。今夜は某所で寄り合いがあるので、これにて失礼する」

そう言い残すと終田氏は、つむじ風のように姿を消した。気がつくと俺の手元には、人生初の創作作品の執筆依頼という無理難題が残されていた。

隣で高階学長が、くすくす笑う。

「本当に田口先生は、災難を呼び込む体質ですねえ」

俺は、自分が招いた事態に愕然《がくぜん》としながら、冷めた紅茶をすする。今回は珍しく、高階学長からの丸投げ案件の依頼がなかったのに、なんたることだ。俺のバカ。

歓談していると別宮記者が、日を改めて開店パーティをしませんか、と提案した。

「サプライズ・ゲストをお連れしようと思ったんですけど先方の都合がつかなかったんです。十日後の夕方六時にここに集合ということにしましょう」

別宮記者が強引に日時を指定し、その日は散会となった。喫茶「スリジエ」の名誉特別会員第二号に公認された高階学長は、無料会員証を手にして機嫌が直った。

ちなみに今回、俺の作家キャリアの道を拓いてくれた終田千粒氏は、ダジャレ川柳をツイートしたらバズり、それにあやかり「ついた・せんりゅう（ツイッター川柳）」という当て字をペンネームにしたと藤原さんから聞き、思い切り脱力したのだった。

2章　怪談談義

二〇二〇年九月十八日　桜宮・蓮っ葉通り・喫茶「スリジエ」

十日後の夕方、俺と高階学長は、喫茶「スリジエ」を再訪した。

今回は移動にタクシーを使った。最近、公用車の使い方を見直したらしい。車中の話題は、二日前に酸ヶ湯《すかゆ》前官房長官が、第九十九代総理大臣に就任したことだった。

「頭をすげ替えただけで、閣僚の顔ぶれも政策の中身も変わらないのに、支持率が三割ぎりぎりから七割オーバーに跳ね上がるなんて、おかしいと思いませんか」

「おっしゃる通りですけど、それが日本人のご祝儀的な気持ちなんじゃないんですか」

「そんなことだから、政治家が責任を取らなくなるんです。安保前首相も酸ヶ湯首相も、『責任を痛感する』がお得意のフレーズです。痛感しても『責任を取らない』のだからいい気なものです。医療事故を起こした医者が同じことを言ったら、メディアは袋だたきします。でもメディアは政府に大甘です。だから政府が増長するんです」

「そういえば二、三ヵ月前、政府ベッタリで有名な大手テレビ局と、連動する新聞社が、内閣支持率のアンケートの数字をでっち上げて、内閣支持率が十パーセントくらい上乗せされていたということが、スクープされていましたね」

「あれは画期的な暴露でした。今、その二社は世論調査のアンケートを自粛中ですが、本来ならメディア界では二度と支持率調査をしてはならない、永久追放処分に該当しますからね。安保前政権の支持率が三割あるか、二割しかないかで印象はがらりと変わりますからね。それと開示の不要な、官房機密費という得体の知れない巨額予算があって、そこから内閣支持率をアップさせるため、費用を出しているというウワサもあります。ですからもはやあんな数字は何の意味もないんです」

高階学長は辛辣《しんらつ》なことを、怒るでもなく淡々と言った。車は蓮っ葉通りに入る。

「スリジエ」に着くと、別宮さんは同行者の都合で三十分遅れるという。

大きな丸テーブルを取り巻いて椅子を配置し、中央には先日、高階学長が持参した薔薇の花束が飾られていた。藤原さんと四方山話をしていると、喫茶店の名前の由来が話題になった。なぜかわからないが、高階学長はフランス語で「桜」を意味する店の名前に、引っかかりを感じているらしい。

「こんなところで、スリジエという言葉を突きつけられるとは思いませんでした。長く生きていると、思わぬ目に遭うものです」

「まあ、この名前にすれば魔除《まよ》けになるかな、なんて思って」

藤原さんが含み笑いをする。

「ずいぶんな言われようですね。私は魔物ですか」

「冗談ですよ。あの件はあたしも共犯ですから。追悼と追慕の気持ちです」

藤原さんの意味ありげな微笑に、高階学長は黙り込んでしまう。

だが切羽詰まっていた俺は、二人の会話に強引に割り込んだ。

「依頼された『怖い話』のショートショートが書けなくて困っているんです。健康サイトのエッセイみたいに、ちゃちゃっと代筆してくれませんか、藤原さん」

「あたしは文学的な香りが漂う文章を書けるだけで、物語は書けないそうなので無理ね。そこはイケメン内科医作家の田口先生が頑張らないと」

藤原さんが冷たく突き放した。先週の終田氏の寸評を根に持っているようだ。

参ったなあ、と思っていると、ドアベルが、からんころん、と鳴った。

別宮さんかな、と思って見ると、男性がせかせかと店に入ってきた。

彼は、右手をしゅたっと上げ、にこやかに言った。

「ハロー、エブリバディ」

俺と高階学長は、固まった。

「な、な、なんであんたが、こんなところに来るんですか」

俺にとっての、いや、全世界的に全方位的に関係諸団体にとっての疫病神、厚生労働省の異形官僚、白鳥圭輔《しらとりけいすけ》技官だ。真夏の青空のような背広に、亜熱帯の果実のように鮮やかなマンダリンイエローのシャツ、そして炎のような真っ赤なネクタイ。

そのネクタイの上に、打ち上げ花火のように真っ赤なマスクを重ねている。

見ればそれは、今爆発的大流行の人気アニメ「仏滅《ぶつめつ》の剣《つるぎ》」の「炎」のロゴ入りだ。

真っ赤なマスクを外しながら、俺の前に座った白鳥技官は、滔々《とうとう》と喋《しゃべ》り始める。

「『なんであんたがこんなところに』とは、ご挨拶だね、田口センセ。それって師匠に対する言葉遣いじゃないよ。ちょっと見ないと、すぐに初心を忘れるのが、田口センセのいけないところだよ。それにしても相変わらず無駄な質問をするよね。僕がここにいるのは、開店パーティに招かれたからに決まっているでしょ」

白鳥技官が背中に回していた手を前に回すと、色とりどりの薔薇の花束が現れた。

「開店おめでとうございます。藤原さんが淹れる珈琲を無料で飲めなくなったのは痛いけど、有料で紅茶を飲めるならギリセーフかな」

高階学長は顔をしかめた。自分と同じ対応を見て、気障《きざ》さ加減を突きつけられたからだろう。続いてドアベルが鳴り、今度こそ別宮さんかと思ったらまたも外れだ。

銀縁眼鏡にヘッドホンをした男性のマスクはグリーンで双葉のロゴ。

学生時代の悪友で、俺と雀荘すずめに入り浸った「すずめ四天王」彦根《ひこね》新吾《しんご》だ。

房総《ぼうそう》救命救急センターに属しているが、限りなくフリーに近い病理医をしている。

なんでこう次々と俺の疫病神たちが集結するのだろう。ここは魔界か。

彦根がマスクを外しながら言う。

「店の外で別宮さんを待っていたんですが、白鳥さんが好き勝手なことを言っているのが聞こえたので、真相を説明しなきゃ、と思って。今回は僕に来た別宮さんのお誘いメールをたまたま白鳥さんが目撃して、自分も行くと言い出したんです」

「藤原さんは、多忙な僕に忖度《そんたく》して招待しなかったんだと察したから、こうして自ら足を運んだんだよ」と白鳥技官は胸を張る。

「別にあたしは白鳥さんをお誘いするなんて気持ちは、これっぽっちも……」

藤原さんがそう言いかけると、皆まで言わせず白鳥技官が続けざまに言う。

「それに彦根センセへの招待状には、同伴者三名までOKと書いてあったでしょ」

「そうでしたっけ」と彦根は怪訝《けげん》そうに言い、スマホでメールチェックをしようとした。そんな彦根を押しとどめ、白鳥技官は彦根を席に座らせる。

「まあまあ、そんな細かいことはどうだっていいじゃない。気の利かない彦根センセの代わりに、こうしてお祝いの花束を持ってきたんだし」

「お祝いは遠慮しますと、メールに書いてあったので」

彦根と白鳥のやりとりは十日前のデジャブで、俺と高階学長は顔をしかめた。

「あ、僕と同じようにセンスのいいお客さんがいるみたいだね。この店の客筋はよさげだね」

白鳥がテーブルの上の花を見て言うと、藤原さんが「それはね」と言いかけた。

それを遮るように高階学長が言う。

「そうだ、田口先生は白鳥さんにお願いしたいことがあったのではありませんか？ほら、怪談のショートショートを書かなくちゃいけないんでしょう？」

おお、そうだった。疫病神のいきなりの登場で、すっかり忘れていた。

俺は高階学長のナイス・アシストに乗って、これまでの経緯を説明した。

「というわけで、突然執筆依頼をいただいてしまって。できれば例のエッセイの調子で原稿用紙一枚のショートショートを書いてくれませんか」

すると白鳥は速攻で拒否した。

「僕にはムリだね。お題が悪すぎる。『怖い話』って『怖いこと』がなければ書けないけど僕って、怖い物知らずだから」

自分で言うか、と思いつつ、その答えに納得させられる。白鳥は滔々と続ける。

「田口センセって、創作ってものを全然わかってないみたいだね。ショートショートは短いから楽チンだなんて思ったら大間違いだよ、むしろすごく大変で、とっても効率の悪いジャンルなんだよ」

「でも千枚の大河小説より、一枚のショートショートの方が楽なのは確かでしょう」

俺は、俺を勝手に作家デビューさせた産みの親に反駁《はんばく》する。すると白鳥技官は人差し指を立て、「ちっちっち」と言いながら左右に振った。

「冗談ポイ、創作で大変なのは『起承転結』の『起』と『結』なんだ。物語をこしらえるってのは飛行機の操縦みたいなもので、そうすると作家はパイロットさ。離陸と着陸は大変だけど、飛行中はキャビン・アテンダントさんといちゃついていても問題ない。だから長編作家は横着者で、ショートショート作家はものすごく勤勉なんだよ。ショートショートを量産した星新一《ほししんいち》先生なんて、タッチ＆ゴーを繰り返したようなものだから、日本で一番才能がある作家さんだよ」

「私は星さんは読んだことがなくて」

「へえ、じゃあ田口センセは、誰のファンなの？」

「筒井康隆《つついやすたか》先生です。学生時代はほぼ全作読みました。断筆宣言されたのが残念です」

「ああ、『てんかん』の描写を巡るトラブルで表現の自由について『てんかん協会』と揉《も》めた時だよね。でも、数年後に断筆宣言を撤回して、また書き始めたじゃない」

「そうだったんですか。それは知らなかったです」

「そんなことを知らないなんて、弟子としていかがなものかな」

「私は筒井先生に弟子入りなんてしてません。ただの一ファンです」

俺の言葉なんて聞いちゃいない白鳥は、滔々と続けた。

「筒井さんはショートショートから長編までなんでもござれ、オールマイティの大天才さ。シェークスピアが文学の土台を作り、アガサ・クリスティがミステリの設定を作り、筒井さんから現代日本文学が派生した。そんな筒井さんの弟子がたった一枚のショートショートに苦吟《くぎん》しているなんて恥ずかしいよ。しかし終田さんもトッポいなあ。ショートショートは短い割に労力は長編と同様で、原稿料は長編の百分の一。そんな割の悪い仕事を後輩に押しつけるなんてさあ」

だから弟子じゃないんだってば、と思いつつ俺は、怒濤《どとう》の白鳥の暴露に愕然とする。

そうだったのか。おのれ、終田め。

すると隣で俺たちの会話を傍受していた彦根が、助け船を出してくれた。

「叱るだけでは、その子は育ちません。こういう時はどうしたら書けるようになるか、一緒に考えてあげましょうよ。『怖い話』を書くためには、自分の怖いものを思い出して物語に膨らませればいいんです。田口先生の怖いものってなんですか?」

「改めて言われてみると、俺は怖いものはあまりないかもしれない」

「さすがわが弟子、師匠の僕と同じ体質だね」と白鳥技官が手を叩《たた》いた。

俺は目眩がした。隣で高階学長が、にんまり笑っている。

俺が「怖い物知らず」になったのは高階学長や白鳥技官のせいだ。丸投げ案件の回避や解決に全力を傾注していたら、恐怖心を感じるヒマなどなくなっていた。

そうか、恐怖とはゆとりの賜物《たまもの》だったのか、と妙に納得してしまう。

「それなら田口先生は、子どもの頃は、何が怖かったですか?」と彦根が更に言う。

少し考えて俺は「『家庭の医学』かな」と答えた。

一家に一冊あった、常備薬のようなその本は子どもの頃の愛読書だった。といっても好んで読んだわけではなく、おどろおどろしく書かれた赤痢《せきり》、天然痘《てんねんとう》、ジフテリア、百日咳《ぜき》などの病状の記載から目が離せず、つい何度も読み返してしまった。梅雨空の薄暗い部屋で読んだ湿った感覚こそ、俺の恐怖の原点だろう。すると白鳥が言う。

「その感覚はお医者さんになった今はないだろうけど、物語を書くヒントにはなるね。つまり恐怖の裏には無知があるのさ。彦根は怪談の『霊魂』なんて信じないだろ？」

「当たり前ですよ。病理医は深夜に呼び出されて、ひとりで腑分《ふわ》けをするんですよ。霊を信じていたらできませんよ」

話がおかしな方向に向かっているので、俺はあわてて言った。

「あの、それで、一体どうすればショートショートが書けるようになるんでしょうか」

一同は沈黙した。あっさり結論を出したのは白鳥だった。

「作品を書くのは作家の仕事だから、自分でなんとかすべきだね」

白鳥に突き放された俺を慰めるように、彦根が言う。

「要は無知な輩《やから》に仮託して恐怖心を煽《あお》ればいいんです。『これは人から聞いた話である』という、定番の枕を使えるように、田口先生のために、みんなで怖いネタを出し合いましょうよ」

「それは無駄だよ。医療関係者は死に対してはあまり恐怖心がないし、言い伝えの類いは理屈で判断してしまうからね」と白鳥が言うと藤原さんは首を横に振った。

「そんなことないですよ。高階先生なんてゴキブリが怖いそうですから」

「藤原さん、それは口外しない約束だったのでは……」

「あれは先生が東城大に赴任された頃の密約ですから、とっくに有効期限切れですよ。で結局、どうしてゴキブリが怖くなってしまったんでしたっけ？」

「なになに、それってどういうこと？　興味津々だなあ」と前のめりでかぶりついてきた白鳥を見て、高階先生は諦め顔になって告白する。

「幼い頃、窓から飛んできたゴキブリが、私の足から身体に這《は》い上がって、首筋に抜けて行ったことがあって、それがトラウマになっているんです」

その場にいた人たちは一斉に、ぶるりと震えた。その恐怖体験は一瞬で共有されたようだ。白鳥だけがきょとんとしている。

「なんでそれが怖いの？　ゴキブリって可愛《かわい》いのに。あれはコオロギの遠縁だから、鈴虫を愛《め》でる日本人ならゴキブリを愛でたっていいはずだよ」

白鳥と初対面の時、俺はヤツをゴキブリに喩《たと》えたことを思い出す。

高階学長が白鳥が苦手な理由を今、俺はようやく納得した。

「そういう藤原さんは、何が怖いんですか」と高階学長が逆に質問する。

「そうですねえ、あたしはヒトが怖いかな。何をしでかすか、わからないんですもの」

「地雷原」と呼ばれた女傑にしては、しおらしいことを言う。

てか、あんたこそ、何をしでかすかわからない、恐怖の大王なんですけど。

「つまりゴキブリのような人間が、無限に増殖し世界に満ちあふれ、めいめいが勝手なことをしでかし始める、というのが怖い話の筋書きですね」と彦根がまとめる。

それを聞いた人々は一斉に顔をしかめた。大勢の白鳥が満員電車にぎゅうぎゅう詰めになり、ひとりひとりが理屈っぽいことを言い立てながら、他のどの白鳥も、お互いの言うことを全く聞いていない、という光景が脳裏に浮かんだ。

なんという地獄絵図。背筋も凍りつくような、おぞましいホラーだ。

そんなもの、俺の筆では書けない。いや、書きたくない。

「それはやめておこう」と言った俺に、異論を唱える者はいなかった。

だが、これはありがたいアドバイスだった。つまり自分の恐怖心の原点をたどればいい。そんな原初的な感情を凝縮したのが、日本昔話や言い伝えなのだろう。

とりあえず話題が落ち着いたところに、ドアベルが、からんころん、と鳴った。

そこに現れたのは今度こそ、この会の提案者の別宮葉子だった。

そして彼女の後ろに、一組の男女が立っていた。

「お久しぶりです」と言って白い不織布マスクを外した二人の顔を見て、俺は一瞬、タイムスリップしたのかと思った。

そこに佇んでいたカップルは、かつて東城大最大の危機の時の協力者、ラッキー・ペガサスこと天馬大吉《てんまだいきち》とその相棒、ツイン・シニョンの冷泉深雪《れいせんみゆき》だった。

十年前、留年を繰り返した劣等生の天馬大吉は、桜宮《さくらのみや》Aiセンター倒壊事件の時、母校を守るため奔走してくれた。

その後、大学を無事卒業し、医師国家試験に合格したところまでは知っていたが、以後の消息はふっつり途絶えていたのだった。

3章　NY帰りのラッキー・ペガサス

二〇二〇年九月十八日　桜宮・蓮っ葉通り・喫茶「スリジエ」

「天馬君とは八年ぶりだね。今まで、どこで何をしていたんだい？」と俺は尋ねた。

三十代半ばの天馬君は、胸に丸い大学のロゴが入った、オレンジ色のウインドブレーカーにブルージーンズという軽装で、二十代と言っても通りそうだ。

「五年前に渡米して、ニューヨークのマウントサイナイ大学に在籍し病理医になりました。セントラルパークの真向かいにあって立地は最高で研究も盛んでした。僕は教室で癌《がん》遺伝子の解析を課題にしてたんです」

なるほど、NY帰りなら服装も納得できる。俺はボストンにしか行ったことはないが、東海岸だから雰囲気は似ているはずだ。

「春先からコロナ流行でNYは戦場で、人種差別主義者《レイシスト》トランペット大統領の煽動《せんどう》でアジア系住民に対し暴力行為が続発したので、身の危険を感じて帰国したんです」

「眉のところの真新しい傷は、襲われた時のものかい？」

「そうです」と言って、天馬は傷を指先でなぞる。最近、ニューヨークでアジア系の住民が襲撃され、死者も出たというニュースをテレビで見たことを思い出す。

「全然音沙汰がなかったのにこの前、突然メールを寄越したと思ったら先月、帰国したって言うんですもの。もうびっくりしちゃって」と別宮が憮然《ぶぜん》として言う。

「それで別宮さんから、日本の病理医の就職口について天馬君にアドバイスしてほしい、と連絡があり、スリジエの開店祝いと天馬君の帰国祝いを一緒にやったらどうですか、と提案したんです。白鳥さんに嗅ぎつけられたのは痛恨の極みでしたが」

「『痛恨の極み』って、なんて言い草だよ。まあ、天馬君が病理医なら彦根センセに相談するのは悪くないケド。でもどうして冷泉さんまで一緒に来たのかな。ひょっとして、二人はお付き合いしているの？」

「まさか、全然違いますよ。天馬君にメールしたら勝手について来ちゃったんです」と、なぜか別宮記者が憤然とした口調で言う。すると、冷泉さんは頬を膨らませた。

「この帰国祝賀宴会に私が参加するのは当然です。NYの頃から天馬先輩とメールで連絡を取り合い、今回の帰国も私が勧めたんですから。二ヵ月後トランペットが大統領に再選したら、外国人排斥に拍車が掛かるに決まってます。そうなったら日本人は、今よりもっと激しい攻撃の的になりますから」

「トランペット大統領は新型コロナを『武漢《ぶかん》ウイルス』と呼びアジア蔑視丸出しですから、冷泉の忠告は胸に響きました」と天馬君はうなずいた。

冷泉さんは「ほらね」と言って、得意げな顔になる。

下馬評ではトランペット大統領の再選は危ぶまれていた。だがそうなったらなったで彼が何をしでかすか、という恐怖心がある。日本でもネトウヨ界隈にトランペット大統領の熱烈な信奉者がいて、彼の勝利を微塵《みじん》も疑っていない。だがトランペット大統領のペットだった安保宰三首相は幸い、先月末に政権を投げ出していた。

「冷泉さんは今は、どうしているの？」と白鳥技官が訊ねる。

「崇徳《すとく》大の公衆衛生学教室の講師で、『原発事故後の放射線の海洋における影響調査』が研究テーマで、スキューバで海の生物を観察しながら研究してます」

「公衆衛生学を選んだのは、学生時代の実習の影響かい？」と彦根が訊ねる。

「ええ、彦根先生のご紹介で浪速《なにわ》大に見学に行ったのがきっかけです。天馬先輩が病理医になったのも、彦根先生の影響らしいですよ」

天馬君は「それはちょっと違うんだけど」と、もごもご言う。

それを聞いた白鳥技官が、ぶつぶつ独り言を言う。

「崇徳大の公衆衛生学教室には、誰か知り合いがいた気がするけど思い出せないな。なんかものすごい負のパワーを感じるんだけど」

俺は改めてこの珍妙な祝宴について考える。この会は招待客とオマケのペアによる代物だ。藤原さんの喫茶店の開業祝いに俺が招かれた。高階学長がくっついてきたのは煙ったいけれど仕方ない。別宮記者が、幼なじみの天馬君の帰国パーティをくっつけたのも文句はないし、冷泉さんの同伴は俺の関知するところではない。

別宮記者が天馬君の就職斡旋のため彦根に声を掛けたのはナチュラルだ。

問題はそこに白鳥技官がへばりついてきたことか、と俺は問題の本質を理解した。

「さすがラッキー・ペガサス、このタイミングでなければこんな大人数の宴会は開けなかったよ」とは確かに白鳥の言う通り。この宴会は七名の大人数で、衛生学的な観点からは非難される。だが酸ヶ湯新政権は旅行業者のため「GoToトラベル」を、飲食業者のため「GoToイート」なる経済振興策を強引に打ち出した。

それは第2波を無視した蛮行で、緊急事態宣言時の緊張感は緩みきっていた。

「今年前半のNYの状況は、かなり酷《ひど》かったらしいね」

彦根がさらりと話題を戻すと、天馬は眉の傷を撫《な》でながらうなずく。

「ええ、大変でしたが行政のコロナ対応は素早かったです。トランペットはコロナはただの風邪だと言うダメダメですが、ファウル所長がいたのが救いでした。一九八四年から米国立アレルギー感染症研究所（NIAID）所長を務め、六代にわたる大統領に物を申してきた重鎮で、国民の支持も高いから、トランペットも無下にできなかったんです。早々に新型コロナ・パンデミックに対応する、ホワイトハウス・コロナウイルス・タスクフォースの主要メンバーになったファウル所長の言葉を、NY州知事が積極的に採用したので、NYのコロナ対策は万全でした」

「そういう背景があったんだね」と彦根が言うと、うなずいて天馬は続けた。

「NYは迅速でした。三月一日、新型コロナ感染患者第一号が発見されると、州知事は緊急対策として医療関係者の人員と器材確保のため四千万ドルの歳出法案に署名し、州内で毎日一千人分のPCR検査ができるようにしたんです」

「日本と真逆の対応だね。日本では厚労省と政府がPCR検査を抑制したんだよ」

「その話は冷泉から聞きました。日本は何をしているんだろうって呆《あき》れてました」

冷泉さんがスマホの画面を見ながらNYの状況を説明した。

「米国の公衆衛生学的な状況をフォローした天馬先輩からのメールをまとめました。三月五日にワシントンで五人の患者が発生すると緊急事態宣言が出て、トランペット大統領が八十三億ドルの巨額の新型コロナウイルス対策予算法に署名しました。でもニューヨーク・タイムスは社説で『中国の感染対策は大袈裟《おおげさ》だ』と貶《けな》しました。三月十日にWHOがパンデミック宣言を出し、NY州で百七十三人の感染が確認された頃、韓国は一日二万件のPCRを実施し自己隔離で医療崩壊を防ぎました。なのに日本では韓国がPCR大規模実施のせいで医療崩壊したと、嘘《うそ》っぱち報道をしたんです」

「日本では、今もPCR抑制論者が幅を利かせているんだ。日本のコロナ対策本部には、本田《ほんだ》審議官という痴《し》れ者がおってだな」と、白鳥技官が昔語りの口調で呟《つぶや》く。

天馬君は冷泉さんの説明を引き取り、続けた。

「三月十三日に国家非常事態宣言が出てブロードウェイのミュージカルも国連本部の見学ツアーも停止しました。街角に消毒薬が置かれ買いだめで食品棚は空っぽ。NYタイムスは『検査と制限は早いほど有効だ』と一週間前と正反対の記事を出しました。市当局は全企業百パーセント自宅待機を出しセントラルパークに人道支援団体が野戦病院を設置し、ERも野戦病院で大量の遺体を保存する大型保冷トラックが病棟に横付けされ、『これは医療の敗北だ』と気丈なナンシーが泣きじゃくっていました」

「ナンシーって、誰なんですか」と冷泉さんの口調がいきなり尖《とが》った。

天馬君はしどろもどろで言う。

「ええと、マウントサイナイ病院のERの女医で、研究の検体提供に協力してもらったんだ。バリバリの救命救急医のナンシーは毎日、人工呼吸器の調達で走り回った。救急の専門家が物資の調達に対応しなければならないほど、現場は混乱していた。ナンシーは、本来一回で使い捨てるN95マスクを、丸一日装着し続けた。いつ在庫が枯渇するか、わからないからだ。あれは強く装着されるから耳が切れてしまうんだ」

「ふうん、天馬君は、ナンシーさんとかいう女医さんの耳たぶに見とれていたわけね」

別宮さんの冷ややかな口調に、「いや、切れそうだったのは耳たぶではなくて、耳のつけねだったんだけど」ともごもご言った天馬君は、睨《にら》まれて怯《おび》えた目になる。

「ゾーニングはどうしていたの？」と話題を逸らすように彦根が訊ねる。

「発熱や咳の患者は隔離しましたが、熱はないけど胸部痛を訴える患者が大勢いて、CT撮影したら酷い肺炎像を呈していました。新型コロナは症状が多彩だけど怖いのは密《ひそ》やかに間質性肺炎が忍び寄ってきて、呼吸不全に陥ってしまうことですね」

この春、東城大に一時帰還した速水《はやみ》は不顕性感染だった。北海道の感染者は多いが、速水は獅子《しし》奮迅《ふんじん》の働きをしているようだ。東城大の次世代の人材の天馬君は続ける。

「NYでは、基礎疾患も喫煙歴もない健康な三十代から五十代が重症化し、米海軍の病院船が派遣され全米オープンの会場に野戦病院を設置し、陸軍は千床の野戦病院テントを設置しました。医療従事者はエクスポーズ（暴露）しても、熱や咳がなければ働き続けました。ナンシーは同僚に迷惑を掛けたくないと言って泣きました。ERはコロナ感染者で溢《あふ》れ、行き場のない遺体を集団埋葬したりと異常事態でした。そんな風に医学的に冷静な対処をしているのに、コロナは消毒薬を注射すればいい、なんてトンデモ情報を発信し支持者を死なせたトランペット大統領の支持率が未だに高いんです。トランペットは国民を分断し、支配力を高めようとしています。メキシコとの国境に壁を作るという宣言は、南部経済はメキシコ移民の安い労働力なしでは成立しないし、米国独立戦争時代から人的交流も続いているので、できっこないのにお構いなしで、心ある人たちは呆れています。警官の黒人射殺事件が契機で起こったブラック・ライブズ・マター（BLM）も、レイシストのトランペットへの反発が表に出たものです。本当はNYに残りたかったんですけど、あれ以上留まるのは危険でした」

天馬君がTシャツの裾をめくり上げると、そこには胸部から腹部にかけて、抜糸したての生々しい大きな傷があった。

「病院へ向かう途中、ゴロツキに襲われたんです。幸い同僚が通りかかりそいつらは逃げたんですが、危うく命を落とすところでした。傷の手当をしてくれたエマに、テンマは日本に帰った方がいい、と泣きながら説得されたので、決心したんです」

「え？　天馬先輩は、私の勧めで帰国したんじゃなかったんですか？」

途端に冷泉さんが反応すると、別宮記者も厳しい指摘をする。

「エマって誰？　胸部の外傷ならさっきのERの女医さんが治療するんじゃない？」

「女医はナンシーさんです」とすかさず冷泉さんが補足する。

天馬君はしどろもどろになって、言う。

「う、あ、いや、エマは救急外来のナースで、もちろん帰国を決めた一番の理由は冷泉のアドバイスのおかげで……」

そう言えばコイツは昔から女難の相があったっけ、と思い出す。

桜宮すみれとも昔、ややこしいことになっていた記憶がある。

「復帰に当たり、母校の東城大に戻るという選択肢はなかったんですか」

高階学長がしれっと尋ねると、天馬君は逡巡《しゅんじゅん》せずに答える。

「ええ。東城大の基礎系教室は、評判がよくなかったので」

東城大にとって病理部門は鬼門だ。病理学教室のエースだった鳴海《なるみ》准教授の退任後、しばらく牛崎《うしざき》講師が頑張っていたが不祥事で病理検査室は閉鎖され、その後ブランチの外注になった。天馬君は東城大OBだが、東城大の仇敵《きゅうてき》の碧翠院《へきすいいん》桜宮病院にシンパシーを感じているので、心情的にアンチ東城大だ。高階学長はそんな背後事情をご存じの上でさらりと尋ねるのだから恐れ入る。さすが、腹黒ダヌキ。

それにしても天馬君が病理医になったのは感慨深い。彼は碧翠院の因縁の継承者だ。桜宮病院は桜宮市の解剖を一手に引き受け、桜宮の闇を担当してきた。だから病理医になるのは碧翠院の直系の選択だ。

一方、別宮記者が彦根を紹介したのもその一択だ。別宮記者と彦根は「梁山泊《りょうざんぱく》」なる集団で、安保政権への抵抗運動をしていたらしく、旧知の仲だと聞く。

天馬君を取り巻く因縁は、かくのごとく複雑に絡み合っている。

「アメリカ帰りの病理医の就職活動は大変そうだね。でも医療現場はコロナでボロボロだから、今なら引く手あまたかもね。いや、新規雇用はやっぱ厳しいかな」

白鳥の茶々のようなコメントに、天馬君はむっとして言う。

「就職は急いでいません。バイトをして一年くらいぷらぷらしようと思っています」

「彦根のフリー病理医のデジタル病理診断の真似っこで、苦境を凌《しの》ぐわけか」

彦根は房総救命救急センターの病理医だが、診断に画像遠隔診断を駆使していた。それで病院に縛られず自由自在に働け、神出鬼没の行動を可能にしていた。

「それでもいいんですが、拠点を作った方が仕事はしやすいから、どこかの病院を紹介しようと思って、検討している最中なんですけど……」

彦根が言いかけた途中で白鳥技官が、しゅたっと右手を上げた。

「ちょっと待った。それなら僕が今、すごくいいことを思いついちゃったんですけど」

居合わせた全員が顔をしかめた。白鳥技官の「いいこと」とは彼にとって「都合のいいこと」だということを、祝宴の参加者七名は七様に感じていたからだ。

だが驚いたことに今回の白鳥技官の「いいこと」は、確かに彼にとって「都合のいいこと」ではあったが、天馬君にとっても「いいこと」だった。それは奇跡だった。

白鳥技官は天馬君に浪速行きを提案したのだ。

「日本を救う重大な極秘ミッションだよ。浪速では白虎《びゃっこ》党が二度目の住民投票で都構想を強行しようとしているから村雨《むらさめ》さんは潰そうと決意した。あれ、彦根センセは聞いてない？　梁山泊を解散して半年も経《た》たないうちに復活させるなんて、かっこ悪くて言えなかったのかな。でもついに浪速の風雲児・村雨さんの堪忍袋《かんにんぶくろ》の緒が切れて、鵜飼《うかい》府知事、皿井《さらい》市長をひとまとめにぶっ潰すため、単身乗り込んだんだ。孤立無援の英雄をラッキー・ペガサスにサポートしてもらいたいんだよね」

「そんな大役を、事情を知らない門外漢にやらせるなんて無茶です」と彦根。

「うん、そうだね。当然、彦根センセが対応するのは織り込み済みさ。つまり天馬君は彦根センセの手足となって働いてほしいんだ」

「本人である僕が、まだ承諾していないのに、勝手なことを……」

「じゃあ彦根センセは、村雨さんのお手伝いを止める？ 今さらできないでしょ？ だからセンセは浪速に行くしかないんだ。村雨さんはカッコつけだから彦根センセに頼めないよ。でもセンセが自分から手伝いたいと言えば、拒否するような偏屈親父《おやじ》ではないと思うよ」と白鳥に断言され、彦根は黙りこむ。

白鳥技官の思うがままにあやつられるのが我慢ならないようだ。気持ちはよくわかるので、助け船を出すつもりで、俺は白鳥技官に質問した。

「村雨さんはなぜ突然、そんなことをしようと思ったんですか」

「僕が焚《た》きつけたんだよ。製造者責任を取るべきでしょってね。鵜飼府知事は半年前、『エンゼル創薬』が浪速府民全員に国産ワクチンを、秋までに供給すると威勢良く打ち上げたけど、その後一向に音沙汰がない。製薬会社も問題だけど浪速府の責任も重い。そこを糺《ただ》さなければ問題は解決しないでしょと現状を教えて煽ったら、村雨さんも激怒しちゃって、先週から浪速入りしているんだ」と聞いて天馬君が言う。

「迅速なワクチン開発は日本では無理です。米国ではワクチン開発競争の真っ只中ですが、国家を挙げた『タイムワープ・プロジェクト』は巨大製薬会社と一体化した共同作業です。日本の様子は聞いていますけど、とても敵《かな》いっこないです」

「その通り。白虎党にワクチン開発なんて無理だ。鵜飼府知事はうがい薬がコロナ増殖を抑止するなんて非常識なことを言って『ポピドン鵜飼』と呼ばれ、皿井市長は防護服代わりに雨合羽の寄付をお願いしたので通称『アマガッパ皿井』、二人合わせて『ナニワ・ガバナーズ』だもん。浪速発のワクチンなんて夢のまた夢だよ」

「白虎党を支援するお笑い芸人総合商社の押本《おしもと》笑劇団は、芸人の祭典・M1に絶大な影響力があるから、二人が出場したら優勝間違いナシだそうです」

別宮記者の発言を聞いた白鳥技官が、どん、と拳でテーブルを叩いた。

「そしたら連中は政界引退後も悠々自適じゃん。そんなこと、絶対に許さないぞ」

コイツの怒りはどこかお門違いでとんちんかんだ。彦根がぽつりと言う。

「村雨さんの原点は、ナニワの医療の樹立だから我慢ならないでしょうね。インフルエンザ・キャメルの時は感染抑止の失敗後にワクチン騒動になりました。あの時の繰り返しは許せません。わかりました。天馬君、僕と一緒に浪速に行こう」

「それなら私も行きます。昔、大学の公衆衛生実習《サバテイカル》で天馬先輩と一緒に浪速に行った仲だし、ワクチン行政は教室の重要課題だし、長期休暇制度を使えばバッチリです」

冷泉さんがすかさず応じると、負けじと別宮記者も言う。

「浪速白虎党は問題だらけで地方紙連合の特集を組めるかも。あたしも行こうかな」

自分をおいてけぼりに進む集団移住計画に当の本人、天馬君は目を白黒させている。

「解散して半年ですが、梁山泊を再起動しましょう。白鳥さんも行くつもりですか」

とおそるおそる訊ねた彦根に、白鳥技官は首を傾げて言う。

「僕、ナニワは苦手なんだ。だから彦根センセと別宮さんの別働隊にお任せするよ。僕は首都圏でやらないといけない案件があるんだ。酸ヶ湯さんが首相になったせいで、更迭寸前だった泉谷《いずみや》補佐官が息を吹き返し、今川《いまがわ》さんが飛ばされた。おかげで本田が審議官に復活しやがった。熟年不倫カップルがワクチン調達の責任者になって、しっちゃかめっちゃかでさ。はた迷惑な話だよ。安保さんも、酸ヶ湯さんの側近を始末してから禅譲してくれればよかったのに」と言った白鳥は一瞬、遠い目をした。

「そうだ。本田は崇徳大の公衆衛生学教室の講師だったんだ。冷泉さんの先輩だよ」

白鳥がはっしと手を叩くと、天馬君が冷泉さんを肘《ひじ》でつついた。

「本田先生って浪速大でレクチャーしてくれた公衆衛生学の講師だろ」

「え？　あの浪速大の本田講師が厚労省の審議官と同一人物だったのかい？」

驚愕する彦根をスルーして、白鳥は、ころりと話題を変える。

「他にもとんでもないことだらけさ。毎日発表される『新型コロナ感染者数』は医療統計的に滅茶苦茶だ。東京都の感染者数は検査実施日から都に届け出まで二、三日かかる。今日六百人と発表されると二日前に検査を受けた人が五割、前日と三日前に検査を受けた人が二割。つまり東京都の本日の感染者数は三日前から前日までの三日間の累計数なんだ。しかも都道府県ごとに『集計』と『発表』のルールが違う。東京は前日朝九時から当日朝九時まで二十四時間の発生届を十五時に発表するけど、浪速では前日二十四時から当日零時までの二十四時間の感染者数を十七時に公表する。月曜日の新規感染数が少ないのは、医療機関や保健所は土日休みで、東京都で木曜日に感染者が多いのは、週明けに検査を受ける人が多いからなんだよ」

「それでは陽性率なんて出せないですね。それは医療統計の総元締めの厚労省が音頭を取って、統一すべきなのでは」と彦根が言うと、白鳥技官はぶち切れて吠《ほ》えた。

「そんな道理が通る組織なら、この僕がとっくにやってるに決まってるだろ」

それから白鳥技官の毒舌は止まるところを知らず、その後も延々と厚生労働省の問題点を話し続けた。その怒濤のスピーチは、日本を離れていた天馬君だけではなく、日本にいる俺たちにも、日本の現状を理解するいいレクチャーになったのだった。

「スリジエ」を出てみんなと別れた別宮は編集部に戻り、終田の続編のために基礎資料をまとめているうちに、腹立たしくなってきた。

二時間後、彼女は勢いに任せ、「別宮レポート」を書き上げていた。

＊

【別宮レポート5】：コロナ関連3　作成２０２０年9月18日

◇東城大微生物学教室・池上《いけがみ》教授より聞き書き。

コロナウイルスはニドウイルス目の、エンベロープを有するＲＮＡウイルス。直径〇・一ミクロン、マトリックス蛋白《たんぱく》（Ｍ蛋白）、エンベロープ蛋白（Ｅ蛋白）が被膜を形成し三量体のスパイク蛋白（Ｓ蛋白）が突き出る様子が太陽のコロナに似ているので命名された。２０１９年の国際ウイルス分類委員会の大幅改訂でコロナウイルスはオルトコロナウイルス亜科に分類された。オルトコロナウイルス亜科はアルファ、ベータ、ガンマ、デルタという四属としＳＡＲＳ－１、ＳＡＲＳ－２（＝新型コロナウイルス）、ＭＥＲＳ（中東呼吸器症候群）はベータコロナウイルス属に分類された。

正式名称は「ＳＡＲＳ－ＣｏＶ－２」で、ＷＨＯが新型コロナウイルス感染症に対し「ＣＯＶＩＤ－１９」と命名した。２０１５年以降、新型感染症の命名においてＷＨＯは、特定の国名や地域名、動物名を呼称にすることを禁じた。

「ＳＡＲＳ－ＣｏＶ－２」の遺伝設計情報（ゲノム）は3万塩基。アミノ酸は１５００で変異が起こりやすい。それはワクチン戦略に支障をきたす可能性がある。

◇地方紙ゲリラ連合特集「コロナと世界」より抜粋。

２０１９年12月11日、新型コロナウイルスCOVID-19出現。中国湖南《こなん》省・武漢の華南《かなん》海鮮市場が初確認地。12月27日、武漢中心に奇妙な肺炎症状の患者が多発、武漢病院の何秀《かしゅう》医師がラボに検査を発注。これによりSARSが確定し上司に報告。

12月31日、中国CDC本部は専門家チームを武漢に派遣した。

２０２０年1月1日、華南海鮮市場閉鎖。新型コロナウイルスSARS-CoV-2による感染症COVID-19の存在を告知。

1月14日、WHOは「新型肺炎はヒト＝ヒト感染の可能性は低い」とコメント。

1月23日、中国政府は武漢をロックダウン（都市封鎖）。

1月25日、欧州初のフランスの３例、28日にはドイツで1例を報告。

1月29日、WHOは一転、ヒト＝ヒト感染の可能性を認める。

1月30日、WHOは世界的健康危機状態を宣言するが渡航制限まで踏み込まず。

2月3日、横浜《よこはま》港にダイヤモンド・ダスト号着岸。７０３例のPCR陽性例で無症状者４１０人。１ヵ月後、全員下船時、死者13人、致死率１・８％。

2月11日、WHOは新型コロナウイルス感染症を「COVID-19」と命名。

3月13日、米国で非常事態宣言発出。米国の感染者数は１２６４人。

3月26日、NY市の感染者は1万2千人を超え世界の6%に達した。

4月2日、全世界の感染者は171ヵ国で累計100万人を超えた。

4月6日、全米感染者は33万7千人、死者は9千6百人に達する。

4月7日、日本で緊急事態宣言が発出。感染者3千9百人、中国で8万3千人、米国では33万3千人、全世界では132万人を超えた。

5月25日、緊急事態宣言解除、安保首相は日本モデルの自画自賛コメント発信。「わが国では、人口当たりの感染者数や死亡者数をG7、主要先進国の中でも、圧倒的に少なく抑え込んでいます。これまでの私たちの取り組みは確実に成果を上げており、世界の期待と注目を集めています」だが科学的根拠は皆無。専門者会議の議事録を開示請求クラスタが情報開示を試みるとほぼ黒塗り。「世界の期待と注目を集める取り組み」が黒塗りで内容がわからないというブラックジョーク。

米国のトランペット大統領の岩盤支持層の内陸諸州はノー・マスクと気勢を上げる。トランペット親衛隊のブラジルのボロボロナ大統領は感染症対策を取らず。
◇喜国忠義《きくにただよし》氏（蝦夷《えぞ》大学感染症研究所准教授）の聞き書きメモ。
人類は2002年のSARS、その後のMERSでコロナウイルス感染症を潜伏期における移動制限で封じ込めた。経験がある中国と台湾、ニュージーランドはコロナ蔓延《まんえん》を防いだ。2020年9月現在、全世界で4千万人が罹患し、111万人が死亡している。感染率は全世界で0・5%で、2%を超えた国はチリ、ペルー、ブラジル、米国、スペイン、アルゼンチン等、死亡率の高い国はメキシコ、イタリア、英国、エジプト等。

集団免疫を目指したスウェーデンの死亡率は5%超。

喜国准教授が提唱した、感染を放置し抗体を獲得させる「レッセ・フェール」対策は、新型コロナに関しては不適切だったということを示している。

抑え込みに成功した国の共通点は当初、厳しい移動制限を含めた積極的な介入をしたこと。SARSを経験した中国、台湾、ベトナムは厳しい移動制限で、韓国は移動制限よりPCRの広範な実施と接触者追跡によって、驚異的な好成績を収めた。

計算では東京の実効再生産数は2・5。1人の感染者が平均して2・5人にコロナをうつしている状況。先進諸国と比し日本はPCR検査体制の遅れが顕著。

世界では大恐慌になるという警告に留意しつつ多くの国がロックダウンを選択。

日本も「人と人との接触を8割削減」を目標に行動制限しようとした。喜国准教授は「ほぼ家族とだけ接触するのが8割減」と定義。一方で政府首脳は気休めの弥縫策《びほうさく》を繰り返す。感染症の実態に対し正確な情報を出さないという卑劣な手法を取る。

◇彦根新吾氏（房総救命救急センター病理医長）談。
日本の感染死亡者数は7月、千人に達し人口千人あたりの死者数は東アジアの台湾、中国、韓国より多い。新型コロナ感染による死者が低く見積もられている可能性。

東京都の3月～5月の3ヵ月死者数平均は2020年は500人多く、新型コロナ感染死が考えられる。東京都監察医務院は死因不明のホームレスにPCRを実施。

法医学者の死因究明は警察組織のためで市民への情報提供は二の次の上、厚労省が渡航歴の有無でPCR実施を選別し、市民がPCRを受けられない状況のため市民の理解得られず。Ai（オートプシー・イメージング＝死亡時画像診断）は有効。

コロナ死の本態の間質性肺炎はAiで検出可。その後PCR実施で合理的診断シーケンスが確立できるが政府は対応せず。コロナ死者数を過小に見せたいためとの説。

◇地方紙ゲリラ連合の特集記事より抜粋・五輪関連。
2月末、感染拡大が顕著になり移動制限の強い政策を打ち出すタイミング。だが、五輪開催に固執した安保政権は3月14日「五輪は予定通り開催する」と会見。安保政権は中国がロックダウンした春節でも観光客来日を規制せず、欧州や東南アジアから入国制限をせず。五輪開催に固執したのは安保政権とIOC上層部のみ。3月24日、安保首相は「完全な形での五輪を実施するため」とし1年延期を宣言。

「緊急事態宣言」発出は法的根拠なく、市民は行動制限を「自粛」として受け入れた。

◇地方紙ゲリラ連合の特集記事より抜粋・政府の経済対策。

四月七日、緊急事態宣言当日、「新型コロナ感染症緊急経済対策」のため十七兆円の補正予算案を閣議決定。「ＧｏＴｏキャンペーン」が始まる。「コロナ感染症流行収束後に国内における人流と町のにぎわいを創出し、地域を再活性化する需要を喚起させる」のが目的。ダメージを受けた観光・運輸業・飲食業を対象に期間限定の官民一体型キャンペーン。運営は自由保守《じゆうほしゅ》党の煮貝《にがい》幹事長が会長を務める日本旅行産業会に委託され、大手旅行代理店が参加している「ツーリズム産業共同提案体」も柱を担う。これは酸ヶ湯が主導した「インバウンド政策」の柱石を担った団体で、五輪特需を当て込んでいた。

「税金の無駄遣い」と批判された「アボノマスク」は一次補正予算で５００億円弱を投じた。医療喫緊の人工呼吸器確保２５０億、ワクチンや治療薬開発費２５０億の合算と同額。１億２千万枚を全戸配布し終えたのは6月20日で、マスク不足解消後の調査では、「アボノマスク」使用と答えたのは3％で、「アボノマスク」を着用した市民の姿は巷《ちまた》で見ない。「一部が突っ走った失敗」と官邸スタッフも証言。大手新聞の文化部で「アボノマスク」に「ゴミ」や「ムシ」が混入しているとスクープ。

すると同社の政治部記者は「しかるべき所から抗議が来るぞ」と恫喝《どうかつ》。政治部記者と司法記者の内実は政権ヨイショ、検察ヨイショの親衛隊。

5月末、緊急事態宣言は解除されたが医療は深刻なダメージを蒙《こうむ》った。補正予算で政府は五輪延期で損害を蒙った利益団体への補塡を優先した。

「GoToトラベル」は7月22日から宿泊代の割引をする形で強行された。

再選を果たした小日向美湖《みこ》東京都知事が「GoToトラベル」開始は時期尚早と発言、酸ヶ湯首相は「GoToトラベル」対象地域から東京を外した。

その頃、再び感染者数が増加し「第2波」と言われたが政府は否定、「幻の第2波」と呼ばれる。7月、都の新型コロナ対策用の2千床のベッドの9割埋まり、都内の基幹病院で院内クラスターが発生した。コロナ対策ベッドは病院の自己申請で、実体を伴わない病床もあり、水増しを指摘される。第2波は国民の自粛的行動で収束したが、政府は公式に第2波を認めず、後の感染拡大を非公式に第3波と呼び始めた。

8月25日、安保宰三首相辞任。9月1日、党員選挙を行なわず国会議員票と都道府県代表票だけの簡易形式の自保党総裁選を勝ち抜いた安保政権の大番頭、酸ヶ湯が自保党総裁に就任。9月16日、酸ヶ湯儀平《ぎへい》は第99代内閣総理大臣に就任。

酸ヶ湯政権は「GoToイート」を連動させ、10月1日から旅行代金の15%相当を、宿泊地の都道府県と周辺で利用できる地域共通クーポンとして配布を予定している。

対象外の東京都内への旅行及び東京都在住者による旅行も、割引対象とした。

それは煮貝幹事長が仲介した、酸ヶ湯と小日向の手打ちと見られる。

この政策は執行予算が無くなった時点で終了するため、予算の枯渇前に恩恵にあずかろうと予約が殺到した。

旅行や会食に税金で補助金を出す税金蚕食システムは「令和ええじゃないか騒動」の誘因になり、節度を持って対応していた国民は、政府のお墨付きでコロナ制限は解除されたと考え、日本国中を旅行している。

だが、医療現場の状況は日に日に悪化し、逼迫《ひっぱく》しつつある。

＊

「以上が２０２０年、令和２年９月の現状である」と、書き終えたレポートの最後の文章を声に出して読んだ別宮は、暗い窓の外を見た。

この続報を書くことにならなければよいが、と思ったが、それが空《むな》しい希望になるであろうという予感に、彼女は震えた。

4章　酸ヶ湯政権、船出す

二〇二〇年十月　東京・永田町界隈

「第九十九代日本国総理大臣に、酸ヶ湯儀平君が選出されました」

衆議院議長が投票結果を発表すると、酸ヶ湯は立ち上がり、深々と一礼した。

一ヵ月前、酸ヶ湯は政界の頂点に到達した。そして、栄光の日が始まった。

酸ヶ湯は苦労人だと言われた。これまでの宰相は政治家の家系の二代目や三代目が続いたので、久々に平民宰相の登場だ、とメディアは言祝《ことほ》いだ。だが世間の反応は鈍かった。それは「鉄壁の酸ヶ湯」が、官房長官時代、防御的な答弁に終始したからだ。

「お答えは差し控える」や「仮定の問題にはお答えしかねる」という返答は、攻撃を防ぐ点では秀《すぐ》れた対応だった。「〜ではないでしょうか」という得意のフレーズは、何も断定せず、うやむやにごまかす姿勢の表れで、鉄壁の防御になった。だが国民から見れば、酸ヶ湯が発信する情報は皆無に等しい。

それは「鉄壁」というより、「氷壁」だった。

だからメディアが「貧農の出でパフェ好きの庶民派」と持ち上げてもウケなかった。

しかもそれすら欺瞞《ぎまん》で、貧乏な東北の農家出身の苦労人というのも盛られた話だ。

農家だが、地元では有数の大規模農家で裕福な家だった。勉強嫌いの彼は学生時代から政治家の秘書としてアルバイトで働いた。政治家事務所で今の妻と出会い、家庭を持ち地盤を譲られた。選挙は弱く何度か落選の憂き目も見ている。

酸ヶ湯は人の気持ちを摑《つか》むのが下手だったが安保政権で官房長官を任され、芽が出た。時間を掛けて反抗する不満分子を排除し、自分に阿《おもね》る茶坊主を要職に就けた。

そして七年半の長期政権の間に、官僚機構を自分の色に染め上げた。

酸ヶ湯官房長官は独裁者体質だった。その彼が自分に相応しい地位に就いたのだ。

黄金時代の幕開け、のはずだった。だが酸ヶ湯には、「教養」と「和合精神」が欠落していた。酸ヶ湯は無教養という点で安保と同レベルだった。云々《うんぬん》を「でんでん」と読み、内閣総理大臣は立法府の長だ、と中学生も間違えないことを平然と口にして恥じなかった安保と酸ヶ湯には、だが決定的な違いがあった。それは「我の強さ」だ。

ボンボンの安保は、自分のプライドが傷つかない限り、腹心の言を容れた。その結果合議制の体裁になり、異論が検討される余地が残った。酸ヶ湯も腹心のひとりだ。

安保前首相は周辺のお友だちによる合議制的独裁で、安保はその象徴的存在だった。

一方、酸ヶ湯は自分の言い分を通すことに固執し、異論は徹底的に排除した。

それは、二人の口癖に象徴されているかもしれない。

安保前首相は「僕はねえ」と言い、酸ヶ湯現首相は「俺が俺が」と言った。

その違いが、やがて酸ヶ湯政権を袋小路に押しやることになる。

酸ヶ湯の権力の礎石は二〇一四年、第二次安保内閣の官房長官時代に築かれ始めた。内閣府に人事局を創設し、六百人以上の省庁幹部級人事の決定権を握る。そして「政府の政策に異を唱える官僚には退場願う」と公言した。

酸ヶ湯が首相になるとそれは「自分に逆らう者は粛清する」という意味になった。過去に出した本で「政策に従わない官僚は飛ばす」と本音を漏らし、異論を認めない体質を露《あら》わにした。メディアは「鉄壁答弁」と褒めそやしたが、台本通りの質疑応答は単なる出来レースだ。

そんな酸ヶ湯は首相就任演説で「国民のために働く内閣」を打ち上げ、就任直後の内閣支持率七五パーセントという、ご祝儀相場としても驚異的な数字を叩きだした。

だが前政権を支えた官房長官が後継し、閣僚の顔ぶれもほぼ留任なのに、内閣支持率がいきなり三割も上がるなど論理的にあり得ない。

それは開示が不要な魔法の資金、官房機密費をメディアに流したからだと囁《ささや》かれた。

酸ヶ湯は官房長官時代から九十億円もの官房機密費を、領収書や開示義務のない「政策推進費」としてじゃぶじゃぶと使いまくった。内閣支持率の数字はでっちあげだと露見し、内閣べったりの新聞社とテレビ局は世論調査を自粛した。メディアの内閣支持率調査は信頼をなくした。数字は市民の肌感覚から乖離《かいり》しスポンサーが離れ、経費が掛けられなくなり、番組は劣化の一途を辿《たど》る。テレビ業界は坂道を転げ落ちた。

メディアは酸ヶ湯を「パフェおじさん」なる不気味な愛称で呼び酸ヶ湯に媚《こ》びた。年齢的には「パフェじい」だが、メディアの校正システムは機能不全に陥っていた。

そんなハリボテ支持率だと忘れた酸ヶ湯は、調子に乗ってミスを重ねた。

第一が「ＧｏＴｏ」の強行と、開始直後にじわりと上昇したコロナ感染者の増加について、医療専門家の警告を無視したことだ。

第二が首相就任演説で打ち出した酸ヶ湯政権の方針「自助、共助、公助」という謳い文句だ。そこで酸ヶ湯は「最悪、生活保護というセイフティ・ネットがある」という大失言をしてしまう。

第三は日本学術会議の新委員の数名を、任命拒否したことだ。

委員推薦を拒否したのは、安保前政権の方針に異論を唱えた学者ばかりだった。

そのひとりが学術界の重鎮、宗像壮史朗《むなかたそうしろう》博士だった。

国際法学者・明治史研究家の宗像博士は、明治天皇の治世と現在の政権を、史実を元にして厳正に比較しただけだ。

だがそれは、独裁者体質の酸ヶ湯から見れば貶されたのと同じことだった。博士の反論は淡々としていた分、却《かえ》って強烈に響いた。

「政治は学問に介入してはならない。心地よい言葉だけ聞き、都合よく国民に発信した連中が太平洋戦争の敗色濃厚な状況を隠し、ヒロシマとナガサキの民の大量虐殺へ導いた。それを拡声器で拡散した戦前のメディアは終戦後、GHQの意向を垂れ流し、前存続した。今のメディアは戦前の大本営発表の体質を自己変革せずに来たわけで、前例打破を主張されるならば『隗《かい》より始めよ』で、メディア改革から着手すべきだ」

日本学術会議は「学者の国会」と呼ばれる科学者の代表機関で、原子力研究三原則を提唱するなど、平和的復興や人類の福祉に貢献し、世界の学会と提携し学術の進歩に寄与している。太平洋戦争の時、政府寄りで戦争推進に走ったことを反省し過去三回、軍事研究に反対する声明を出した。自衛隊を軍隊にしたい自保党の改憲勢力には目障りな存在で、安保政権下の二〇一六年と一八年に政府は会議側の推薦案に難色を示し補充を見送った。日本学術会議候補者名簿が提出された八月三十一日は、安保前首相が辞意を表し政権交代が決定したが後任は未決定という、権力の空白期だった。

九月十六日、名簿で内閣府は六人を除外した政府の内部文書を公表した。

安全保障関連法案や特定秘密保護法、米軍基地移設問題で政府の方針に異議を唱えた学者六人を外したのは、法案通過に尽力した官房副長官だ。酸ケ湯は任命権が自分にあると顕示し、「慣行破壊・前例打破」とぶち上げた。首相就任後、初の臨時国会を終えた時、「任命拒否問題がこれほど反発が広がると思っていたか」と記者に質問された酸ヶ湯は、薄ら笑いを浮かべてこう答えた。

「私はかなり『大きく』なるのではないかな、と思っていました。現在の学術会議は肥大化し『既得権益』になっているので、抜本的な組織改革が必要だと考えています」

だが政府の政策への反対者が「既得権益者」になることはあり得ない。

半世紀前、自保党の総裁が「学会の推薦者は拒否せず、形式的に任命をする」と国会で述べた約束を反故にし、従来の法解釈に反する任命拒否をしたことには「お答えを差し控える」という紋切り型の回答を繰り返した。二〇〇四年の総務省の法案審査資料で「日本学術会議から推薦された候補者につき、内閣総理大臣が任命を拒否することは想定されていない」と明記されたので、今回の決定は日本学術会議法の解釈変更だった。そうした点を突かれると、酸ヶ湯は説明を二転三転させた。

初めは「総合的・俯《ふ》瞰《かん》的な活動を確保する観点から判断した」と説明したがその後、「民間出身者や若手が少なく、出身や大学に偏りが見られることを踏まえ、多様性を念頭に私が判断した」と答えた。だが排除された六人はむしろ多彩な存在で、酸ヶ湯の排除で却って多様性に欠けることになった。

日本学術会議は学問の軍事転用を抑止する。それに不満を抱く政権は、戦前の軍部の思想に近づいている。その証拠に酸ヶ湯政権の科学技術相は騒動の最中の十一月、「デュアルユース（軍民両用）」研究を検討するよう学術会議に伝えていた。

国会の初論戦で「仏滅の剣」という人気アニメの決め台詞「全放念」を引用した。読書習慣のない酸ヶ湯は、孫娘に教わったアニメのセリフしか引用ネタがなかった。

酸ヶ湯には学術会議の存在意義を再検討する気はさらさら無かったが、この件でたちまち内閣支持率は急落した。

その様子を見た安保前首相が返り咲きを狙い、色目を使い出した。安保の病名は難病の「潰瘍性大腸炎」とされたが公表された正式病名は「機能性胃腸障害」、つまりストレス性胃腸障害だ。第一次政権を投げ出す時に、主治医が記者会見を開いた時の正式なものだったが、いつの間にか「潰瘍性大腸炎」にすり変わっていた。

世の人々は難病を抱えた者を責めるなど、とんでもないと考えた。メディアの目は節穴で、国民は能天気なお人好しだった。八月末に政権を投げ出した翌週にステーキ会食を完食した。潰瘍性大腸炎が悪化したならあり得ないエピソードだ。

そこではしゃぎ始めた前首相を抑え込むために、やむなく酸ヶ湯は奥の手を使った。「満開の桜を愛でる会」問題の捜査を再開し、安保前首相はおとなしくなった。

酸ヶ湯は人気取りで「ＧｏＴｏキャンペーン」を本格始動した。それは自分を首相の座に押し上げてくれた恩人、日本旅行産業会会長を務める自保党幹事長の煮貝厚男《あつお》の恩義に応えるためでもあった。このせいで、コロナ第３波が醸成されつつあった。

政権発足時の首相事務秘書官人事にも問題があった。気心が知れているから、という安直な理由で官房長官時代の事務秘書官を首相秘書官に格上げし、厚労省出身者を加えた六名体制を取った。慣例では首相事務秘書官は、主要省庁の外務、経産、財務、防衛と警察庁から五人の局長級を起用する。各秘書官は出身省庁と政策調整を官房長と行ない、個別政策を局長と調整する。酸ヶ湯が登用したのは格下の課長級で、本省の官房長や局長に「指示」できず、酸ヶ湯の指示は実現しなくなり、二ヵ月後に首相事務秘書官交代という不手際を晒した。遅まきながら酸ヶ湯が首相秘書官人事の誤りを認めたのだ。説明せず高圧的に自分の意を通し、逆らうものは排除するという酸ヶ湯の手法は破綻しつつあった。そんな酸ヶ湯には、任免拒否した宗像博士の一連の発言で、妙に記憶に残った言葉があった。

「中国の易経に『亢龍《こうりょう》悔いあり』という卦《け》がある、というものだった。すべての筮竹《ぜいちく》が陽を示すもので、登り詰めた龍は必ず衰える、という意味だった。

　その言葉を思い浮かべては、酸ヶ湯は「俺はまだ登り詰めていないから、関係ない」と自分に言い聞かせた。そんな中、五輪開催に向け、ＩＯＣのカルト・バッカ会長の来日が予定されていた。酸ヶ湯はそのスケジュールをにらみつつ、歓迎ムードを醸成するために腐心していた。

5章　PCR抑制論の源流

二〇二〇年十月　浪速・天目区・菊間総合病院

西下する新幹線の車中に「座席を回転させ、ボックス席にするのは控えてください」というアナウンスが流れた。車中はガラガラで車両は四人の貸し切り状態だった。

そこで右側の二人掛けの席の前後に冷泉と別宮が、隣の三人掛けの席に天馬と彦根が前後に座り、前後二列で四人で仮想ボックス席にした。

「日本でPCR検査の全数実施をしないのは、なぜですか。『検査と隔離』が感染症対策の基本だなんて、衛生学の常識でしょう」と天馬に聞かれ、彦根が説明する。

「政府がコロナ感染者を少なく見せかけるため、全数検査をしないよう制度設計したというのが白鳥技官の説だ。情報を総合すると穿《うが》ち過ぎとも言えない。PCRによる全数調査の必要性を訴える医療従事者がいる一方で『イクラ』というトンデモ医学を標榜《ひょうぼう》する連中も現れた。医師免許を持ちコロナのフェイク情報を流布《るふ》する『医療クラスター』の略だ。最近は米国立衛生研究所（NIH）の一員を名乗る坊ヶ崎《ぼうがざき》なる人物がテレビに出まくり『PCRの確定診断率は三割から七割程度だ』と吹聴《ふいちょう》しているよ」

「ということは寿司ネタじゃなくて、アニメの人気赤ちゃんキャラなんですね」

アニメに詳しそうな冷泉が言うと、みんなの脳裏に「イクラちゃん」の唯一の台詞「バブウ」という言葉がよぎった。天馬が言う。

「坊ヶ崎って先生の名前は、米国では聞いたことがないです。NIHの医師でもあるファウル所長が、そんな暴言を黙認するはずがないんですけど」

「あのトランペット大統領にさえ衛生学的な正論を主張したファウル所長なら、絶対そうだろうね。坊ヶ崎がNIHのポスドクと言ってるけど、下っ端だろう。『イクラ』連の常でトンデモ医学本を出し、仲間内のツイッターで褒め合い、肥大した承認欲求を満たしている。ところが医師会もコロナに関しては統一見解が取れていなくて、越後《えち ご》県医師会なんかは坊ヶ崎を呼んで、コロナに関する講演会もさせた。免疫学の基礎部分は正しいから、講演を聞いた開業医の中にはコロリと騙《だま》される人たちも出ている。そこでメディアが持ち上げれば、一般人が騙されるのも宜《むべ》なるかな、だね」

「メディアの情報発信も、気をつけないといけませんね」と別宮が言う。

「トンデモ医学が蔓延しているのはアメリカも同じで、トランペット大統領の地盤の内陸部は、コロナは中国の陰謀だと言いマスクはしないわ、集会はバンバンやるわ、旧約聖書に描かれた背徳の街、ソドムとゴモラみたいでした」

「天馬先輩はトランペット大統領の悪口になると、容赦ないですね。ところで彦根先生は浪速と縁が深かったんですよね」

冷泉が話題を変えると、彦根は遠い目をして、窓の外を眺めながら言う。

「村雨さんが府知事の頃だから十年以上前か。僕は『日本三分の計』という政策を提唱して、村雨さんと一緒に医療共和国を樹立しようとしたんだ」

「『梁山泊』が成立する遥か以前から、村雨さんと共闘されていたんですね」

別宮が感慨深げに言うと、冷泉が負けじと口を開く。

「私は知ってました。東城大の公衆衛生実習で、彦根先生にアドバイスされて、天馬先輩と浪速大の公衆衛生学教室に行きましたもん。そこでお話を伺ったのが当時の国見教授と講師の本田准教授です。その本田さんが厚労省に入省してPCR抑制というトンデモな方針を打ち出すなんて、どうしちゃったのかしら」

「その時僕は浪速で、国見教授と同期の喜国先生と防戦したんだよ」と彦根が言う。

「『八割パパ』の喜国教授ですか。今は蝦夷大の感染症研究所の准教授ですよね。彦根先生の人脈って公衆衛生学の分野でも凄いんですね」と冷泉が感心する。

「あと彦根先生は大富豪の御曹司で、世界を股に掛けお嫁さん探しの旅に出ているのよ」と別宮に言われ、まだ古いジョークを覚えていたのか、と彦根は苦笑する。

「梁山泊」設立資金を調達した時、「モンテカルロのエトワール」に供与された資金を流用したことを別宮に教えた時に誤解されたままのようだ。

車中に「終点、新浪速です」とアナウンスが流れた。冷泉が訊ねる。

「そういえば彦根先生、今夜のホテルは予約しているんですか?」

「まだだよ。これから伺う病院の院長は、浪速府医師会会長で顔が広いから、そこで紹介してもらおうかな、と思ってね」

そう言うと彦根たちは立ち上がり、降車の支度を始めた。


新浪速駅で新幹線を降り、環状線に乗り換えて、五つ目の駅で降りる。天目区《てんもく》は、万博誘致で再開発が盛んな中心部と違い、時の流れから取り残されている。

昔ながらの家並みが、少しずつ朽ちていく。そんな印象の街だ。

寂れたアーケードを行くと、周囲とちぐはぐなモダンな白い五階建ての建物が、アーケードを突き抜けて、にょっきりと現れる。

「菊間《きくま》総合病院」という看板が目を引く。広く綺麗《きれい》な病院だが閑散としていた。二階の応接室に通された。やがて扉が開くと、白髪交じりの白衣姿の男性が姿を現した。

「ご無沙汰してます、菊間先生」と彦根が立ち上がり、一礼した。

「お久しぶりです。彦根先生が浪速でなにかをしようとしていると聞いて、わくわくしています。私は彦根先生の弟子ですから、なんでも遠慮なくお申し付けください」

「弟子なんてとんでもない。先生は浪速の医療界の重鎮ですから。そういえばお父上の徳衛《とくえ》先生はお亡くなりになったんですね。もう一度お目に掛かりたかったです」

「五年前の朝、床の中で亡くなっていました。米寿目前でしたが死に顔は安らかで大往生でした。父の『浪速診療所』を総合病院にしたことに、文句を言い続けた頑固者でした。ところで彦根先生は、今回はどんな悪だくみを考えているんですか」

「浪速の医療を滅茶苦茶にした元凶の、浪速白虎党の打倒です。村雨さんも同様のお考えで、既に浪速でひそかに活動を開始しています」

「素晴らしい。十年前の村雨さんの失脚は無念でした。その後、蜂須賀《はちすか》が白虎党を立ち上げ知事職から市長に転身した時から、浪速府民は蜂須賀マジックに掛かってしまった。でも私はすぐにトンデモだと見抜きました。府知事なのに市長に代わろうなんて、詐欺師の発想です」と菊間院長は唇を歪《ゆが》めた。彦根は思わず苦笑する。

それはかつて村雨に勧め、拒否された彦根の戦略のパクリだったからだ。

蜂須賀は、彦根の邪道の戦略だけ採用し、大切な根幹を切り捨てたのだ。

「私が浪速府医師会会長に就任したのは、鵜飼市長と皿井知事がダブル当選した頃です。連中は異論を既得権益の受益者として批判し、正論は紋切り型の非難の前に無力でした。関西では白虎党の応援団の押本笑劇団の芸人が朝から晩までテレビで鵜飼と皿井を褒めまくるので、テレビを見ている人たちは白虎党すごい、となるわけです」

村雨元府知事が掲げた「機上八策」は次のようなものだった。

一　医療最優先の行政システムの構築……（医療立国の原則）
一　経済収支の整合性の達成……（経済計画の整合性の維持）
一　市民プライバシーの徹底保護……（市民社会の基本原則の確立）
一　中立性、透明性を有したメディア報道の確立……（不当な意見誘導の排除）
一　禁忌なき自由闊達な議論による政策の構築……（言論の自由の確保）
一　子どもの生育のための援助体制の確立……（教育立国の原則）
一　犯罪撲滅のための治安体制の確立……（社会安寧の基本方針）
一　市民が笑顔で暮らせる街の実現……（すべてはこの目的に集約される）

村雨が最も重視した第一項「医療立国の原則」を、浪速白虎党は反故にしたのだ。

それは許し難い背信行為だった。彦根は、深々と吐息をつく。

「新型コロナでは十年前のインフルエンザ・キャメルの時と同じミスを繰り返しています。あの時のアナロジーで考えれば、春の第1波の次はワクチン戦争になる。でも致死率八〇パーセントのエボラ出血熱や、致死率六〇パーセントのＳＡＲＳ（重症急性呼吸器症候群）と違い、致死率〇・〇〇二パーセントのキャメルにはワクチンもありました。今回のコロナは致死率二パーセントとやや強毒性で、ワクチンはありませんから、あの時よりも分が悪いんです」

「三月、鵜飼知事が、国産ワクチンを開発し九月までに府民全員に接種すると打ち上げましたが、あの発言を真に受けている医療関係者は、浪速にはいません」

「僕はそれを潰すため浪速に来たんです。『エンゼル創薬』もターゲットです」

「でしたら、浪速府医師会会長として全面協力させていただきます。ところで今晩の宿泊先は決めていますか」

「実は菊間先生に、お勧めの宿を紹介してもらおうと思っていまして」

「それなら裏手の職員寮に空きがあるので、そちらに宿泊したらいかがですか」

「それはありがたい。是非お願いします」と言った彦根は、天馬をちらりと見た。

「話に夢中で同行者の紹介を忘れてました。三人は僕の協力者で天馬君はアメリカ帰りの病理医、冷泉さんは崇徳大学公衆衛生学教室の講師、別宮さんは時風新報の桜宮支社の記者さんです」

「頼もしいメンバーですね。浪速をよろしくお願いします」と菊間院長は頭を下げた。

こうして彦根一行の四人はあっさり、素晴らしい拠点を手に入れたのだった。


その晩、四人は近くの店で夕食をご馳走になった。アーケード街の小料理屋は、浪速市医師会の例会が開かれる菊間の馴染みの店「かんざし」といい、魚と酒が旨い。

乾杯をすると菊間院長は、浪速の現状について憤懣《ふんまん》やるかたない口調で言う。

「白虎党のダンゴ三兄弟、蜂須賀元党首と皿井現党首、鵜飼現副党首は、浪速府知事と浪速市長のポジションをシャッフルして、府民の目を欺いてきたんです。その辺り、ややこしくてわかりにくいでしょうから整理します。まず親分格の蜂須賀は弁護士で、人気テレビ番組『注文が多い法律事務所』出演で知名度を上げ、二〇〇八年に第十七代浪速府知事になり二〇一〇年に白虎党を結党、代表に就任しました。二〇一一年に浪速都構想を掲げ府知事を辞し浪速市長選に立候補、第十九代浪速市長に当選したその年の第一回の住民投票で都構想が否決されると任期満了で浪速市長を退任、政界を引退しました。今はコメンテーターとして羽振りがよさそうです」

「確かに悪目立ちしてますね。主張は一貫せず、何か発言すると過去のツイッター発言を上げられ、矛盾を指摘されるようですし」

「三兄弟の次男の皿井は白虎党の幹事長で、蜂須賀が市長に立った時に府知事に立候補し第十八代浪速府知事になりました。二〇一九年に公迷党が都構想の二度目の住民投票に反対したのを受け、府知事を辞任し浪速市長選に出馬、第二十一代浪速市長になりました。蜂須賀と同じパターンで九月末に都構想に対する二度目の住民投票が確定し、否決の場合は任期満了の二年後に政界を引退すると宣言していますが、それも蜂須賀と同じです。住民投票では負けないと高をくくっているんでしょう」

「最近、やたらメディアが持ち上げるダンゴ三兄弟の三男、鵜飼府知事はどうですか」

「弁護士上がりで浪速市議会議員を経て、二〇一四年に衆議院選挙で白虎党から出馬し、比例近畿ブロックで当選しています。でも一年も経たずに議員辞職し、蜂須賀辞任の際に浪速市長に立候補し、第二十代浪速市長になり、皿井が府知事を辞任すると、今度は浪速府知事に立候補し、第二十代浪速府知事になっています」

「構図はワンパターンですね」

「鵜飼知事のメディア・デビューは華々しくて、二〇二〇年初めにコロナが蔓延する直前、政府に先んじる対応と歯に衣着せぬ発言で注目を集め、清新な政治家として颯《さっ》爽《そう》と登場し、たちまち茶の間の人気者になりました。三月に『三連休、浪速・兵庫間で不要不急の往来を控えてほしい』と独断先行でテレビで呼び掛け、直後に報道陣が殺到しました。コロナ第1波の三月三十日には『国は緊急事態宣言を出すべき』と言い、発令に消極的だった安保前政権との違いを鮮明にしています」

菊間院長は苦々しげに、その後の鵜飼府知事の行動を総括した。

四月七日、七都府県に宣言が発令され民間施設の休業・時短営業を要請したが、早々に「出口戦略の浪速モデル」を表明、五月中旬に要請を緩和、経済対策で還元キャンペーンを始めた。だが時期尚早で六月下旬「夜の街」にクラスターが発生すると一転、八月上旬に「ミナミ」限定で飲食店に時短営業を要請。要請を解除すると飲食店利用客にポイント還元を始めるが十月下旬から感染者が増加し警戒モードに切り替えた。

十一月十日に「第3波入り」を宣言し三たび飲食店に時短営業を要請した。こうして鵜飼は「規制」と「緩和」を振り子のように行き来し、府民を韜晦《とうかい》し続けた。さらに菊間院長が説明した浪速白虎党の医療行政は、傷心の彦根が雌伏した時期と重なった。

「二〇一一年四月、医療ソースを削減し始め万博救命救急センターの年三億円の補助金を廃止し、二〇一四年に市民病院を『地方独立行政法人浪速市民病院機構』にして補助金打ち切り、低予算で合理的に研究していた『浪速バイオサイエンス研究所』を解体、水質や大気検査をする『浪速府公衆衛生研究所』や『浪速市立環境科学研究所』も餌食になりました。浪速都構想の一環なのに都構想が否決された二〇一七年、国が早々に独法化の認可を出しました。白虎党と安保前内閣は共犯関係で教育、医療など福祉の経費を削るのが常套手段です。二〇一八年には浪速南部の地域医療を広くカバーした浪速市立住吉市民病院を、同じ府立病院が半径二キロ内にあるのは不合理だという屁理屈で廃止しました。これも『二重行政』解消の一環という、馬鹿の一つ覚えの主張です。保健所も整理統合し、広大な浪速市にたったひとつしかなくなった。白虎党は既得権益破壊、前例主義打破だと主張して、医療破壊を続けたんです」

「酸ヶ湯官房長官と皿井市長のつながりがあったからできたことでしょう。村雨さんが浪速から手を引いた後で、こんな酷い状態になったとは知りませんでした」

彦根がそう言うと、公衆衛生学者の冷泉が追加する。

「日本全体で一律に公衆衛生領域が縮減され、保健所を整理縮小したところにコロナが襲来し、保健所の業務が拡大したから壊滅的になるわけです。そんな中で日本医師会の意義は高くなりますね」

「僕は五年ぶりに帰国したんですが、医師会に入会した方がいいんでしょうか」

「就業していないと入会は難しいですが、若手には参加してほしいです。日本医師会は開業医の利益団体だと思われていますが、医療を守れば開業医の保護になるんです」

「冷泉は医師会に入っているの？」

「もちろんです。大学の公衆衛生学教室に所属していたら当然です」

「日本医師会は世界医師会が認定する日本唯一の医師の専門組織なんだから、いい加減な医学情報発信をする連中を駆逐してほしいもんだな」と呟いて彦根は話を変えた。

「天馬君は病理認定医の資格はあるの？」

「二年前に一時帰国した時、タイミングが合ったのでついでに取っておきました」

「でしたらうちの病院に籍を置き、浪速市の病理診断業務をやっていただけませんか。浪速では病理診断はブランチ化しているんです」と菊間会長がすかさず言う。

「それは願ったり叶《かな》ったりです。是非、お願いします」

「さすがラッキー・ペガサス、あっという間に就職先が決まったね」

「ええ、これも彦根先生のおかげです」

「あら、あたしにお礼はないわけ？」

「あ、もちろんハコのおかげでもある」

「ふうん、先輩は私には恩義を感じないいんですか」

「いや、そんなことはないよ。冷泉の情報のおかげで病理認定医も取れたわけだし」

右顧左眄《うこさべん》でうろたえる天馬を見て、相変わらず女難の相だなと、彦根は苦笑する。

「そうしたら、浪速市医師会に所属した方がいいですね」

「急ぐ必要はありません。入会前に外から医師会を見て決めてください。医師会を盲信しないでほしいんです。医師会も素晴らしいことばかりではありませんので」

「菊間先生がそんなことを言うなんて、何かあったんですか？」と彦根が訊ねる。

「誤謬の医療情報を発信し、社会を混乱させた県医師会があるんです。PCRをやると医療崩壊になるという馬鹿げた意見の発信源は湘南《しょうなん》県医師会ホームページ上での『新型コロナ伝言板』だったんです」と菊間会長はうんざり顔で言った。

「イクラ」連中の論拠を推測していた彦根と天馬は顔を見合わせた。こんな風に話がつながったのも、ラッキー・ペガサスのなせる業かもしれない、と彦根は思った。

「実は『イクラ』みたいな連中が騒ぐ出典がわかりませんでした。『イクラ』の連中は『疫学の偉い先生』とか『医療現場の有識者』と濁していましたが、その黒幕が湘南県医師会だったなんて、驚きです」

「そもそも湘南県医師会が『不安をあおるメディア』に対し医療現場の実情とテレビ報道への疑義を呈した記事が発端です。そこで『PCRの実施により医療崩壊になる』としたHPの記事を、メディアが引用したんです。ただし今はその記事は削除され、跡形もありませんが」と言って菊間会長は、鞄《かばん》から資料を取り出した。

「不安をあおるメディアに対し、コロナに対応している医療現場からの切実なお願い」という、ホームページのプリントアウトだ。受け取った天馬が朗読を始める。

——未知の新型コロナウイルスには専門家がいない。テレビ報道では専門家でないコメンテーターが同じ主張を繰り返し、視聴者の不安を煽る。一線の医師は現場対応に追われテレビに出る時間はない。出演している医療関係者は長時間メディアに出る時間があれば、第一線の医療現場に戻り医療従事者と一緒に奮闘すべきだと思う。

「確かにこの部分はよくわかりますね」と冒頭の一文を聞いて彦根が言うと、菊間会長が「ええ、この部分だけならね。問題は次の一節なんです」と答えた。

二人のやりとりを聞きながら、天馬は朗読を続ける。

——メディアはPCRを知らない。検査の精度を見極める指標が「感度」と「特異度」

だ。「感度」とは検査で陽性と判定される人の割合で、ＰＣＲ検査の感度（注：感染者に陽性結果が出る割合）は七〇パーセント程度。つまりコロナ感染者が百人いると七十人が陽性と判定され、感染しているのに陰性と判定され、感染を見逃される人が三〇パーセントいるわけだ。検査をすり抜けた「偽陰性」の感染者が必ずいる。

「ＰＣＲの『感度』や『特異度』という学術用語を持ち出して『ＰＣＲの精度が悪い』とか『検査は無意味』と間違った結論を導き出すとは。ＣＯＶＩＤ-19の確定診断にＰＣＲが用いられるから『感度七〇パーセント』と『偽陰性』という用語は両立せず、論理破綻しています」と、朗読を中断した天馬が呆れ声で言う。

「ややこしくて、よくわかんないんだけど」と言う別宮に、天馬がかみ砕いた。

「ＰＣＲ検査はＣＯＶＩＤ-19の確定診断だから、感度は一〇〇パーセントなんだよ」

「つまりＰＣＲ陽性者をコロナ感染者と定義するから『偽陰性』なんていないわけね」

「簡単に言えばそうなるのか」と天馬はぶつぶつ言うと、彦根が続きを引き取る。

「厚労省、政府専門家会議、関連学会のスクラム体制はクラスター追跡戦略に固執し、『検査数を増やすと医療崩壊する』と摩訶《まか》不思議な理屈で、『ＰＣＲは無意味』だと市民を洗脳した。政府と厚労省は、検査拡充を訴えた医療界の声を無視し、有症者の検査アクセスを制限し、重症者や死亡者の数を増やした戦犯です」

「海外では『検査は意味がない』なんて論文はありません。日本疫学会もPCRの感度に関して『一概に感度は何パーセントと言い切れないのが実情』とし『偽陰性』は検体の採取法や操作上や運用上のエラーの可能性を示唆しています。衛生学的に滅茶苦茶な論を展開したのが崇徳大の公衆衛生学教室の先輩だなんてショックです」

一途な冷泉が憤然とした口調で言うと、彦根が冷静に説明した。

「あの連中は、最初に決めた方針を変更するのは恥だと思ってる。前例踏襲が彼らの金科玉条なんだ。例外的な官僚もいるけど、冷や飯を食わされているんだよ」

「あ、あたし、その人が誰か、わかる気がする」と別宮がぼそりと呟く。

「そんな間違った医学の説がばらまかれるなんて、耐えられません」と冷泉。

「つまり『イクラ』連中は叩き潰せと、言いたいのね」と別宮が言う。

「いや、僕はそこまでは……」と口ごもる天馬の隣で、冷泉がきっぱりと言う。

「おっしゃる通り。別宮さんって思ったよりスマートなんですね」

「冷泉さんてば、いちいち棘がある言い方をするわね」と別宮がやんわり言い返す。

はらはらした様子の天馬は、湘南県医師会の資料の続きを読み上げる。

——「PCR検査拡大論者」の口車に乗せられ、車に乗ったまま検体採取する「ドライブスルー方式」を導入する自治体もある。この方式は、一人の検査を終えたらマスク・ゴーグル・保護服を破棄する。レントゲン検査やCTでは患者の二次感染を防ぐため換気し、装置の消毒作業に一時間かかる。しかもアルコールも不足している。

「ドライブスルー方式は、いちいち防護服を交換しなくて済むのが一番のウリなのに」と啞然《あぜん》とした冷泉の発言には、もはやコメントせずに天馬は朗読を続ける。

──「『微熱が続いています。新型コロナではないですか？』『大丈夫。落ち着いてお薬を飲み、また気になったら来てください』となだめても『検査できないんですか？』と泣いて帰る患者もいる。報道は『近くに感染者がいるかもしれない』と不安を煽る。『落ち着きましょう。不安かもしれませんが冷静に考えてください』と言ってほしい。『なぜ検査できない』『対応が追いついていない』と現場の医療人を後ろから叩き重荷を背負わせないでほしい。物資の壁、制度の壁、縦割り行政の壁、医療者は社会の壁を打ち破れない。軽症者は自宅や宿泊施設で静養し、新型コロナ感染症の人のため病院のベッドを空けるなど素早い行動が必要だ。新型コロナ感染者の治療が終わり社会復帰しても良いというときこそ素早くPCR検査で確認し、ベッドを空けねばならない。コロナ感染者の増加を少しでも緩やかなカーブにしなければ、医療は崩壊してしまう。

「この医師会はなぜこんな馬鹿げた文章を公表したのよ」と冷泉が憤然と言う。

「湘南県医師会会長は自保党の地区会長で、フェイスブックに安保前首相とのツーショット写真を上げているような、熱烈な政権支持者ですから理由は自明でしょう」

菊間会長が冷ややかに言うと、スマホでHPをチェックしていた彦根が言う。

「湘南県医師会は確信犯ですね。今、確認したら、HPの言い訳ページは、二度目は開かない仕組みになっています。謝罪や訂正する気なんてさらさらなさそうです」

ここまで来たら最後まで読み通す決意をした天馬は、淡々と朗読を続けた。

――コメンテーターは感情的な主張を繰り返し、間違っても訂正しない。このままでは医療崩壊と医療者は精神的に崩壊してしまう。現場の医療者の対応への批判は構わないが、常に検証し先日の発言は間違いだとか、訂正してくれれば現場の医療者は戸惑わずに済む。メディアは言いっぱなしで終わらないでほしい。

自分たちも『言いっぱなし』でトンズラしたのに、と天馬は呟き、朗読を続けた。

――今も医療関係者はコロナ感染の恐怖の中で戦い、子供がバイキンといじめられるという悲しみとも戦っている。医療活動が、差別意識で妨げられてはならない。安易に外出しないでほしい。あなたの行動が新しい患者を作るかもしれない。私たち医療従事者もストレスや恐怖に我慢して戦っている。皆さんはぜひ我慢してください。

「感動的ですけど、素直に受け取れないです。『おまゆう』、『お前が言うか』ですね」

という冷泉の言葉に皆がうなずいた。天馬の朗読はようやく最終節に到達した。

――湘南県は『ダイヤモンド・ダスト号』停泊地で、新型コロナの対応を迫られた。県医師会員も『ＪＭＡＴ』隊員として出動した。三千六百人の乗員乗客に対応する際『下船させろ。なぜクルーズ船に閉じ込めておく』とコメンテーターは言った。だが何千人を収容できる医療施設や宿泊施設はなかった。『ゾーンを分けろ』と叱られたが、船内は航行中に乗員乗客が動き回ったからゾーン分けは無意味だ。感染者と非感染者に分け消毒を徹底しても、無症状の潜伏期の患者がいたらイタチごっこになるだけだ。

「徹頭徹尾、滅茶苦茶ですね。『無症状の潜伏期の患者』がいても、ゾーニングをやらない理由にはなりません」と、冷泉は頬を膨らませた。

「そうよね。東城大はゾーニングを徹底してコロナ病棟の二次感染をゼロに抑え込んだんだもの」と東城大のコロナ受け入れ体制の特集記事を書いた別宮がうなずく。

「『クラスター戦略』に固執した政府と厚労省は、ＰＣＲをすればコロナ患者の蔓延が発覚するから、ＰＣＲをしなかった。湘南県医師会はそれに追随したのです」

菊間会長が懺悔《ざんげ》するような口調で言うと、彦根が大きくうなずいた。

「でも旗色が悪くなったら関連記事を全削除するなんて悪質です。彼らはそんな誤りを犯した説明や解析をしないままで、彼らが批判したメディアと同じ姿勢です。それを医師がやった罪は重い。それは市民の医療に対する信頼を悪用した詐欺行為です」

「湘南県医師会ＨＰがフェイク医学情報の発生源で確定ですね。フェイクニュース拡散は興味深いので、研究課題にしてみようかな」とタフな冷泉は元気いっぱいだ。

「早く論文にしてください。でないと湘南県医師会がやったことがうやむやになり、『ＰＣＲ不要論』という恥晒しな医学知識が大手を振ってまかり通ってしまいます。それを防げるのは冷泉さんが書く論文だけなのかもしれません」

彦根は指導教官のようなコメントをした。実際に十年前、彦根は公衆衛生学の実習で、天馬と冷泉の指導教官の役をしていた。その言葉を聞いた冷泉は、浪速の夜のことを思い出し、天馬の表情をちらりと盗み見た。

「でもこの県医師会長の文章からすると、そこまで深い策謀はできそうに思えません。裏にブレインがいそうな感じがするんですが」

彦根がぽつんと言うと、菊間会長が杯を干しながら言う。

「それは、恐らく国立感染症研究所の所長を歴任し、酸ヶ湯内閣で内閣官房参与も務めるアドバイザリーボードの大岡弘《おおおかひろし》・湘南健康安全研究所所長でしょうね」

「近江俊彦《おうみとしひこ》先生と二枚看板になる方ですね。近江先生は政府のコロナ感染症対策分科会会長で、厚生労働省の新型コロナウイルス感染症対策アドバイザリーボードの座長も兼任する、政府のコロナ対策の中心人物です。お二人は政権の代弁者で、医師の立場から発言しているとは思えません。医師会でなんとかできないんですか」

「意向は伝えているようですが反応は鈍く、何を言っても無駄でしょう。政府は感染症対策分科会や厚労省アドバイザリーボードを都合よく使いますし、近江さんも飴玉《あめだま》をしゃぶらされています。近江さんが理事長を務める医療法人に、莫大なコロナ対策費用がつけられ、しかもコロナ患者にほとんど対応しないことが容認されています。ですから近江さんは安保前首相に頭が上がらないんです」

「つまり『アボ友』ですね。でも酸ヶ湯さんと安保さんの間に軋轢《あつれき》が見え隠れしているから、うまくやればなんとかなるかな」と彦根は独り言のように呟く。

「それなら近江さんと大岡さんの確執も使えるかもしれません。厚労省に在籍し米国留学帰りでＷＨＯで役職を務め、国立感染症研究所の所長を務めたこともあるという、瓜二つの経歴を持つライバル同士ですからね。周囲のウワサでは、二人が会話を交わす場面はほとんど見たことがないそうです」

その言葉を聞いた彦根の目が、妖しい光を放つ。菊間会長は続ける。

「湘南県医師会の無責任HPの件は、医師会が三層構造で地方ごとに独立性がある面が悪く出ました。でも医師会会長が自保党べったりの横槍《よこやり》会長から武闘派の川中《かわなか》さんに代わったので、楽になりました。横槍会長の時は、政治関連は細かく指図され大変でした。ところで新型コロナウイルスについての最新の正しい情報はご存じですか。できればアップデートしたいのですが」

菊間会長の問いに、天馬が応じた。

「NYの最新情報で新型コロナウイルス感染で、症状発現の時系列と感染力の関係が明らかになったようです。潜伏期は五日、感染期間は発症の二日前から発症後九日までで、これで二週間の隔離期間が決められました。発症二日前からPCR陽性となり、二週間で三割、三週間で七割、四週間で九割が陰性化します。抗体は発症十日以後に陽性になるそうです」

「すると『三十七度五分以上の発熱が四日以上続いた場合に受診せよ』という、最初に厚労省が公表したガイドラインは、医学的に大間違いだったわけですね」

菊間会長が憤然として言うと、彦根はうなずいた。

「百歩譲って、未知の病原菌だから最初に間違えても仕方がないにしても、新しい知見で修正しなかったのは致命的です。おまけに『そんなことは言った覚えはない』と当時の厚労大臣が居直ったのでは、国の通達を律儀に守って亡くなった人は浮かばれません。しかもそんな人物が、官房長官になったのですから、世も末です。反省しない湘南県医師会も同じです。絶望的ですが問題がはっきりすれば対策は打てます。今のような正確な医学情報を発信し続け、常識化していくしかありません」

彦根の言葉で、暗く沈んだ場に明るい光が差し掛かった。

菊間会長が「今夜は、そろそろお開きにしましょう」と言った。

普段ならまだこれからという時間だったが、アーケード街に灯りが点っている店はない。五人はほろ酔い気分で、菊間総合病院の寮に戻った。

新たな戦いに赴こうとしている五人の戦士の勇姿を、中天高く輝いた満月が、煌々《こうこう》と照らし出していた。

6章　浪速大学ワクチンセンター

二〇二〇年十月　浪速・中央区・宇賀神邸

翌日、彦根は十年ぶりに浪速大学ワクチンセンターの元総長、宇賀神義治《うがじんよしはる》と会うため、自宅を訪ねた。菊間会長が連絡先を教えてくれたのだ。

浪速大学ワクチンセンター、通称「ワクセン」の本拠地は四国の極楽寺《ごくらくじ》で、主業務はインフルエンザワクチンの生産だ。終戦直後、浪速大学医学部付属微生物研究所を創設した宗像修三《しゅうぞう》博士は、発疹《ほっしん》チフスのワクチン作製を目指した。微生物研究所は研究部門とワクチン部門に分かれ、前者は浪速大学の傘下に収まり、後者はワクチン製造のため良質な有精卵の産地に拠点を移した。以後、ワクセンは浪速大の主流から外れた。だが国立大学が独法化した機を捉えて独立を宣言した。その立役者が訪問相手、浪速大ワクチンセンター二代目総長・宇賀神義治だ。

五年前、宇賀神が総長を辞した時、樋口《ひぐち》新総長の意向でワクセンの研究部門を浪速大のラボに再編入した。だからワクセンの研究部門は現在、浪速大にある。

その後の五年でワクセンは凋落《ちょうらく》著しかった。安保前内閣が断行した研究予算削減でワクチン開発研究部門が縮小されたところに浪速白虎党の医学関連費削減が加わり、二重のダメージを蒙った。だが海坊主、宇賀神は齢八十《よわい》を過ぎても意気軒昂《いきけんこう》だ。マスクは黄色で、タマゴのモチーフが白く染め抜かれている。それを見て別宮が「かわいい」と呟く。挨拶もそこそこに宇賀神は吠えた。

「ワクセンではＲＮＡワクチンの開発が治験の一歩手前まで来ていた。鳩村《はとむら》はコロナワクチン開発で日本で最初にＭＥＲＳワクチンの開発を終えたが、流行せず大規模治験ができず、詰めの実験があと少しだった。だが安保の野郎が研究費の予算をぶち切って悪名高い門倉《かどくら》学園に付け替えやがった。だから儂は辞表を叩きつけたんだ。予算を大幅にカットされ、ワクチン開発部門も縮小されたが鳩村はめげずにコツコツと研究を続けた。だが浪速大に寄付講座を立ち上げた実績のない教授が、新型コロナに対するワクチン開発をすると言い出しおった。ソイツが『エンゼル創薬』を立ち上げ、サンザシ製薬がバックアップしている。あの時に鳩村のワクチン研究部門に支援していれば、もうワクチンが完成していた頃なのに、と思うと無念じゃ」

　サンザシ製薬は中堅の製薬会社で、コロナ特効薬として話題になった「アボガン」を開発していた。サンザシ製薬の会長と安保宰相は親密で、薬は宰相・安保にあやかって命名されたと言われる。政策集団「梁山泊」は、安保政権の守護神・黒原《くろはら》検事長の検事総長就任の阻止の目処がついたところで解散した。三ヵ月後、安保宰三首相は持病の悪化を理由に政権を投げ出し、「梁山泊」の目的のひとつは達成された。

このため八月の一ヵ月間、彦根は精神的な休暇を過ごすことができた。

しかし安保政権は終わったものの、五輪は一年延期の形で継続した。一年延期の決め手は、「世界がコロナに打ち勝った証しの五輪」というフレーズだ。五輪を招致した時の謳《うた》い文句の「原発災害からの復興五輪」を酸ヶ湯内閣は完全に削除した。

日本ではコロナが小康状態で、政権は五輪をやる気満々だ。五輪中止を副目的に据えた「梁山泊」の解散は時期尚早だったか、と考えていたら宇賀神がにやりと笑う。

「昔から彦根君は、白日夢を見るクセがあったよな。今は何を考えていたんだ？」

「医療の精神にもとる『エンゼル創薬』の退場のさせ方です」

「素晴らしい。それなら喜んで、協力させてもらおか」

「いずれご登場願いますが、まずコロナについて簡単にレクチャーしてくれませんか」

「もちろんだ。新型コロナウイルスはＲＮＡウイルスで、名称ＳＡＲＳ－ＣｏＶ－２。遺伝設計情報（ゲノム）は三万塩基で、発見直後にゲノム解読が終わりＰＣＲ診断が可能になった。ウイルス表面に突出するスパイク蛋白（Ｓ蛋白）が鼻腔《びこう》、肺、消化管の上皮細胞のＡＣＥ２レセプターに取りつき内部に侵入し、細胞に感染する。感染症の名称はＣＯＶＩＤ－19だ。主症状は咳、肺炎、下痢や嘔吐《おうと》の消化器症状、嗅覚異常などだ。新型コロナは死亡率二パーセント、重症率五パーセント、軽症六〇パーセントだが基礎疾患があると致死率が跳ね上がる。感染効率がよく流行制御しないと感染爆発が起こり、医療崩壊する。また重症と軽症者は重篤な後遺症が残る。インフルエンザは季節性があるが、コロナは年中流行する。突然重症化し、死亡率が高くなる。弱毒性と強毒性のふたつの顔を持ち合わせた、タチの悪いウイルスだ」

宇賀神の説明を、アメリカ帰りの天馬が補足する。

「重症化の一系統は重症肺炎からＡＲＤＳになるもので、肺の感染領域の急激な拡大と免疫の異常な活性化から呼吸不全を呈し重篤です。もうひとつは免疫反応の異常活性化が全身に起こるサイトカイン・ストームで、Ｔ細胞の著明な減少が認められます」

「免疫暴走なのに、司令塔のＴ細胞が減少するとは矛盾していないか？」

「残存したＴ細胞の活性が上がる、つまりＴ細胞が働きすぎて自滅するらしいです。免疫過剰による血栓形成が主病態で、自己免疫疾患の川崎病に似た症状も出ます」

「ちょっと待って。素人にはチンプンカンプンよ。できれば免疫学の基礎から教えて。あたしの背後には一億人の、医学知識に乏しい一般市民が控えているんですからね」

さすがに一億人は大袈裟だろうと思いつつも、天馬は別宮の要請に応じた。

「免疫系は自然免疫と獲得免疫の二系統あり自然免疫担当はマクロファージ、樹状細胞、ＮＫ（ナチュラルキラー）細胞で、病原菌の抗原を認識して貪食し免疫の前線部隊を担う。樹状細胞は自然免疫だけで感染を防御できない場合は病原微生物を貪食し、獲得免疫という防御実働部隊のリンパ球に伝える。ここまではわかったかい？」

「T細胞とB細胞というのは聞いたことがあるわ。T細胞はティーチャー（先生）細胞でB細胞はボーイズ（生徒）細胞でしょ」

「どこでそんなデタラメを……。T細胞は胸腺（Thymus）で成熟するからT細胞と呼ぶ。B細胞はブルザ（Bursa）と呼ばれる鶏《とり》のファブリキウス嚢《のう》で産生される。偶然だけど『先生』と『生徒』の関係性は合ってる。リンパ球は免疫の主力で、抗体を産生するB細胞と、樹状細胞が提示するウイルスの断片ペプチドを記憶するT細胞があり、抗原認識したT細胞がサイトカインを出し、炎症を引き起こすんだ」

「天馬先輩、それではパンピーには難しすぎます。別宮さんのため、崇徳大学公衆衛生学講師のこの私が、懇切丁寧にかみ砕いて説明して差し上げます」

仰々しい前振りに別宮はむっとしたが、今は拝聴するしかない。冷泉は続けた。

「外敵が体内に侵入すると、マクロファージや樹状細胞などの前線部隊が戦い、敵の残骸を体内に取り込み、外敵の抗原をツノみたいに頭にぴょこんと飛び出させます。これを抗原提示と呼び、それを見たリンパ球のCD8＝キラーT細胞が、感染した細胞を壊す。樹状細胞が司令官でキラーT細胞は狙撃兵。CD4＝ヘルパーT細胞はサポート役の参謀で、兵卒のB細胞が中和抗体を産生して感染阻止に励みます。因みにCDは『Cluster of Defferentiation』の略で抗原のナンバリングです」

「ふうん、ほんとに軍隊みたい」と別宮が言うと、冷泉は続ける。

「提示された抗原に対し、兵卒B細胞が中和抗体を産生する。T細胞はサイトカインという液性物質を出し炎症細胞に招集をかけ局所の炎症反応を起こす。制御性T細胞は過剰な免疫反応を抑え、炎症による組織破壊を防ぐので憲兵に相当する。免疫細胞が外敵を退治したらキラーT細胞もB細胞も姿を消すけど、メモリー細胞という抗原記憶を持つリンパ球が残り、次に同じ外敵が侵入した時、迅速に防御線を敷けるの。これを免疫学的記憶の成立と呼ぶけど自然免疫がなければ獲得免疫は機能しないの」

「なんだかムカつくけど、とってもよくわかったわ」と別宮が言う。

「『ムカつくけど』って余計ですよね」と冷泉が至極もっともなコメントをする。

「もう少し続けよう。抗体は蛋白質や糖鎖抗原表面を認識するがT細胞は樹状細胞に取り込まれ、消化後に細胞表面のヒト白血球抗原の上に提示されたペプチド断片や、感染細胞の細胞膜のヒト白血球抗原上に提示されたペプチド抗原を認識する。コロナウイルス属は表面抗原が変異する。S蛋白抗体は半減期140日で、S蛋白メモリーB細胞は8ヵ月間減衰しない。コロナ特異CD8＝キラーT細胞の半減期は125日で、コロナ特異CD4＝ヘルパーT細胞の半減期は94日だ。それはつまり、ワクチン免疫の持続期間は半年以内で、追加接種が必要になるかもということだ。でもそれはインフルエンザワクチンと同じだと考えればいい。朗報は、コロナから回復した患者の血清にはS蛋白に結合する中和抗体ができているとわかったことかな」

「それならコロナが治った患者の血清を注射すれば、コロナ退治できるんじゃない？」

別宮の発言に、天馬と冷泉が顔を見合わせる。

「別宮さんて医学的な教養は乏しいのに、理解力と推測力は大したものですね。それは患者血清療法という手法です。北里柴三郎《きたざとしばさぶろう》博士が破傷風で、共同研究者のベーリング博士がジフテリアで血清療法を樹立した時は、馬で血清を大量に作製しました。最近はダチョウでコロナ血清を作製した研究者もいます」

「面白そう。ちょっと深掘りしてみようかな」と別宮はさらさらとメモする
「ついでにワクチンの基本を、宇賀神総長に教えてもらおう。インフルエンザワクチンの概略の教えを請うには、この人が一番だからね」と、彦根が言う。

「この老いぼれに、気遣いは無用ぞ」と言いながらも宇賀神は、嬉《うれ》しそうだ。

「インフルエンザワクチンは『不活化ワクチン』で、少量のウイルス株を孵化《ふか》前の鶏卵に接種する。受精後十日目にウイルスを注射し、数日後ウイルスが最大量に達した時、卵を割りウイルスを集める。タイミングが遅れるとヒヨコ自身の免疫が発動するため、ウイルス量が激減する。そうして集めたウイルスをホルマリンで不活化して一丁上がりだ。通常は卵一個で一人分のワクチンができる」

「同じ方法でコロナのワクチンはできないんですか？」

別宮の質問はシンプルで本質を突いている。宇賀神は首を横に振った。

「孵化鶏卵を使うシステムでは、コロナウイルスは産生しないらしい」

「次は最先端技術、ｍＲＮＡワクチンの基本を天馬博士に聞こう」と、彦根が言う。

「聞きかじりですがＤＮＡプリンターという機械にアップロードしたデータをＤＮＡ分子に変換し、少量のＤＮＡを出力後に、様々な過程を経てＲＮＡが生成されます。ＣＯＶＩＤ-19のブループリントはスパイク蛋白の遺伝子ＲＮＡに設定されます。従来のｍＲＮＡワクチンは体内に入ると自己免疫で排除されたんですが、塩基Ｕ（ウラシル）がリボース環に結合したヌクレオシドの一種ウリジンを、自然界に存在しないΨ（シュードウラシル）という修飾ヌクレオチドに変換したら、自己免疫の破壊から逃れる『ウラシル転換』が発見されました。発見者のカタリン・カリコ博士は米国でｍＲＮＡを研究した、ドイツのビオンテック社の副社長です。『脂質ナノ粒子』でｍＲＮＡをコーティングし注射します。脂質と界面活性剤の直径〇・〇一〜一ミクロンの『脂質ナノ粒子』中に封入されたワクチンｍＲＮＡがヒト細胞に導入されるんです」

「ちょっと待て。こんな貴重な話をロートルの儂だけが聞くのは、もったいない。せっかくだから浪速ワクセンの研究開発局の研究員の前で話してくれ。ここから徒歩五分の所にあるし、この時間なら主任研究員の鳩村もいるはずだ」と宇賀神が言う。

「いいですね。鳩村君にワクチンの最新知見を伺え、天馬君と知識の交流もできるから一石二鳥です。それでいいよね、天馬君」と彦根が言うと、天馬はうなずく。

「グッド。だがその前に訂正しておく。儂は総長ではなく元総長だ。そんなことを言ったら樋口現総長がいじけちまう。それでは諸君、早速、レッツラ・ゴンだ」

拳を振り上げ、元気よく言った宇賀神の禿頭がきらりと光った。


到着した浪速ワクチンセンター研究開発局は、立派な名称とうらはらに、二階建ての小さく粗末なバラックだった。宇賀神が言い訳するように言う。

「ドイツのコッホ研究所でノーベル賞級の業績を挙げて帰国した北里柴三郎博士も、こんな粗末なバラックの研究所から研究を始めたんだ。力添えをした福沢諭吉《ふくざわゆきち》は、とりあえず形を作ることが大切だと強調したと、知人の歴史学者が教えてくれたよ」

建物内に入ると、ガラス張りの研究室の中で白衣姿で長身の青年が立ち上がる。エア・ジェットで乱れた髪を整えながら部屋を出てくると、実験室用のマスクを外した下から端正な顔立ちが現れた。宇賀神の隣にいる彦根を見て目を丸くする。

「誰かと思ったら、彦根先生じゃないですか。お久しぶりです」

「ほんとに久しぶりだね。加賀《かが》には顔出ししているの?」

「最近はご無沙汰です。プチエッグ・ナナミは順風満帆で、まどかは双子を産んで、社長業と子育てで大忙しみたいですけど」

加賀大の大学院で名波《なみ》、真砂《まさご》、鳩村の三人が、有精卵プロジェクトを立ち上げた時、その依頼をしたのが彦根だった。真砂エクスプレスのプチエッグ・ナナミで生産した加賀の有精卵を四国の極楽寺に運送することに特化した運送会社で、代表の真砂達也《たつや》はプチエッグ・ナナミの社長の名波まどかと結婚した。

「別宮さんとは面識があったよね。他の二人は天馬大吉君と冷泉深雪さんで、東城大学医学部の後輩だ。天馬君は先月までマウントサイナイ大学病院で病理医をしていた。冷泉さんは崇徳大学の公衆衛生学教室の講師で、二人とも鳩村君と同世代だよ」

「鳩村。お前のワクチン開発研究の成果を、どんと教えてやれ」と宇賀神が言う。

「喜んで。何か質問はありますか」と言う鳩村に、別宮がすかさず言う。

「mRNAワクチンのイメージが全くつかめなくて」

「それはコンピューターとのアナロジーなら理解しやすいかもしれません。遺伝情報を司るRNAは作業記憶でコンピューターで言えばRAMです。コンピューターは二進法で0と1がデジタルコードですが、遺伝子のDNAではA、C、G、Tの4塩基が基本で、RNAではTの代わりにUになります。コンピューターは8ビットを1バイトと呼びますが、ゲノムでは3塩基が1コドンで基本単位になります」

「なんだか遺伝学が全然違う見え方がしてきます」と冷泉が言う。

「ワクチンは『発病なしに免疫系に病原体との戦い方を教える』戦術で、コロナワクチンのmRNAワクチンも『免疫系の学習を促す』点は同じなんです」

「コロナウイルスに似た物質が体内に入ったら、危なくないんですか？」

「ｍＲＮＡワクチンは、ウイルスのスパイク蛋白だけで、機能しないので安全です。僕の方からも聞きたいことがあります。天馬先生のマウントサイナイ大学病院は、研究分野で時々名前を聞くんですが、どんな病院ですか」

「十九世紀半ばに開設され、一九九八年にニューヨーク大学医療センターと統合してマウントサイナイ・ニューヨーク医療センター・ヘルスシステムが設立されました。学生は、少数民族が二割、女性が五割と、多様性にも力を入れています」

「最先端のワクチン開発研究が進んでいる、と聞きますが本当ですか？」

「本当です。四年間、癌遺伝子の研究をしたんですが、二月以後は病院も研究部門もコロナ一色になり、そちらを手伝いました。病院の前のセントラルパークに野戦病院ができ、毎日惨状を見せつけられたのでやるっきゃない、という気持ちでした。でもトランペット・シンパの人種差別が酷くなったので、やむなく帰国したんです」

そう言って天馬は右眉のところの傷を、人差し指で撫でた。

「すると天馬先生は、米国内のワクチン開発を実体験されていらっしゃるんですね」

「ええ。現在、高品質のｍＲＮＡワクチンの開発が終わり、大規模治験の最中です。ファイザー＝ビオンテックとモデルナがツートップで、共に好成績です」

「天馬君はワクチンを打ったの？」と彦根が訊ねる。

「治験に参加しました。数日間、倦怠感《けんたいかん》があり、注射した局部の腫脹《しゅちょう》と疼痛《とうつう》があり、軽度のアナフィラキシーもあります。バイアルに0・45㎖の冷凍ワクチンがあり、1・8㎖の生理的食塩水で希釈します。0・3㎖用量が五回分ですが低デッドスペースシリンジを使用すれば一回か二回分、余計に採取できるそうです。でもそれには特殊なシリンジが必要です」と天馬が言うと、彦根がうなずく。

「米国や韓国はシリンジ確保に奔走しているけど、日本政府に動きはないね。そのあたりを仕切るのは酸ヶ湯さんの腹心の泉谷さんとペアの本田さんだから、無理そうだな。連中はそんな気働きは絶対できないよ、と白鳥さんならバッサリ断言しそうだ」

「ファイザーとモデルナは、日本ではふたつとも米国発のワクチンだと思われていますが、ワクチンの組成だけでなくワクチン・プロジェクトも違うんです」

「米国にいたのによく知らないんです。よければ教えてもらえますか」

「今年一月、新型コロナウイルスの全塩基配列を中国CDCが発表した時に各社一斉にワクチン開発競争がスタートしました。先頭はドイツの製薬企業ビオンテック社が開発し、ファイザーが製造販売を請け負うものです。『ビオンテック＝ファイザー』と併記されますが、ファイザーの子会社ではなく、ビオンテック社はトルコ移民のウル・シャヒンと妻のオズレム・テュレジが二〇〇八年、ドイツのマインツに設立した、がん免疫療法やワクチンなど医薬品候補を開発するバイオテクノロジー企業です」

「そうだったんだ。知らなかった」という天馬が呟いた。

「二〇二〇年一月、ウイルスの全塩基配列を見たシャヒン代表は一瞬で、スパイク蛋白の構造からワクチン設計図を描き一週間後に二十種のワクチン候補薬をコンピューター上で設計しました。ワクチン開発に『光速プロジェクト』を設定しファイザーと提携し五月に米国で第Ⅰ／Ⅱ相試験を始め、今月頭に欧米各国で段階的承認申請をし、来月には米国でも緊急使用許可が下りるそうです。モデルナも一月にワクチン作成を発表し、四月に米国研究開発局が五億ドルの援助を割り当て、トランペット大統領が打ち上げた『ワープスピード・オペレーション』でも大黒柱を担っています。米国挙げてのプロジェクトの中心です」と鳩村が淀みなく説明する。

「ビオンテックが『光速』だから、トランペットは光速を超える『ワープ』か。相変わらず、負けん気だけは人一倍強いんだな」と彦根が苦笑する。

「ビオンテック＝ファイザーの二十億ドルの先行発注は事前購入契約でワクチン納品まで支払いは発生せず、ワクチン開発や製造支援で連邦資金は受けていません。シャヒン夫妻がトルコ移民だから、レイシスト・トランペットの援助を受けるのがイヤなんでしょう」と鳩村が言うと、天馬は嬉しそうだ。そこに宇賀神が割り込んできた。

「ビオンテック＝ファイザーには中国も巨額の出資をしたがその頃、日本政府が巨額の予算をつけたのが『ＧｏＴｏキャンペーン』なんだから情けなくて涙が出る。日本は『ワクチン外交』に出遅れ、早晩ワクチン調達で不利益を蒙るのは目に見えておる」

「僕が政権弁護をするのもおかしな話ですが、欧米と日本ではコロナの蔓延具合が違いますから、ワクチンへの支出が遅れたのはやむを得ないでしょう」と彦根。

「そうだとしても、『エンゼル創薬』に投じるなんて税金をドブに捨てるようなものだ。鳩村ラボならビオンテックに匹敵する日本発のワクチンも完成したんだぞ」

「でも世の中、結果が全てです。今、僕がやれることを粛々と続けるだけです」

鳩村の泰然自若ぶりに感心しながら、天馬は言う。

「鳩村さんのコロナワクチン開発は、どんな風に設計したんですか」

「新型コロナウイルスに特徴的なスパイク蛋白（S蛋白）に対する中和抗体を産生させるため、ウイルス・ミミックのｍＲＮＡを接種します。スパイク蛋白は本体から切り離されると壊れやすくて不安定ですが、二〇一七年、ＭＥＲＳウイルスのスパイク蛋白を合成したマクレラン博士という天才科学者がいて、その論文を応用したんです。『プロリン置換』がベースなんですが」

「スパイク蛋白を支える添え木の役割を果たし安定し、ワクチン作製効果が高まるという、かの有名な『プロリン置換』ですね。マウントサイナイ大のラボでも話題になっていましたが、いち早く注目されていたとはさすがだなあ」

盛り上がる天馬と鳩村に、「プロリンって、なんですか」と別宮が訊ねる。

「プロリンは唯一、環状の二級アミン構造を持つアミノ酸でシス、またはトランスのアミド結合で架橋構造を取り、疎水性相互作用で強い結合力になるんです」

「つまり分子がくっつく力が強くなり壊れにくくなるのね。『プロリン置換』って、かわいい名前ですね」と別宮に言われて、鳩村は苦笑する。

「『2プロ』導入でMERSで安定度が五十倍になりました。二〇〇二年のSARS、二〇一二年のMERS以来、コロナ感染は出現しませんでしたが今回、新型コロナウイルスではすぐにMERSワクチン作製レベルから始められたんです」

「マウントサイナイ大のラボはマクレラン博士の研究室と相互フォローしていて、ぼくも同僚のハンナに勧められ、Zoomでマクレラン博士の講義を聞きましたよ」

天馬の言葉に、鳩村は「羨ましい……」と呟いた。

「二〇一二年のMERS流行時の構造生物学者のマクレラン博士の論文によると、細胞内に侵入する役割を果たすウイルス表面のスパイク蛋白は細胞融合プロセスで形を変え、チューリップが花開くような『プレフュージョン』(構造変化前)構造から、チューリップが閉じドリルのようになる『ポストフュージョン』(構造変化後)構造に変化し、プレタイプに対する抗体は効き目が強く、ポストタイプの抗体は効力がないそうです。しかも標準的技術でワクチンを作ると、効き目の薄いポストタイプのスパイク蛋白になってしまうんだそうです」

「花開いた構造が閉じてドリル形態に変化するなんて、エヴァの使徒の形態変換みたい。そっか、使徒のモデルはコロナウイルスだったのね」と冷泉が興奮して言う。

だがそこには「エヴァンゲリオン」という流行のアニメを知らない者しかいなかったので、冷泉の熱狂はスルーされた。鳩村は続けた。

「マクレラン博士は、S蛋白内の一千を超す構成単位の二つをプロリンに変えるとプレタイプのチューリップ状構造を取る確率が高くなり、合成スパイク蛋白をマウスに投与すると、MERSコロナウイルスの免疫が誘導されたそうです。この合成蛋白を『2P』と呼び特許を取りましたが、MERSが消滅し製薬会社もワクチン作製を考えず、世紀の発見は埋もれたのです。SARS以後、新型コロナ以前のコロナ関連による死者の累計が全世界で千人以下しかいなかったことも影響しました。でもコロナウイルスに対するワクチンの基礎はできていたので今年、新型コロナが登場した時、ビオンテック社が参戦し、あっという間にmRNAワクチンを作ったんです。今、欧米で承認されたワクチンはビオンテック＝ファイザー、モデルナ、ジョンソン&ジョンソンの三種です。モデルナは米国立アレルギー感染症研究所（NIAID）、アメリカ生物医学先端研究開発機構（BARDA）、モデルナの三者で共同開発した米国産のmRNAワクチンです。2～8℃の標準的な冷蔵庫で一ヵ月間保存可能なので、ファイザーワクチンより使い勝手がよさそうです」

「他のワクチンの現状はどうなんだい？」と彦根が質問した。

「アストラゼネカ製品は、オックスフォードのジェンナー研究所が、イタリアのワクチン製造会社と共同開発したものです。チンパンジー由来のアデノウイルスを弱毒化したものに新型コロナのS蛋白遺伝物質を組み込み、接種後ウイルスのS蛋白が体内で形成されます。T細胞免疫を誘導し長期効果と重症化抑制が期待でき、五ドルの安価、一般冷蔵庫で六ヵ月保存可能などメリットは多そうです。ベクターは細胞内に侵入する効率がいい反面、二度目は効果が弱くなるのが難点です」

「なぜ、わざわざチンパンジーのウイルスを使うんですか」と冷泉が訊ねる。

「ヒトのアデノウイルスには、ほとんどの人が抗体を持っているからです。ワクチンではジョンソン&ジョンソンやロシアの『スプートニクV』で使われています」

「中国製ワクチンの評判はどうですか？」と彦根が質問する。答えたのは宇賀神だ。

「中国のは不活化ワクチンだ。中国のコロナ対策はSARSの時の英雄、鍾南山《しようなんざん》が陣頭指揮し、独裁者の悪評高い中国の古今東《こきんとう》首席も鍾南山には絶対服従している。コロナ収容専門病院を建設したり住民の行動を監視、統制するのは独裁国家だからできることだとワイドショーは揶揄《やゆ》したが、感染を抑え込むため陽性者を収容、隔離するのは衛生学の基本だから、茶化すのは自分たちの無知を晒《さら》すようなものなのだが」

「いずれ日本で感染爆発が起こったら、なぜ全数調査せず、軽症者や無症状者の隔離施設を作らなかったのか、世界中の医学者から不思議に思われるでしょうね」

衛生学者の冷泉が憤然として言うと、それを受けて別宮が続ける。

「その時はワイドショーのコメンテーターは掌返《てのひら》しをするのかな。白虎党元党首の蜂須賀さんはPCR抑制論者だったのに、自分が少し体調を崩したらビビってPCR検査を受け、『平熱パニックおじさん』なんてネット民にバカにされています。中国の情報を公正に伝えるメディアは日本に乏しいから、実情は伝わりにくいですね」

宇賀神がうなずいて、補足した。

「中国ではワクチン接種はアプリ管理の予約制だそうだ。予約日時は週二回更新され、早い時期に予約変更も可能で予約した病院で本人確認と問診し接種は五分で終了、二回目の予約も同様で、接種後は接種完了の証明がアプリ上で反映される。因みにワクチン接種は十六歳から五十九歳の年代を最初にやり、老人は後回しだそうだ」

「働き盛りを先に接種するのが合理的です。日本では六十五歳以上の老人の全接種を終え、次に働き盛りの世代に接種する計画らしいですけどナンセンスです。政府アドバイザリーボードの人たちが医学に基づいた提言をしてくれるといいんですが」

別宮が言うと、冷泉が首を横に振る。

「さすがに四百八十万人の医療従事者は優先接種するそうですが、老人施設で働く介護職の人たちやコロナ患者を搬送する救急隊員は後回しです。バカみたい」

「老人優先は集票絡みというウワサだね。ロシア製ワクチンの評判はどうですか」

彦根の問いに、鳩村が答える。

「ロシア製『スプートニクV』はアデノウイルスを使うタイプで、一回接種の有効率が九一パーセントとまずまずです。中国とロシアは、アジアに自国で開発した不活化ワクチンを供与して、影響力を強めようとしていると聞いています」

「政治絡みで中露の情報が偏向してしまうのは、仕方ないかもしれませんが、医学領域まで情報が正確に届かないのはいかがなものかと思います」

別宮が言うと、宇賀神が、我が意を得たりとばかりに大きくうなずいた。

「そのあたりの事情を知りたければ、友人を紹介してやるぞ。明治史と現代史を対比研究している歴史家の宗像博士だ。博士とは幼なじみで、医学史は博士の関心のひとつで儂もいろいろと聞かれたんだ。明治時代の政策の柱に感染症予防があったからな」

その途端、別宮の目がキラキラと輝いた。

「宗像先生って最近、日本学術会議のメンバーに推薦されたのに、酸ヶ湯首相に任命を拒否された、今、話題沸騰中の国際法学者、宗像壮史朗先生ですか?」

「ん? そう言えばこの間会った時、そんなことを言っておった気もするが……」

宇賀神が戸惑いがちに言うと、別宮が前のめりで言う。

「それって今のあたしの関心時のど真ん中です。行きましょう、今すぐ。何をグズグズしてるんですか。ほら、急いで」
「お、おう、わかった。そうしよう」と別宮の勢いに気圧《けお》され、宇賀神はうなずいた。
その宇賀神の外出姿を見て、彦根以外の三人は絶句した。
モーニングに蝶《ちょう》ネクタイまではいい。だが、その上にシルクハットを被っていた。
今どき、シルクハットなんて滅多にお目にかからない。けれども彦根が平然として
いるところを見ると、どうやら、宇賀神の普段のお出かけ姿らしい。
鳩村は同行しなかった。最近は朝早くから夜遅くまでラボに籠もりきりらしい。
銀のステッキを片手に、足取りも軽く出掛けたのは、環状線の三駅目で南海《なんかい》線に乗
り換え四駅のお屋敷町、手塚山《てづかやま》だ。
浪速の中でも歴史は古く、由緒正しい高級住宅街といわれる。そこからさほど遠く
ない所に、花街で有名な泉野新地《いずみのしんち》がある。
そこは蜂須賀守・元浪速市長兼浪速府知事のホームグラウンドでもある。
途中、菊間総合病院がある天目区を通り過ぎ、手塚山駅に到着する。
電車を降りた五人は、仲良く並んで街角を歩き始めた。

7章　歴史学者・宗像壮史朗　二〇二〇年十月　浪速・手塚山・宗像博士邸

手塚山駅で下車した五人は、宇賀神を先頭に瀟洒《しょうしゃ》な街角を歩いた。

「この辺りで宗像家といえば、知らぬ者のない名家だよ」

そう言いながら、宇賀神は豪壮な門構えのお屋敷にすたすたと入っていく。

風情が匂い立つ枯山水の庭園を眺めながら、飛び石を伝え歩き、玄関に着いた。

宇賀神が呼び鈴を鳴らすと、奥から間延びした声がした。

しばらくして、からりと引き戸の扉が開くと、和装の男性が立っていた。

「おお、誰かと思たら、よっちゃんやないか」と二人は肩を叩き合った。

「突然で申し訳ないが、壮ちゃんの話を聞きたいという客人をお連れしたんだ」

宗像はちらりと背後の四人を見て、「どうぞお入り」とあっさり言った。

応接室には大きな柱時計があり、彼らが部屋に入った時に十一時の鐘を打った。

部屋を見回すと立派な書棚が目を惹《ひ》いた。「明治期の課税状況」「大本榮発表祿」「日清戦役従軍記」「明治大帝の治世」など、厳《いか》めしい旧字体の漢字の背表紙で埋め尽くされている。由緒正しい古書店のような趣だ。箱入りの本は、今は滅多にお目に掛かれない。彦根が書棚を眺めていると、和服姿の宗像が隣に立った。

「熱心だな。この中に興味のある書籍があるのかな。あれば貸してあげるから、遠慮なく持っていきなさい」

「本はその人の財産ですから、迂闊《うかつ》に借りるわけにいきません」

「それは無用な遠慮だ。その棚に並んでいる本の内容は全て、この頭の中に入っておる。そこに並べているのは、単なる飾りのようなものだ」

そう言った宗像博士は、自分のこめかみを人差し指で、こんこんと叩いた。

「わかりました。でしたら、時間ができたら拝読したい書籍がいくつかあるので、その節に改めて伺います」と彦根は微笑する。

「ところで君の興味を引いたのは、どの本かね」

「『醫学思想史』、『種痘所の沿革』、『戦争論注』、『独逸参謀本部興亡史』です」

「なるほど、明治時代の衛生学に興味をお持ちか」

「『醫学思想史』と『種痘所の沿革』はわかるが、『独逸参謀本部興亡史』や『戦争論注』が明治時代の衛生学に関係するのか？」と宇賀神が不思議そうに尋ねる。

「明治の衛生行政は幕末の蘭学者の種痘導入を始まりとし、内務省衛生局と陸軍軍医寮で進展し、初代衛生局局長・長与専斎《ながよせんさい》、陸軍軍医総監・石黒忠悳《いしぐろただのり》が切磋《せっさ》琢磨《たくま》した。そして第二世代の北里柴三郎と森林太郎《もりりんたろう》の双璧にて結実するからだ。そうだな？」

「恐れ入りました。ご明察です」と彦根はうなずいた。

「その二人の名前なら知ってます。鷗外《おうがい》の『舞姫』は中学校の教科書で読みましたし、北里柴三郎は千円札の顔になります」と、物怖じしない別宮が口を挟んだ。

「宇賀神先生がおっしゃった、中和抗体を世界で初めて発見したのが北里柴三郎博士で、論文の共著者ベーリングは第一回ノーベル医学賞を受賞しているんだよ」

すかさず天馬が言うと宇賀神が二人の会話に割り込んだ。

「確かに北里博士が血清学と免疫学の扉を開いたが、儂はクラウゼヴィッツの『戦争論』と現代の衛生学の流れの関係を聞きたいんだ」と言うと宗像博士が答える。

「明治衛生学で北里と並ぶ双璧、第八代陸軍軍医総監・森鷗外が、陸軍で衛生学の確立に努めた時に範としたのがドイツで、『クラウゼヴィッツの戦争論』はその根幹の思想だからだろう。だがその視野の広さは医学史教育が欠落している日本の医学教育の中で育つものではない。貴君はなぜそんな風に考えるようになったのかね？」

「『日本三分の計』を提唱して、村雨元府知事と活動していた頃に、ベネチアの賢人の『エレミータ・ゴンドリエレ』に『旗を捨てよ、国家を砕け。群衆に入り考え続けよ』と教えられたんです。でも国家を砕くには成り立ちを知らなければなりません。日本の医療を考えた時、土台は明治時代に打ち立てられたと気づいて、調べたんです」

宗像博士は目を見開いた。

「『隠者《エレミータ》』とは、ベネチアの知性、モロシーニ公のことかね？　二十代の頃、オーストリアに留学していた時に知り合った彼の、壮大な発想と深い知見には感服させられたよ。いつも私は彼の思想を意識しながら修学に励んだものだ」

彦根はベネチアの夜空に反響した告知《ノーティス》を思い出す。

——国家はいずれは滅びる運命にある。ならば国家たることを止め、最初から純粋意志の集合体を目指せ。

あれから十年、社会は変化し、市民の間で繊細な意思疎通が可能になった。

SNSによる個人レベルでの国家情報の共有など、まさにそうした動きだ。

そんな中コロナが襲来し、社会は新しい生活様式を模索している。だが政治と国家は変化を頑なに拒絶し、従来の形式に固執している。やはり国家というパラダイムはもう寿命かもしれない、と彦根は昔の考えを思い出す。

「明治政府と現政権は背景は似ているが、国家の方向性は真逆になっている。そもそも明治政府の悲願は、幕府が迂闊に結んだ不平等条約の改正だった。そのため日本が文明国と認識されることが必要で、そのひとつが赤十字会議に参加することだった。日本は国際社会に認められようとして衛生学に力を入れたのだ」と宗像博士が続けた。

その言葉は荘重で、大学で名誉教授の特別講義を聴いているような気持ちになった。

宗像博士は、書棚を見遣りながら続けた。

「だが現政府は米国との日米地位協定の改正など微塵も考えず、世界唯一の被爆国なのに核兵器禁止条約の締結もしない。日本国民の責務と矜持《きょうじ》をドブに捨てる行為だ。矜持なき国は亡びる。その意味で現在の政府は亡国政府だと言って差し支えない」

「先生のような著名な学者に失礼とは思いますが、明治時代の素晴らしさを強調しても、今の市民には響かないのではないでしょうか」と別宮が口を挟む。

「私は明治時代が素晴らしい、と賞賛したいのではない。現代を理解し、改善していくには明治時代の研究が有意義だと考えている。私の思索を現在の社会の向上につなげるため、常にブラッシュアップしないといかん。したがって批判は大歓迎だ」

宗像博士の言葉を字面のまま受け取って、怖れ知らずの別宮が斬り込んだ。

「ではお聞きします。宗像教授は、今回の学術会議の推薦拒否に、現政府への批判が影響していると思いますか？」

「それはないと信じたい。さもないと今の政府は『無知、無理、無茶、無責任』の四無内閣になる。私は年だし学問領域に政治が介入するのはおかしい、と声高に言うつもりもない。ただ、公文書の破棄は為政者としてやってはならんことだと思う。だが、それすら私は直接非難はしない。権力者はそうした横紙破りをやりたがるし、それをやるような人間には何を言っても無駄だからな」

すると彦根が、こらえきれないように、思いをぶつけた。

「そんな幼稚で未熟な『えばりんぼ』がトップに立てる、民主主義というシステムそのものが間違っていることになりませんか」

「明治時代にも下司《げす》な政治家はいたが、最後の一線は守られた。トップの明治天皇が、元老を始めとする政治家を御したからだ。自制できる人物を人々は選んだ。今の象徴天皇にはその権限がない。安保君は『責任を痛感する』と言うが、責任は『感じる』ものでなく『取る』ものだ。責任を取らない、無責任で恥知らずな連中が権力を握っているのは残念なことだ。私は、残された人生を、明治時代と現代を対比させ、今の問題点をはっきりさせることに費やそうと決めた。面白いものでそんな決意をした途端、興味を示す人々が訪れてくる。君たちもそんな人たちの仲間だな」

「ということは、あたしたちの前に宗像先生のところに来た人がいたんですね」

「その通り。彼は今日、ここにやって来る。迷える子羊のような顔をしていたから道を示したら、弟子入りを願い出た。今日は成果を見せてもらう予定だ。お、噂《うわさ》をすればなんとやら、わが弟子が到着したようだ」

どかどかと乱暴な足音がし、「先生、できましたぞ」という大声と共に扉が開いた。

一瞬立ち止まったその人物は、次の瞬間、大声を上げる。

「な、な、なんで別宮さんがこんなところにいるのだ」

「それはあたしのセリフです、終田先生」

「君たちは知り合いだったか。この前は詳しく聞かなかったが、この人たちが絡んでいるということは、以前君が書いた作品にはなにやら深い意図があるようだな」と楽しそうに言った宗像博士に言い訳するように、作家の終田千粒が言った。

「おっしゃる通りです。『コロナ伝』はコロナ蔓延と安保政権の極悪非道ぶりに怒り、東京五輪の中止を求め小日向都知事を改心させるために書いたものです。しかし小日向都知事は魔女の顔で当選し、安保内閣は酸ヶ湯政権に首をすげ替えただけで、いけしゃあしゃあと五輪の実施を継続しています。『コロナ伝』は『神』のミッションを果たせず無念、世紀の駄作になり果ててしまったのです」

今年上半期の大ベストセラー『コロナ伝』は、電子書籍で公称三百万ダウンロードを達成したが紙本は少なく、本屋の店頭でもほとんど見かけず、かなりのプレミアがついている。作品の執筆の端緒となった場面に彦根も立ち会っていた。「梁山泊」のプレゼン会議で終田がプレゼンした時、居合わせた別宮が新聞連載を持ちかけたのだ。

「『続・コロナ伝』をさっさと書いてください、とお願いしましたよね。それならまずあたしに一報するのが出版界の義理というものでしょう」

別宮の冷ややかな口調に動揺を隠せない終田は、しどろもどろで言い訳をした。

「も、もちろん執筆の目処《めど》がついたら別宮さんにも報せようと思ったんだが、何も思いつかず日々が過ぎ、焦燥に駆られていたところに明治の日清戦争の時に後藤新平《ごとうしんぺい》が帰還兵に大検疫を遂行したというドキュメンタリー番組を見た。感動した儂は、後藤男爵がタイムスリップして現代にきて、現政権のコロナ対策に激怒しながら新たな検疫をやり遂げる、というアイディアを思いついたんだ。どうだ、面白そうだろ」

「ええ、とっても」という冷ややかな響きに、別宮の熱気は感じられない。

「新作の執筆を依頼してきた版元に提案したら、編集者は後藤男爵の名前も知らず、企画書を書けないので儂に書けという。考えたら儂も後藤男爵のことを知らなんだ。そこで番組を監修した宗像先生の『日清戦争大検疫事業の顚末』なる著書を取り寄せて読んでみたらあらびっくり、これが滅法面白くてな。後藤男爵のタイムスリップ前の過去パートはパクれば、いや、オマージュすれば、一章分になるぞ、と思ったんだ」

「それってあたしに相談なく、続編を執筆しようとしていたってことじゃないですか」

う、と口ごもった終田だが、すかさず続ける。

「細かいことはさて置き、儂は宗像先生の内諾をいただくため、直接お目に掛かった。するとご著書のパクり、ではなく引用を快諾してくださった上、後藤男爵の過去パートの監修も引き受けてくださるという。なので早速書き上げ、先生に見てもらうため西下したわけだ。まだ先方に企画書は出しておらん」

「それはよかった。終田先生の文壇追放令は生きていますから、企画書を出したら十中八九、ボツをくらったでしょう。やはり我が社での連載を検討しましょう」

終田は最近唯一の依頼案件を思い出す。後輩の田口に譲った怪談アンソロジーは三十人の執筆者のひとりだ。通常印税は一割で文庫の定価は六百円で初版一万部だから総額六十万円、均等割の三十分の一だと実入りはたった二万円。つまり今の自分の価値はその程度なのだ、と思い暗澹《あんたん》とする。だが終田は断固として言う。

「別宮さんと組んだら、またこの前の作品みたいに、もっと短くしろというんだろ。ああいうのは二度と御免なのだ」

「あたしは無理に短くしろと言ったつもりはありません。単純にムダを削ってほしい、と申し上げたのです。おかげで『コロナ伝』は三百万ＤＬ、トリプルミリオンを達成できたではありませんか。そもそも後藤男爵の話は、今の社会とどう関係するんですか。現代の読者の興味を惹くような話にできるんですか」

「その点は絶対的な自信がある。後藤男爵は明治の政治家で満州鉄道総裁などを歴任した大物だ。彼の前身は医者で内務省衛生局の局長まで務めた。後藤は日清戦争後、清国で流行していたコレラが日本に入らぬよう、二十三万人の帰還兵の徹底的な防疫という大偉業を成し遂げた。現政府が、コロナ対策で大失敗しているのと対照的だ。だから後藤男爵の業績を深く知ることは今の時代に必要だ。日本では過去に、そうしたことをきちんとやれたんだからな」

「確かに読者のニーズはありそうです」と別宮は納得した。すかさず終田は懐から原稿用紙の束を取り出し、机の上に置いた。

「ということで宗像先生に監修を願った後で別宮さんに原稿を見てもらいたい。宗像先生、今日は原稿を置いて行きますので、お時間がある時にお目通しを願います」

「ちょっと待って。連載するならそんな悠長なことは言っていられません。学者先生の時空間は現代とは違う異次元空間です。学者世界に吸い込まれ、二度と浮上しなかった原稿は山とあります。ですから指定した日時までに上げてもらいたいです」

別宮の言葉を聞いて、宇賀神元総長は、むっとした口調で言う。

「その小娘は、壮ちゃんのことをろくに知らないくせに、無礼なことを言いおるな。壮ちゃんは、学術界のアイルトン・セナと呼ばれておったくらいの速筆だ。そんじょそこらの雑魚学者と一緒にするな」

すると宗像博士は微笑して言う。

「あだ名はともかく、私は戻しは早いぞ。そうでなければ多くの著作を出せなかったからな。だから今回はトップスピードモードで対応しよう。終田君が仕上げてきた原稿は何枚ある？　原稿用紙で十枚か。ならばここで読み上げなさい」

「え？　今、ここで、ですか」と終田はぎょっとして言う。

「それが業界最速のセナ対応だ。史実に関しておかしいと思ったら指摘する。文学上の問題点は女史が対応すればよい」

「おお、それはちょうどいい退屈しのぎだ。後藤新平の検疫事業の感染予防の観点は儂が引き受けた。当時はコレラが標的だが、今はコロナと一字違いだからぴったりだ」

宇賀神が身を乗り出してきた。別宮がすかさず指摘する。

「お言葉ですが、『コレラ』と『コロナ』は二文字違いなんですけど」

「編集者は、つまらぬところにこだわるものだな。『コレラ』は昔、『コロリ』とも呼ばれていた。それなら一文字違いだ」と宇賀神は答えた。

隣でやりとりを聞いた彦根は、負けず嫌いなのは変わらないなと苦笑しつつ言う。

「それなら僕も協力します。タイムスリップしたら現代に来るんでしょうから、その伏線を入れられる場面を指摘しましょう」

「最新医療の実態は、私と天馬先輩が監修します」と冷泉も言う。

「何なんだ、これは。よってたかって儂の傑作に口を挟むつもりか」

「何なんだ、ですって？　『神のご加護』です。終田先生のミッションは未完で、今まさに『続・コロナ伝——後藤男爵の大冒険』がキックオフしたんです」

「ちょっと待て。タイトルはもう決めてある。タイトルこそ、著者の魂魄《こんぱく》、作品の顔であるから、何人たりともそれに触れることはまかりならん」

机上に置いた初稿の冒頭の一枚には、次のように書かれていた。

——余は如何にして後藤男爵の大事業『日清戦争帰還兵大検疫』を書くに至ったか。

「先生にミリオンセラーの作り方をお教えしたのに、綺麗にお忘れになったんですね。『コロナ伝』のヒットは四百八十二枚を八十二枚に減量し、電子版を三百円の価格設定にしたからです。先生とあたしのタイトル、どっちが売れるかはおわかりですね」

言い返せない終田はしぶしぶ、朗読を始めた。

——余が後藤男と出会ったのは、ある教養番組の中であった。そんな余のところにある日、丸眼鏡に尖り髭《ひげ》の男が訪ねてきた。名を聞くと後藤新平だという。

彼はある日、目を覚ましたら周りの様子が一変していることに腰を抜かした。だがその時、天から声が聞こえた。その声は余の邸宅を訪問せよ、というお告げだった。

「ストップ。どう思います、これ？」といきなり冷泉が突っ込む。

「史実として後藤男爵のなりは問題ないので、私は異存ない」と宗像博士は冷静だ。

「というかこれSFですよね。それなのに何ですか、この古くさい文体は」

「元本がこういう文体なのだ」と終田は悪びれずに言う。

「私があの本を書いた半世紀前は、古くはなかったのだ」と元本の作者は答える。

「私はなぜいちいち後藤男と性別を書くのか気になります。今はジェンダーに厳しいので袋叩きにされかねませんよ」とは、いかにも現代女性らしい冷泉の発言だ。

「『後藤男』は『男性』でなく『男爵』の略だ。昔は手紙でもそういう風に書いた。因みに森鷗外の上司の石黒忠悳は石黒子と書くが女の子ではなく、石黒子爵の略だ」

それは「船頭多くして船山に上る」という状況に似ていたが、不思議なことに舟は丘にあがらず、まっしぐらにゴールに向かっている。これも「神のご加護」なのか。

だが、そんなことには一切、忖度しようとしない別宮が言った。

「こんなやり方では問題点が拡散します。ここはまず、ふだん原稿を読み慣れているあたしが目を通し、みなさんに疑問点を投げかけます」

返事を待たずに、終田が手にした原稿を取り上げぱらぱらとめくりはじめる。同時に、火を吹くような苛烈《かれつ》な指摘の機銃掃射が始まった。

「『後藤は吠えた』というフレーズの繰り返しがしつこすぎます。石黒という人が強硬に後藤さんに、陸軍の検疫事業をさせようとした理由もわかりません」

「冤罪《えんざい》で獄に繋《つな》がれた時、尊敬していた長与元衛生局長に切り捨てられたのだ。石黒はそんな後藤を救おうとしたんだ」

「『相馬《そうま》事件』は日本の司法制度が検視結果を無視して起こった事件だ。当時から日本の司法は問題があったんだ」と、彦根は死因究明問題に持ち込み解説する。

「そんな些末《さまつ》な事件、誰も興味を持ちません。でも北里柴三郎博士はキャッチーです。お札の顔になりますから。責任者の児玉源太郎《こだまげんたろう》陸軍次官とのやりとりもかっこいいですね。後藤さんが見積もりを『百万円（現在の一兆円相当）』と答えると児玉さんは『ならば百五十万出そう』と言い『陸軍に入るのは御免だ』と言うと『新しく組織を作り、そのトップにする』と言い『俺がトップでは、軍人が云うことを聞かぬ』と『自分が形式上の上司になり軍人を押さえる』。『責任を押しつけられるのは御免だ』と言うと『自分が形式上のトップだから全責任は自分が負う』と云う。逃げ道がなく後藤がしぶしぶ大役を引き受けた『ああ言えばこう言う』のやりとりはスリリングです」

「ここで児玉源太郎中将の偉さに触れ、児玉の責任の取り方を際立てた方がいいな。そうすることで、衛生は国の事業であり、トップがその重要さを認識していたことの重要性を、強調できる」と、宗像博士はうなずいた。

「力作なのはわかりますが、検疫の大変さを書いた部分は全部削除です」

「その記述はほぼ、宗像博士の著書の引き写しだ。宗像先生が心血を注いだ、魂魄の記述を削除するなど許されん」と終田は必死に抵抗するが大学者は鷹揚《おうよう》だった。

「時代が変われば情報の価値も変わる。事実をねじまげなければ好きにしていい」

「最後のエピソードがいいです。児玉さんが木箱を渡し『これは貴君の月桂冠だ』と言うところ。『木箱の中に、後藤の悪口を書いた数百通の電報が詰まっていた。国のため、民のため、周囲の反対を押し切り難事業をやり遂げた後藤にとってそれはまさに勲章《くんしょう》だった』。うーん、痺《しび》れますね」

原稿を、隣からのぞき見した彦根が言う。

「僕は別のところに感動するな。『誰に何と言われようと、検疫を厳密に遂行することは絶対必要と信じ一歩も引かなかった。水際防疫を徹底したのは名も無き民草のためだ。コレラが日本に入ったら無辜《むこ》の民草が苦しめられるのだ』というのは、今の政府の連中に読ませてやりたいよ」

「前代未聞の大検疫をやり遂げた後藤男爵の先見性は、その後に面会をした伊藤博文《いとうひろぶみ》首相に、戦傷した兵士を援助する法案を提案したところだ。富裕層の寄付と、国と自治体の負担と、一般国民への賦課を財源とした『明治恤救基金案《じゅつきゅう》』が成立していたら、その後の日本は変わっていたよ。政治とは選択なのだ。明治の日本には土性っ骨《どしょっぽね》が座った政治家や軍人がいたことを今想起するのは、重要なことだ」

宗像博士の厳かな言葉に、場は静まり返る。

咳払いをして、宇賀神が言う。

「衛生学は市民の生命を守る、政治の最重要事項だ。だがその判断は政治家ではなく、医学者がすべきなんだ。後藤男爵はこの時は、衛生学者の立場で指揮し、陸軍の責任者の児玉源太郎次官は後藤の指示に従った。世界を見回せば、あの幼稚なミッキー・トランペット大統領ですら、コロナ対策に関してNIAIDのファウル所長に全面的に服従しているし、独裁国家と揶揄されがちな中国も、強大な権限を有し独裁者と呼ばれる古今東主席に命じているのは、ＳＡＲＳパンデミックの時の救国の英雄、鍾南山だ。だが日本は、近江・大岡の『ダブルＯコンビ』という、政治にいいなりの御用学者が仕切っている。日本が亡びる日は遠くないぞ」

宇賀神の苛立《いらだ》ちを聞き、別宮が立ち上がる。

「作品の趣旨はわかりました。終田先生、桜宮に戻りましょう。新幹線の車中で、もう少しマシな導入部を書いてください。彦根先生、いくつか思いついたことがあるので、この案件を片付けたらまた戻ってきます」

別宮は「儂はたこ焼きを食べたいのだ」とゴネる終田を引っ張って姿を消した。

「なんともせわしい女性だな」と宗像博士が言うと、彦根は含み笑いをした。

「彼女のあだ名は『血塗《ちまみ》れヒイラギ』、触れる者を血塗れにしてしまうんです」

その言葉を聞いた天馬は微妙な顔つきになった。

そんな天馬の横顔を、冷泉が横目でちろりと見た。

8章　忘れられた病棟

二〇二〇年十月　桜宮・東城大学医学部

別宮は帰途の新幹線の車中で終田に、続編を連載させることを承諾させた。

「儂は別宮さんに感謝はしているんだ。編集者としての腕も買っている。だがひとつだけ我慢できないことがある。書き上げた枚数を六分の一にすることと、タイトルを勝手に変更することだ」

「あら、それだと『ひとつだけ』ではなく、『ふたつ』なのでは」

「そ、そんな風にすかさず揚げ足を取るところが、いちいち癪《しゃく》に障るのだ」

「気に入らないことが『みっつ』になってしまいましたね。この際、全部あげてみてはいかがですか。十もあったらあたしもひとつ、ふたつは直すかもしれません」

「十や二十あっても構わん。儂の望みはひとつだけ。タイトルは儂の思うままにしたいということだ。タイトルは作品の顔であり魂魄なのだ。儂は今でも『コロナ伝』の真のタイトルは『余が神に命じられたこと』だと思っておるのだあ」

「今回は『余が後藤男爵の世紀の大事業に感動したわけ』でしたっけ」

「違う。『余は如何にして後藤男爵の世紀の大事業・日清戦争帰還兵大検疫を知り、共鳴し、本作を書くに至ったか』だ」

……いや、どちらも違う。

「肥大した自我が前面に押し出されてお腹いっぱいって感じですけど、検討します」

別宮の顔を見た終田は、『あ、コイツ、口先だけだな』と思ったが、そう指摘したところで何も変わりそうにないので、深い吐息をついて黙った。

窓の外にはそんな二人を見守るように、冠雪した富士《ふじ》が堂々たる姿を見せていた。

翌日、別宮は局長に『続・コロナ伝』の連載承諾を取った。「コロナ伝」はトリプルミリオン・ダウンロード作品だから大歓迎された。さらに別宮は、二本の新企画を提案した。一本は「奇跡のコロナ受け入れ病院の現在」で三月の企画の続編だ。もう一本は「酸ヶ湯首相のメディア対応」だ。九月に就任した酸ヶ湯首相は公式に記者会見を開かないため、首相の記者会見自体をターゲットにしようと考えたのだ。

「記者クラブ主催の首相会見は政権紙芝居だ。ジャーナリズムの本義から見ればとんでもないことで、俺もいつかやらなければならないと思っていた。やってよし」

別宮は本当は三本にしたかった。有朋《ありとも》学園事件で公文書改竄《かいざん》を命じられたことを苦に自殺した職員、赤星哲夫《あかぼしてつお》氏の未亡人の国家賠償請求の民事訴訟を、今も追い続けているからだ。だがそちらは現在は進展がないので、今回は提案を諦めたのだ。

局長の承諾を得た別宮は、東城大学病院に向かう途中で終田をピックアップした。一緒に桜宮に戻った彼は別宮の予定を聞いて、取材に同行したいと言い出したのだ。

先方が承諾すれば、という条件をつけたが、田口先生なら駄目とは言わないだろうと踏んでいた。仮にダメでも、医療現場の空気に直接触れることはプラスになる。

不定愁訴外来を訪れると田口は、別宮に同行した終田を見て、ぎょっとした顔をした。そんな田口を見て、終田は自分が依頼したことを思い出した。

「わが弟子よ、『怖い話』のショートショートはできたかな」

「いえ、それがあの、実はあれからずっと考えているのですが、なかなか思いつかなくて。どうすればすらすらと物語を書くことができるのでしょうか」

「自分の体験を元にすればいいんだ。幼い頃、人は誰でも無明の闇の中で、恐怖に震えていたはず。そんな原初の感情を思い出せ。それは作家として創作を書きたいと願っているおぬしにとって、創造力の源泉になるであろう」

自分は作家になりたいなんて思ったことはないんですけど、と思ったが、口にできなかった。たかだか原稿用紙一、二枚のショートショートを書けば、こんなに萎縮せずに済むのにと思うと、締め切りに追われる作家の苦悩が、少し理解できた。

「それより先生の大作の進捗状況はいかがですか」と田口が問い返したのは締め切り攻撃のツバメ返しのつもりだったが、終田は弟子の造反の芽をひと言で葬り去る。

「時風新報で『続・コロナ伝』の連載が決定したところだ。それで本日は編集者同行で基礎取材に来たわけだ」

この親父ってば、万事自分に都合良く説明するわね、と別宮は呆れて、修正した。

「ちょっと違います。今日は『奇跡のコロナ受け入れ病院の現在』の取材をしようと思ったら、終田さんが同行したいと言い出したんです。つまり順番は逆なんです。あ、さっきの言葉は訂正します。『ちょっと』じゃなくて、『全然』違います」

「タマゴが先か、ニワトリが先かだから、そんなムキになることもなかろう」

「この場合は絶対にタマゴが先なんです」と別宮はきっぱり言い返す。

ふたりのやりとりに苦笑した田口は、院内ＰＨＳを取り出した。

「わかりました。前回の企画の続きなら学長の承諾を得るまでもなく、私が許可します。私は『東城大学新型コロナウイルス対策本部委員長』のままなので。取材は、現場の責任者の看護師長の承諾が必要です。今、確認を取りますので少しお待ちを」

「取材がこんなにスムーズなのは、終田先生の威光じゃなくて田口先生の人望の賜物ですから、誤解しないでくださいね」と、エレベーター内で別宮は釘《くぎ》を刺した。

五階に到着するとエレベーターホールで二人を待っていた白衣姿の女性が「別宮さん、お久しぶりです」と挨拶する。

「またお邪魔します。現在のコロナ病棟を取材させてください。こちらは『コロナ伝』の作者の終田千粒先生で、今日は新作の取材をしたいと言うのでお連れしました」

「コロナ軽症患者の受け入れ施設、黎明棟《れいめいとう》の看護師長の若月《わかつき》です。『コロナ伝』は楽しく拝読していました」とそつなく言った若月に、別宮が声を掛ける。

若月師長は二人をナースステーションに案内した。二人の看護師がいて、若い方の看護師が言う。

「高島《たかしま》さんが、部屋から出たいと言って騒いでいます。どうしたらいいですか」

「熱は下がったので二、三日様子を見て判断しますと伝えて頂戴《ちょうだい》。もう少ししたら私が話をするから」

わかりました、と答えた看護師は病棟に向かう。若月師長は吐息をついた。

「普通の患者さんなら、今みたいなことは全く問題にならないんですけどね」

若月師長はナースステーションを出て、別宮と終田を病棟に案内した。

その部屋は空室で、四人部屋がパーティションで仕切られていた。

「黎明棟は軽症患者病棟ですが、患者に接する看護師は防護服で病棟内に入ります。防護服は使い捨てで、一度入ったらできるだけ業務をこなすため、内部の患者対応と、外部の物資供給の二手に分けます。ここは空室ですが、元は一般病棟の病室を区分けしたもので、重症患者がオレンジ新棟から溢れた時に対応します。病室占有率は今は三割ですが最近、また増え始めています」

「ということはここは隔離棟、昔で言えば避病院だな。作品のイメージが固まってきたぞ。しかしこんなガラガラでは、病院が潰れてしまうのではないか」

「東城大は名村《なむら》先生の徹底指導で、シンコロの必要最小限で合理的な防疫体制が確立されました。でもコロナ対応は国や自治体から支援がなく対応は大変です。感染者数は減って、一見下火に見えますが、今もコロナ患者はいるんです」

「だからこそ今、『地方紙ゲリラ連合』の特集で取り上げるんです」と別宮が言う。

三人がナースステーションに戻る途中で、急ぎ足の白衣姿の医師とすれ違った。

防護服を着て台車に乗せた機械を運んでいる。

「心電図の測定器です。誰か、急変したのかしら」

ナースステーションに残った看護師が錠剤の整理をしていた。聞くと文句を言っていた高島という患者が不整脈の発作を起こしたのだという。

「普通ならどうということのない検査でも、コロナ病棟でやるのは大変なんです」

若月師長が説明する。再び部屋を出ると、道すがら、終田は廊下に白い紙が貼られ壁を埋め尽くしているのに気がついた。細かい字でびっしりと書き込みがされ、ナースステーション近くの壁まで延々と続いていた。

「これは何ですか。まるで写経のようだが」

「『クロノロジー』です。初めホワイトボードに書いたんですが、スペースが足りなくてライティングシートを廊下に貼りました。毎日の感染対策会議の決定事項や、看護部ミーティングの内容、業務内容の変更事項や桜宮市の感染状況を書き、情報共有しています。この部分は患者のＰＣＲの結果表です。クルーズ船の感染患者が最初に亡くなった日のことは忘れられません。あれから八ヵ月しか経っていないんです」

「まるで年表か巻物のようだな。これは『コロナ曼荼羅《まんだら》』だ。一瞥《いちべつ》で東城大の苦闘の跡が見て取れる。これを見られただけで、来た甲斐があった」と終田は呟いた。

黎明棟の見学を終えた三人は、エレベーターで一階に降りて外に出た。小径《こみち》を通り雑木林を抜け、重症病棟があるオレンジ新棟に向かう。冬が近く、空は高い。

落葉した梢《こずえ》は透かし彫りのようだ。しばらく歩いていると、オレンジシャーベットのような、上が半球形をした建物が見えてきた。建物に入り、「センター長室」と書かれた部屋の扉を開けると、壁面にはずらりとモニターが並んでいた。

背を向けて黒い革椅子に座った人物が、矢継ぎ早に指示を出している。

「第八ベッドの田村《たむら》さんのO_2サチュが下がっているから酸素の流量を上げて。前田《まえだ》先生に胸部レントゲンを撮ってもらって佐藤《さとう》部長に報告。第十ベッドの高崎《たかさき》さんは、ＰＣＲの結果を待って黎明棟への移動を検討するわ」

黒椅子が回り、その人物の姿が現れた。椅子に座っていたのは白衣姿の女性だった。オレンジ新棟の看護師長、如月翔子《きさらぎしょうこ》は椅子から立ち上がり別宮に手を振った。

「別宮さん、お久しぶり。元気だった？」

「こちらは相変わらずです。如月さんは大活躍ですね」

「やだ、大したことないわ。佐藤部長の代理でモニタ役をしているだけよ」

「でも、モニタ役が見落としたら大変でしょう？」

「まあね、でもＩＣＵでは普通だから」

さらりと言った如月師長は、隣の終田に視線を投げたので、別宮が紹介する。

「時風新報で『コロナ伝』を連載していた終田千粒先生です。続編で明治の検疫を成功させた後藤男爵が現代にタイムスリップするという、ＳＦ兼社会派作品を書こうとして、東城大の取材を希望されたので、お連れしたんです」

「わあ、あの千粒先生にお目に掛かれるなんて、光栄です」

そう言った如月師長は、ディスポの手袋をした右手で拳を作り、突き出した。

「グータッチってヤツですよ。ここでは握手は禁止なので」

渋々、右手の拳をぶつけた終田は、「実はこの病院をモデルに、連載小説を執筆しようと考えておる。若月師長にもご登場願おうと思っていたところだ」と告げた。

「若月師長は出すのにあたしは出してくれないんですか。そんなの依怙《えこ》贔屓《ひいき》すぎます」

「あ、いや、もちろんあなたも、ええと如月さんも、出演してもらうよ」

「絶対出してくださいね。約束ですよ。映像化されたら、あたし役の女優さんに丁寧に演技指導します。きっと美人女優ですよね、うわあ、楽しみだなあ」

暴走する如月師長の隣で別宮が「映像化は、たぶんあり得ないけど」と呟く。

だが如月師長がはしゃいでいたのはそこまでだった。モニタの向こうからアラームが鳴り響くと如月師長は厳しい口調で指示を出す。そこへ白衣姿の男性が姿を現した。

「病院運営会議の最中に呼び出すとは、翔子ちゃんは相変わらず人使いが荒いな」

「高崎さんがO_2濃度を上げても反応しません。ＥＣＭＯ適用だと思います」

ＩＣＵの佐藤部長は、経過表を一瞥してうなずいた。

「適切な判断だがまたスタッフが取られるな。勤務表は組めそうかい」

「田代《たしろ》さんが辞めて定員の三名減になったので厳しいです。二十人のナースでＩＣＵもどきのコロナ重症ベッドを五床維持するのは無理があります」

「嘆いても仕方ない。ＥＣＭＯの準備をする。人工心肺チームを呼んでくれ。俺は先に星見室に行ってる」と言い、佐藤部長は大股で部屋を出て行った。

「おお、噂のＥＣＭＯか。できれば直に見たいのだが」と終田が貪欲に言う。

「それはダメ。でもモニタは見ていいです。若月師長、モニタ室をお願いね」

彼女の口調はさっきまでとがらりと変わった。そんな風にオンとオフを切り替えないと、過酷な職場では保たないのだろう。如月師長は白衣の裾をひるがえし、佐藤部長の後を追って部屋を出て行く。その後ろ姿を見ながら、若月師長が言う。

「感染対策は蝦夷大学感染症研究所の名村教授の直伝で、基本は『スタンダード・プリコーション』です。CDCが推奨する、感染症予防策です。全ての患者が感染しているとみなし、感染源の血液や排泄物《はいせつぶつ》、接触したものを処理するのが基本です。対応は膨大な手間が掛かり、ゴミ処理も通常の経路は無理で、患者が退院すると部屋の消毒も手間は通常の二倍です。おまけに出入りの清掃業者はコロナ関連の清掃は引き受けてくれないので、看護師が掃除をします。防護服は一度脱いだら廃棄するので、できるだけ長時間の連続勤務をします。お手洗いにも行けず、おしめをするスタッフもいます。さっきの田代さんも辞める時、申し訳ないと泣いてました。小学生のお子さんが学校でいじめられるんですって」

　若月師長の言葉を、かつて記事にした別宮が引き取り、医療の現状を説明する。

「日本には医療機関が七千六百ありますが、コロナ患者を受け入れている病院は三割で、人工呼吸器を使い対応している病院は七パーセントです。コロナ患者を受け入れると、普通の患者が受診控えをして患者が減ります。一生懸命対応すればするほど、コロナ対応病院は経済的にダメージを受けるという悪循環なんです」

「ならば全ての医療機関で対応すればいいだろう」と終田が憮然とした口調で言う。

「それはナンセンスです。医療資源をコロナに集中したら通常の医療が回らなくなります。コロナは一ヵ所に集めて集中的に対応する方が合理的なんです」

「だがそうしたら、ここにいるみなさんが苦しむだけではないか」

「誰かがやらなければならないんですが、みんなコロナはなくなったと思っているようで、『GoToトラベル』や『GoToイート』だと楽しそうです。私たちは置き忘れられた荷物みたいな気持ちです。コロナ専門病棟を作り、患者さんを集めるのは正しいけれど、それなら過重な業務にならないよう人員を手厚くし手当もしてほしいです。スタッフも人間です。休んだり気晴らしをしないと心が折れてしまいます」

「ならば病院上層部に掛け合って……」と言いかけた終田の言葉を遮るように、アラームが鳴る。モニタの向こうから、防護服で完全武装した如月師長の声がした。

「若月さん、野本《のもと》さんのO_2サチュが下がってる。新人の金村《かねむら》さんをサポートして」

　わかりました、と答えた若月師長は立ち上がりながら、言う。

「冬のボーナスは例年の五割減になりました。仕事は五倍なのに給料は半分なんておかしいです。私たちは誰に抗議すればいいんでしょうか」

　若月師長が姿を消すと、終田は黙り込む。

　自分が過ごす平穏な世界から薄皮一枚隔てた戦場で、戦士たちは疲弊し、倒れそうになりながら必死に戦線を支えていることを、初めて実感した。

それはどれほど憎まれようと、日清戦争の帰還兵たちの検疫を遂行し、兵士と市民をコレラ蔓延から守り抜いた、後藤男爵の心意気と同じだった。

終田はモニタの中、防護服の重装備姿の佐藤部長と如月師長が、ＥＣＭＯ導入の作業をしている様を目に焼き付けた。周囲の数人のスタッフが精密機械を動かしている。

終田は、ＥＣＭＯは大勢の人の手で維持される、生命装置なのだと知った。

それは、全ての医療行為に通底する真実だということを初めて理解したのだった。

9章　梁山泊、再起動

二〇二〇年十月　帝山ホテル・料亭「荒波」

三日後、浪速に戻った別宮は、彦根に桜宮の状況を伝えた。

「終田先生の連載企画は無事に通りました。『コロナ伝』と同形式で来年一月から開始です。その後に東城大に顔出ししたら、コロナは落ち着いているのに拠点病院では患者がひっきりなし、重症病床はかろうじて確保できてるけれどスタッフ不足で、看護師さんの離職が多いそうです。病棟の清掃も看護師さんが対応しています。そんな状況を『地方紙ゲリラ連合』の企画に上げてきました」

「地方紙ゲリラ連合」は、全国紙に匹敵する新しい枠組みだ。地方紙は各都道府県に一紙か二紙あり地方の占有率は高い。一千万部の全国紙は四十七都道府県だと一県あたり二十万部強になる。それなら二十万部の地方紙はその地域では拮抗できる。

全国紙は、記者クラブへの援助という形で寄付をもらっているので、政権に忖度するが、『地方紙ゲリラ連合』はそんなしがらみから自由で、地域に根ざす独自情報も発信でき、今ではSNSと並んで民意を反映する仕組みとして評価されていた。

別宮はその仕組みを積極活用し「地方紙ゲリラ連合」合同企画で、時風新報と地方紙十五紙の一面トップで「東城大、院内感染者ゼロの奇跡」という記事から「コロナ関連キャンペーン」を立ち上げ、LINEアンケートで巷の声を吸い上げ記事にした。だが感染が下火になると趣旨が不明瞭になり、活動休止状態になっていた。

米国ではトランペット大統領が大統領選で劣勢だったが、負けてもホワイトハウスに居座るのではないか、と噂された。けれども「地方紙ゲリラ連合」の特集ではさすがに取り上げることはできなかった。

別宮が浪速に戻ると梁山泊は十一月一日の浪速都構想二度目の住民投票を否決する方針が決まっていた。標的が明確になった時の彦根の集中力は瞠目《どうもく》すべきものがある。

彦根は天馬と冷泉を手足のように、自由自在に活用していた。

「実は浪速白虎党が半年でやったコロナ対策を調べたら、腹が立っちゃって……」と言う冷泉のレポートの内容は確かに噴飯物だ。四月十四日、鵜飼浪速府知事と皿井浪速市長が共同記者会見を開き、浪速の製薬ベンチャー「エンゼル創薬」と協定を締結、「オール浪速でワクチン開発を進める」と打ち上げた。「エンゼル創薬」の創立者は浪速大ゲノム創成治療学講座の三木《みき》正隆《まさたか》教授。実はサンザシ製薬の寄付講座だ。

大学に多額の寄付をすれば持てる寄付講座は、金で教授の肩書きを買えるシステムだ。三木教授は浪速大教授の肩書きで、二〇一三年に内閣府の「岩盤規制矯正委員会」に任命され、「健康衛生戦略会議」の参与も務めた。

「安保政権の医療ブレーン、『アボ友』です。安保つながりで白虎党の『浪速府・市統合本部医療戦略会議』や『浪速万博基本構想戦略委員会』にも名を連ねています」

と冷泉が解説すると、別宮が顔をしかめた。

「浪速の医療を滅茶苦茶にした連中のブレインだったのね」

「四月は浪速に目が届きませんでしたが、天馬君が事情通で助かりました。三木教授は分子生物学の領域では胡散《うさん》臭い人物だったそうです。そうだよね、天馬君？」

「ええ。三木教授は論文盗用事件が問題になり、サンザシ製薬の降圧剤のデータ不正し多額の寄付を受けています。あの騒動を生き残るなんて、したたかな先生です」

「年内にワクチンを投与する計画なのに、九月に治験がしょぼしょぼ始まったレベルだ。既に相当額の国家の援助金は手にしているはず。アボ友なら税金を引っ張るのはお手の物で、政治家の利になる振る舞いも知ってるから政権も金を流す。いずれ予算がつかないから国際競争に負けたなんて言って撤退する。楽なものさ」

彦根が怒りに声を震わせた。A・i（オートプシー・イメージング＝死亡時画像診断）の社会導入は、官僚や政治家への利益誘導を配慮しなかったせいもあり、国費の援助がなかった。だからこうした税金の無駄遣いには人一倍、怒りが強いのだろう。

「『エンゼル創薬』方面の深掘りは、僕がやりましょうか？」と天馬が言う。

「それは助かる。浪速市医師会の病理診断ブランチの業務の方はどんな具合だい？」

「順調です。彦根先生に教わった遠隔診断を混ぜた報告システムを提案したら、すぐ導入してくれました。菊間会長は医師会での信頼も厚いようです」

「よかったね。自慢じゃないが僕は人を見る目には自信がある。十年前のワクチン騒動の時、菊間先生に着目し協力をお願いした、あの頃の僕を褒めてやりたいよ」

妙な自画自賛だったが、聞いていて不愉快になるものではなかった。別宮が言う。

「具体的には、どうやって浪速白虎党を叩くおつもりですか？」

「それを考えるため今宵、別宮さん帰還の祝宴を張ることにした」

「たった三日、しかも桜宮に行って戻ってきただけですよ。祝宴なんて大袈裟です」

「もちろん口実だよ。主賓は梁山泊の統領だからね」

「ついに村雨さんと再会できるんですね」と別宮の声のトーンが上がった。

貪欲な別宮は会食前に、菊間会長に浪速の医療の現状と医師会の活動について取材をした。菊間会長は溜まりに溜まった鬱憤を晴らすように滔々と語った。

「開業医が要望したいのは、徹底したPCR検査、軽症者の施設隔離、そして重症者病院の専門施設の三段構えで、コロナ疑いの患者を検査できるPCRの広範囲実施と、コロナ患者の大規模収容施設の設置です。医師会から提言しているんですが、市も府も国も提言は無視し、特に浪速は感染防止がうまくいっているの一点張りで、これまで通り医療施設の廃止や縮小統合を続けているんです」

「冷泉さんの話では、国全体で保健所も縮小し続けているそうですが」

「おっしゃる通りです。三百万都市の浪速市で保健所が一ヵ所だなんて、信じられます？　白虎党の連中は四ヵ所あった保健所を縮小統合したんです。それは国の意向でもあったようですが。ああ、つい熱くなりました。そろそろ出掛けましょう」

激した温厚な菊間会長は、穏やかな表情に戻って言う。

タクシー二台に分乗し一台目に彦根と菊間会長、二台目に天馬、別宮、冷泉の三人が乗った。コロナ対策で助手席に乗れないので、後部座席に乗り込んだ天馬は、助けを求めるように彦根を見た。

「両手に花だね。羨ましいよ」と彦根が言うと、恨みがましそうな視線に変わった。

先発した一台目のタクシーの車中で、彦根と菊間会長がしみじみと話す。

「彦根先生と初めてお目に掛かったのも、『荒波《あらなみ》』でしたね。あれから十年経つとは、早いものですねえ」

「あの時は浪速府医師会の主要メンバーに集まっていただいたんでしたね」

十年前、浪速をインフルエンザ・キャメルが襲い、半年後のワクチン戦争を予見した彦根が、先手を打つため中央の日本医師会を通じ設定した会合だった。

「まさか自分が高森《たかもり》会長の後釜になるなんて、思いもしませんでした。あの頃の浪速府医師会は妖怪の溜まり場で、それを思うと小ぶりになった気がします」

「コウモリ」と呼ばれた高森会長は、浪速府医師会に棲息《せいそく》した妖怪の一人だ。

「いえ、清潔になったというべきでしょう」と彦根がフォローする。

その頃、二台目のタクシーでは、別宮と冷泉に挟まれた天馬が、身を縮めていた。

「別宮さんは相変わらずお綺麗ですね」

冷泉がオープニングブローを放つと、別宮はさらりと受け流す。

「貧乏暇なし、記者クラブに色気なしで、特にこの半年はそれどころじゃなかったわ。

それより冷泉さんも十年前と比べたら女の子らしくなったわね」

「わたしもアラサー後半ですから女の子だなんてとてもとても。おまけに医療現場は殺伐としてるし。でも公衆衛生学教室は基礎系なのでまだ穏やかですけど」

「そんな重要人物が職場を離れていていいの？」

「長期休暇《サバティカル》で一ヵ月お休みがもらえたんです。何かきっかけがないと、こういうのってなかなか取ろうという気になれませんから」

「私も春先の活動で出張が認められたの。お互い理解があるボスでよかったわね」

二人の当てつけ合戦に挟まれた天馬は青息吐息だ。

「そう言えば、ワクセンの鳩村さんって素敵な人ですね」と冷泉が言う。

「あら、冷泉さんってああいうタイプが好みなの？」

「好み云々の前に、ハンサムじゃないですか」

「残念ね。鳩村さんは学生時代から、ワクセンの秘書さんに首ったけでわざわざ四国の極楽寺に就職したくらいよ。その美人秘書さんを射止めて、今もラブラブよ」

別宮はかつて取材しただけあって、内部事情に詳しかった。

「そんなつもりはありません」と言う冷泉の声に微《かす》かな落胆の色が浮かんだ。

冷泉と別宮は、左右から同時に天馬の横顔を見た。

やがてタクシーの窓に、帝山《ていざん》ホテルの偉容が映り込んだ。相前後して二台のタクシーは、帝山ホテルのエントランスに滑り込んだ。


エレベーターで二階に上がると、料亭「荒波」の門構えが現れた。玄関には岩場を流れる小さな滝がアレンジされていた。雅楽が流れ、正月のような印象を与えている。緋毛氈《ひもうせん》の廊下を通り、到着した部屋の床の間には山水画の掛け軸が掛かっていた。

窓際で、外を眺めていた男性が、振り返る。スカイブルーのマスクに金の星が光る。ストライプの背広姿の男性は、低いバリトンで言う。

「彦根先生と別宮さんは半年ぶり、菊間先生とはキャメル騒動以来で十年ぶりですか。そちらの若いお二人は初めてですね。初めまして。元浪速府知事の村雨です」

「天馬大吉です。NYで病理医をしていて、今は菊間病院にお世話になっています。彦根先生は東城大の先輩です」と天馬がぺこりと頭を下げる。

「わたしは天馬先輩の後輩で、崇徳大学の公衆衛生学教室講師の冷泉です」

「東城大の卒業生ですか。私は桜宮と縁が深く、彦根先生もそのご縁で知り合ったんです」と言い、村雨はちらりと彦根を見た。それからぐるりと周囲を見回した。

「このホテルは験の悪い場所でしてね。十年前、『日本独立党《にほんどくりつ》』の旗揚げをした時に、『昇龍の間』の金屏風《きんびょうぶ》の前で、一敗地に塗れたんです」と言うと、彦根が首を振る。

「それは過去のこと、ここから臥竜《がりゅう》が昇龍になるんです」

彦根がそう言うと、仲居が料理を運んできたので、一同は着座して会食を始めた。

「早速ですが本会にて『梁山泊』の再開としたいと思います。よろしいでしょうか」と進行係の彦根が言うと、「異議なし」と別宮が応じる。

「『梁山泊』とは何なんですか」と菊間会長が口を挟むと、彦根が説明する。

「村雨さんに共鳴した人々の集まりで、有朋学園事件の公文書毀棄問題で自殺した赤星さんの敵討ちが目的でしたが、一段落ついたので一旦解散しました。必要ならいつでも再結成できる組織です。菊間会長、天馬君、冷泉さんにも加入してほしいんだ」

「若輩者ですが、頑張ります」と冷泉が言うと、菊間会長が続いた。

「昔は村雨知事と浪速府医師会は対立しましたが、今振り返ると村雨知事の時代、医療は守られていました。後継の蜂須賀が府知事になり医療は削減縮減廃止の嵐で、浪速府医師会は白虎党と全面的に戦闘中ですので、喜んで参加します」

「とりあえず十一月一日の都構想住民投票の否決が目標ですが、投票まで残り三週間、かなり出遅れています。でもまだ逆転の目はあります」と彦根が言う。

「都構想って浪速府が浪速都になるんですよね？　それの何が問題なんですか？」

「都構想が可決されても浪速府は浪速都にならず、浪速市が消滅するだけです。今、浪速市の下にある区が府の直轄になるんです」と天馬の問いに、村雨が答えた。

「それって詐欺ですよ。市民は知っているんですか」

「ほとんどの市民は知りません。このままだと好き勝手やられ、浪速の医療が崩壊してしまう。このコロナ禍で二度目の住民投票を企てるなんて正気の沙汰ではない。都構想の住民投票はなんとしても否決せねばならない。でもテレビは白虎党贔屓で、押本笑劇団総出で鵜飼知事と皿井市長のヨイショばかりなので、相当難儀です」

村雨の言葉を受けて、彦根が言う。

「でも手はあります。目には目を、歯には歯を、情報には情報を。『真実で虚報を撃つ』という、クラウゼヴィッツの戦争論を応用し、天馬君と冷泉さんが調査した基礎情報を基に、別宮さんの『地方紙ゲリラ連合』の特集にアップするのが基本戦略です。虚を実に、実を虚に。僕の『空蝉《うつせみ》の術』と別宮さんの『地方紙ゲリラ連合』の機動力を連動させます。そこで地元情報を、菊間先生に提供していただきたいのです」

「この十年で白虎党がやった医療に対する乱暴狼藉《ろうぜき》なら、山のようにあるのでいくらでも協力しますし、医師会の会員から情報を集められます」

「活動には大義名分が必要です。否決してお終いでは無責任なので、村雨さんに政治に復帰していただき、首長となりかつて提唱した『機上八策』を展開してください」

彦根の言葉に、村雨は驚いたように目を見開いた。

「今さら私が府知事に返り咲くのは不可能です」

「今度は府知事でなく市長になっていただきます。皿井市長は住民投票に敗れたら引退すると公言しています。彼なりに背水の陣を敷いたつもりでしょうが、背水の陣とは絶地の敗軍の陣と言われたのを、漢の名将・韓信《かんしん》が逆手に取った奇策で本来、正規軍が取る戦法ではありません。彼らは白虎党が負けても他に選択肢がないから、政権を継続できると高をくくっている。そこに『浪速の風雲児』が復帰宣言をしたら連中はうろたえます。そこで白虎党の問題を白日の下に晒し、権力の座から引きずり下ろす。今、即座に『機上八策』を回復させるのは困難でしょうから一番大切な第一条の回復を目指します。『医療最優先の行政システムの構築』、つまり『医療立国の原則』の樹立です。白虎党によって失われた十年の失地回復を目指すんです」

彦根の言葉に、菊間会長もうなずいた。

「それでしたら浪速府医師会が全面協力すべきだと、会員に説明できます」

「しかし敗軍の将の私などが……」となおも渋る村雨に、別宮が鋭く言い放つ。

「今、白虎党を倒せるのは村雨さんしかいません。浪速の市民は助けを求めています。でもその声がテレビ芸人の声でかき消されてしまう。その声をすくい上げることができるのは、村雨さんだけです。それなのに尻込みするなんて臆病すぎます」

村雨は腕組みをして目を閉じる。過去の光景が去来する。村雨は目を開けた。

「わかりました。戦線離脱した敗軍の将ですが、意志は折れていない。私は白虎党の都構想の住民投票を否決し、浪速市の市長に名乗りを上げます」

彦根は立ち上がると村雨の前に立ち、右手を差し伸べる。

「そのお言葉を待っていました。これで、『日本三分の計』は蘇生《そせい》しました」

「村雨さんの広報部隊として全力を尽くします」と別宮が自分の手を重ねた。

「私は浪速の医師会をまとめます」と菊間会長もその上に手を重ねる。

「よくわからないけど、僕たちも微力ながらお手伝いさせてもらいます」

天馬と冷泉が、菊間会長の上に手を重ねると、その手の上に村雨が左手を置いた。

そして両手に力を込めてから、手を振りほどく。彦根が言う。

「政党名は『浪速梁山泊』。宇賀神元ワクセン総長と、国際法学者の宗像壮四朗博士の協力も得られます。『エンゼル創薬』を叩き潰し、返す刀で浪速ワクセンを復権させ国産ワクチン開発をする。この布陣で白虎党の政治をひっくり返しましょう」

「ならば条件があります。全ては今回の都構想の住民投票が否決されたら、が前提です。もう一点。市長選に名乗りを上げる時期は私が決定します。よろしいでしょうか」

村雨の言葉に、彦根はうなずく。

「異存ありません。浪速市各地で展開する都構想の反対勢力を結集しましょう」

かくして政策集団「梁山泊」がここに蘇生したのだった。


久々に村雨と再会した別宮は、別れ際に村雨が、赤星夫人の民事訴訟について訊ねてきたことに感動していた。村雨は、別宮がこの問題に強い関わりを持っていることを忘れていなかった。そして村雨が、赤星事件は梁山泊結成の一番のモチベーションだった、と言っていたことは本当だったとはっきりした。

新たに報告できる進展はないが、知子夫人は淡々と損害賠償の民事訴訟を続けている。金目当てだろう、という心ない非難にも「哲夫さんが亡くならなければならなかった理由を知りたいだけなのです」と、まっすぐな気持ちを訴え続けた。

村雨は「私にできることがありましたら、遠慮なく申しつけてください」と言った。

「その言葉はきっと、赤星夫人にとって何よりの励ましになると思います」

別宮がそう答えると、村雨は微笑して、夜の闇の中に姿を消した。

10章　開示請求クラスタの佐保姫

二〇二〇年十月　浪速・天目区・菊間総合病院

帝山ホテルで村雨と会合を持った翌日、彦根、天馬、別宮、冷泉の四人は菊間総合病院のカンファレンスルームで、打ち合わせで提案された事項を整理した。

まずここまでの浪速白虎党の、新型コロナウイルスに関連する事柄をまとめた。

蜂須賀前白虎党党首と、皿井現党首、鵜飼副党首の関係性は菊間会長が教えてくれてわかりやすくなった。要は第一回の都構想の住民投票をやるため、浪速府知事と浪速市長の蜂須賀と皿井が、立場を入れ替える同時選を行なった。住民投票で都構想が否決されると蜂須賀は政界を引退、府知事に皿井が就任し二度目の都構想住民投票を実施するため、白虎党の党首と副党首で、浪速府知事と浪速市長だった皿井と鵜飼が立場を入れ替える同時選を行なった。つまり「知事と市長の首長ポジション入れ替え」の再現で、入れ替え戦は白虎党の二戦二勝。それが白虎党の浪速覇権の力の源泉だ。

そこで浪速をコロナ禍が襲い二〇二〇年四月十四日、府知事と市長が共同記者会見で「オール浪速でワクチン開発を進める」と発表した。その後、ふたりは立て続けにお笑い発言をした。まず皿井が浪速市の病院で防護服が不足していると聞き、お笑い総合商社の押本笑劇団とタイアップし「家に眠る雨合羽を寄付して防護服に使ってもらおう」キャンペーンをぶち上げた。この動きに医療現場は反応しなかったのは、皿井市長がジョークで、荒《すさ》んだ空気を和ませようとしたのだろうと思ったからだ。

だが実際に市役所に雨合羽が届きホールに山と積まれ、皿井市長がメディアで得意げに言いふらす様を見て医療人は、市長は本気なのだと気づいて愕然とした。家の隅にあったビニールの雨合羽が、医療現場で防護服として使えるはずがない。

皿井市長は医療現場の実情を、爪の先ほども理解していなかったのだ。

彼は一銭も税金は使わないと言いながら、目抜き通りをライトアップし、親族の電飾会社に税金を流し込んだ。そんな調子で浪速白虎党は利益誘導政策を強引に続けた。党首の皿井に負けず劣らず無責任なのが舎弟の鵜飼知事だ。発言内容は二転三転四当五落で七転八倒のくせに、メディアは彼をやたら持ち上げ褒めそやす。その様子は親衛隊のようだ。だが鵜飼に信念はなく発言に一貫性はない。彼の望みは自分が常にテレビ画面に映ることだけだ。だから無批判なメディアと共棲関係を保てたのだ。

鵜飼知事も医療絡みでしばしば地雷を踏み、落とし穴に落ちた。だが次の瞬間には、全くダメージを感じさせない、つるん顔でけろりと画面に映る様から、一部では彼は人工知能を搭載し忘れた、できの悪いロボットなのではないか、と噂されていた。

そんな鵜飼知事が踏んだ盛大な地雷が、あだ名になる「ポピドンヨード騒動」だ。

ヨード薬でうがいをすると唾液中の新型コロナウイルスのPCR陽性率が激減したという実験結果を押し出し「うがい薬で唾液中のコロナウイルスが減少した」と生放送で大々的にぶち上げたのだ。「嘘のような本当の話です」ともったいをつけカメラ目線で話を始めたので反響は大きく、薬局の店頭からうがい薬が消えた。うがい薬を販売するサンザシ製薬の株はストップ高となり、後にインサイダー取引まで疑われた。だがすぐに医療現場から反論が上がる。消毒薬で消毒すればウイルスが減少するのは当然で、それは治療効果ではない。「嘘のような本当の話」の中身は「嘘」だった。この時、発表の後ろ盾になった研究を実施した博士の経歴はお粗末だった。再生医療ベンチャー企業を二〇一五年に設立するも続報はなく、非上場企業の株式会社の登記上の本社所在地は空き地と怪しさ満載だ。ヨードうがい液がコロナ抑制に有効だという発表があった八月は「エンゼル創薬」がコロナワクチンを完成させている頃だ。だが鵜飼知事は言及を避けた。そこで冷泉が「エンゼル創薬」を製薬企業の観点から分析し、天馬が分子生物学の研究分野の知見と合わせ、二人で「エンゼル創薬」を丸裸にした。するとポピドンヨード事件の博士と驚くほど経歴が似ていた。「エンゼル創薬」創業者、三木正隆博士は、投資家から酷評されている。同社は上場して十八年、一度も黒字にならず毎年経常赤字を更新し、開業以来、開発薬剤は一品しかなく、それも薬効が謳い文句通りでない。それで存続している「奇跡のペーパー製薬会社」は増資を繰り返して上場を維持し、投資家は「本業・株券印刷会社」と揶揄した。そんな曰く付きのベンチャーが「ナニワ・ガバナーズ」と組んで国産ワクチン開発をすると発表すると、同社の株価は十倍に跳ね上がった。

「三木教授は、わずか二十日でDNAワクチンを製作したのは世界最速だと自慢しますが、『エンゼル創薬』の独自技術と吹聴する『DNAプラスミド製造技術』は、分子生物学をやっている大学の研究室なら簡単にでき、ワクチンぽいものを三十人分作るのは五万円、ヒトに投与するためクオリティの高いものでも五十万円でできます」

天馬が説明すると公衆衛生学者・冷泉が「つまり、ハッタリです」と後を引き取る。

「それなのに五月に国立研究開発機構から二十億円、八月に厚労省から九十四億円と計百十四億円もの巨額の助成を受け、投資界隈で『ワクチンわらしべ長者』と『絶賛』されています。華々しい企画で話題を振りまき株価を上げ、研究資金を国から引っ張り実績を出さずにフェイドアウトする、悪質なペーパーカンパニーです」

「この短時間で、よくそこまで調べ上げたわね。さすがだわ」

珍しく別宮が素直に賞賛すると、天馬がうなずいた。

「浪速の医療については菊間会長のデータが整っていたし、『エンゼル創薬』の調査法は公衆衛生学ではオーソドックスな手法で、冷泉が徹底的に調べ上げてくれたんだ」

「これは一級品の解析だわ。でもこれだと、ちょっと弱いかなあ」

別宮は腕組みをして続けた。

「今回は浪速市民に白虎党の酷さをわかってもらって都構想の住民投票を否決に持っていくためだから、もっと下世話な情報が欲しいんだけど」

「それならぴったりの情報があります。菊間病院の医療事務をしている女性とお茶をしたんですけど、その人の話が面白かったです。皿井市長が公用車でホテルのサウナに出入りしてるとか、鵜飼知事のポピドンヨード会見が発表前日の夜にいきなり自分がやると言いだし、担当の役人が大変な目にあって体調を崩して入院しちゃったとか、そんな話をたくさん聞きました」

「それよ、それそれ、そういうのが欲しいの。そんなニッチな情報、その人はどうやって見つけたのかしら」と別宮は身を乗り出した。

「その人の友だちに、情報開示請求をするのが趣味という、変わっている人がいて、その人から聞いたそうです」

「情報公開法に基づき、都道府県や国の公文書の開示請求ができるっていう、アレね。あたしも一回やったけど、お役所の書類がそのまま開示されるから読むのが大変で、そこから有益な情報を引っ張り出し、つなぎ合わせるのは相当面倒な作業よ。そういうことが楽しいなんて、その友だちは相当変わってるわ」

「その友だちが鵜飼知事の、ポピドン研究発表の裏話を見つけ出したんだそうです」

「ちょっと待って。その友だちってひょっとして『開示請求クラスタの佐保姫《さほひめ》』と呼ばれている人かもしれない。本名非公開だけど、ネット世界では有名人よ。あたし、その人を探してたの。なんとしてもお目に掛かりたいわ」

「その人と友だちの事務の人はこの病院にお勤めだから、とりあえず直接話をしてみたらどうですか。あと一時間で閉院ですから」

冷泉の提案に、別宮はうなずいた。


業務時間が終わり事務室に入ると冷泉は、奥の机で書類の処理をしている、三つ編みの黒縁眼鏡の女性に歩み寄った。

「地味」が服を着て歩いているような女性で、別宮と冷泉というヴィヴィドで生命力が溢れている、二人の女性を前にするとその対照が殊更に際立った。

乱れ咲きの薔薇園の傍らに咲く蒲公英《たんぽぽ》という感じがした。

「朝比奈《あさひな》さん、こちらは別宮さんという時風新報の記者さんだけど、あなたとお話をしたいんですって。よろしければ、喫茶店でお茶でもしませんか」

朝比奈は、「今日は予定がありませんから、いいですよ」と言って立ち上がった。

菊間総合病院の向かいに、前世紀からやっている風情の、小さな喫茶店があったのでそこに入った。店に入るやいなや、別宮はいきなり本題に入る。

「桜宮市の時風新報の別宮葉子といいます。冷泉さんから聞きましたが、朝比奈さんのお友だちは『開示請求クラスタの佐保姫』と呼ばれる有名人のようです。是非、紹介していただけませんか」

朝比奈は少し考えて、首を振る。

「ごめんなさい。友人は『開示請求クラスタ』だということは周囲に言っていないんです。身バレしたらどんな嫌がらせをされるか、わからないから怖いんだそうです」

「その方は本物ね。ますますお目に掛かりたくなったわ。実はかなり急いでいるの。二週間後に浪速で行なわれる都構想の住民投票を潰したいと思っていて、特集記事の材料を探しているから、協力してほしいの」

食いついた別宮を、隣で冷泉が呆れ顔で見ている。

初対面の人に対し、なんて強引なのかしら、と考えているのがありありとわかる。

黙り込んだ朝比奈に、別宮は角度を変えて尋ねる。

「じゃあ質問を変えます。あなたのお友だちは、なぜ皿井市長の仕事ぶりを情報開示請求で調べてみようと思ったのか、その話は聞いていますか」

すると朝比奈はほっとしたような表情になって言う。

「それについては教えられます。鵜飼府知事は、言うことがいつもころころ変わるということをみんなに報せたかったんですけど、浪速のテレビは鵜飼知事をヨイショするばかりでどうしようもありませんでした」

「それって先輩譲りね。前党首の蜂須賀さんはワイドショーのコメンテーターをしていて、すごくいいことも言うけど、彼の言動をウオッチしている人たちがすぐに、一年前にはツイッターで真逆のことを言っていますよね、といちいち指摘してる。皿井市長も鵜飼府知事も、そうしたところはきちんと模倣してますもんね」

「そうなんです。あれでは浪速の医療は滅茶苦茶にされてしまいます。だからポピドンうがい薬がコロナ治療に有効だなんて記者会見を見て、私がものすごく怒ったら、友人が、鵜飼知事の失言を証明するため情報開示請求を思いついたんです。友人は資料整理が得意でウェブに上げたら、評判になったんです」

「それならあなたも共犯じゃない。今の話から察するに、お友だちは浪速市役所にお勤めの事務員あたりかしら」

「カマをかけてもムダです。友人の情報は漏らしません」

「そんなつもりはなかったんだけど、取材のクセかしら。イヤな女ね、わたしって」

　隣で冷泉がこくこくと何度もうなずいた。

「あなたのお友だちがやっていることはとっても有意義よ。差し支えなかったら今すぐ、『地方紙ゲリラ連合』に参加して手伝ってくれないか、聞いてもらえないかしら」

「ほんと、強引な人ですね」

「浪速都構想の住民投票前に、白虎党が何をしでかしているか、それを見過ごすとどんな酷いことになるのか、ひとりでも多くの市民に早く伝えたいだけなのよ」

朝比奈は「メールで聞いてみます」と言うと、スマホで文章を打ち、メールした。

紅茶をひと口飲んで息を整えた別宮は、改めて朝比奈に訊ねた。

「ところで朝比奈さんは、菊間総合病院にお勤めしてどれくらいになるんですか」

「十年近いです。幼い頃父を亡くし、薬剤師の母が女手ひとつで育ててくれて、東京の大学にも通わせてくれたんですが、十年前は就職氷河期でいったん故郷の浪速に戻りその後、母の伝手《つて》でこの病院の事務員に雇ってもらい、働きながら医療事務の学校に通いました。白虎党が浪速の医療を滅茶苦茶にしたのを十年間見続けたので、友人が協力できるかどうかは別にして、わたしもできることはお手伝いしたいです」

さっきからやたら熱く語るわね、と思った別宮だが、そこはつっこまなかった。

巣穴から顔を出した臆病なフェレットは、遠くからそっと眺める程度にしないと、大きな物音に驚いて、巣穴の奥に引っ込んでしまう。別宮はそろそろと会話を続ける。

「浪速の人の協力が得られるのは心強いわ。東京の大学では何学部だったの？」

朝比奈は、はにかんで小声で答えた。

「文学部でゼミで平家物語の研究をしていました。古文書をつなぎあわせ、何かを見つけるのが好きだったんです。平家物語を読み解いても今の社会には直接役に立たないでしょう？　でもそういう、無意味に思えるようなことが好きなんです」

その時、テーブルの上のスマホが震えた。メールを読んだ朝比奈は別宮に言う。

「友人から、協力してもいいという返事をもらいました。ただし直接お目に掛かるのはNGでわたしが間に入る、という条件です。それと自分が興味のあることを調べるだけというスタンスを変えるつもりはない、と言っています。どうしますか」

「もちろん、それで充分です。よろしくお願いします、とお伝えください」

朝比奈がメールを打つと、すぐに返信が返ってきた。

「こちらこそ、だそうです」

「それじゃあ感謝の気持ちを込めてここのお茶代は持たせてくださいね。それと、もしよければ今から軽くお食事をしませんか」

朝比奈は「それなら友人の代理として、ご馳走になります」と言って微笑した。

そして閉店の午後八時まで三人の女子トークは盛り上がった。

こうして「地方紙ゲリラ連合」の統領は、「開示請求クラスタの佐保姫」という、まだ見ぬ麗しき狙撃手と、その友人のナニワ娘を仲間に引き入れたのだった。

11章　酸ヶ湯、立ち往生す

二〇二〇年十一月　東京・永田町

「宰ちゃん、お腹の調子もいいみたいだから、そろそろ現場復帰したらどう？」

愛妻の明菜《あきな》に言われ、前内閣総理大臣の安保宰三はうなずく。

「さすがアッキーナ。実はこの前、経済界の友だちからも、僕がいなくなってから、不景気になっちゃったから、早く戻って来て、と言われたんだよ」

「それはそうよ。あの不景気なご面相で、答弁も原稿をぼそぼそ読むだけじゃ、ぱっとしないわ。宰ちゃんの方がずっと華があったわ」と言われて、悪い気はしない。

十年前、政権を投げ出した時も、明菜だけは宰三の味方だった。

――国民みんなによくしてあげるなんて不可能よ。だからお友だちを大切にしてあげればいいの。そうすればあたしも宰ちゃんもお友だちも、みんな幸せになれるわ。

明菜の言葉は、宰三の気持ちを軽くした。おかげで第二次安保政権は政党政治最長の七年八ヵ月、二千八百二十二日の長きにわたって続いた。そんな宰三が総理大臣を辞任したのは、「満開の桜を愛でる会」の不正の追及が避けられなくなったからだ。とにかく黒原東京高検検事長の退場が痛かった。せっかく公務員の定年を延長する掟破りの荒技で、黒原検事総長が実現目前だったのに、SNSの抗議活動で法案の通過が難しくなった。その最中に「新春砲《しんしゅんほう》」に狙われ、自粛の最中に新聞記者と賭《か》け麻雀をやっていたという不祥事がすっぱ抜かれた。一瞬にして黒原のクビが飛び、宰三はあっけなく守護神を失った。検事総長の林原《はやしばら》は世論の声もあり宰三を政治資金規正法で捜査を開始したため、特捜部の事情聴取は避けられない。現役の首相が特捜部の事情聴取を受けたとなれば末代の恥で、ゴッドマザーの怒りを買うことは必定だ。

ならばきっぱり勇退すれば影響力も残せ、お友だちと楽しい生活も続けられる。明菜も賛同し、安保宰三は戦後最長在任の勲章を手に首相を辞任した。世間の風は生暖かく、安保首相ご苦労さま、という労《ねぎら》いの声が満ちた。だが宰三は不満だった。「問題は多かったけれど長い間であることは確かだから、せめてご苦労様という言葉で、第二の人生に送り出してあげよう」という感じだったからだ。

自分を大好きだと信じていた、ネトウヨ連中の反応の薄さも不満だった。

だがそれは仕方がない。彼らは、コロナ禍が自分の身に降りかかってみると、宰三の政策は自分たち下流階級を見捨てるものだと気づいてしまったのだ。

宰三から見ると後継者の酸ヶ湯は粗だらけだ。もともと酸ヶ湯の評価は低かった。メディアを高圧的に恫喝し、木で鼻をくくったような答え方をしても平気な図々しさと厚顔を備えた便利な番犬だったが、それだけの存在だ。

おまけに酸ヶ湯の右腕の泉谷補佐官は部下と不倫していた。明菜一筋の宰三は、不倫を嫌った。しかもそれが厚労技官で、コロナ対策の初動を仕切り轟々《ごうごう》たる非難を浴びる政策を提案した張本人だから、いよいよ不快だった。ところが総理の座に就いた酸ヶ湯は真っ先に、宰三のお気に入りの今川補佐官を更迭した。忠犬の番犬は猛犬ではなかったが、その分鬱屈した恨みを、貧相な仮面の裏側に滾《たぎ》らせていたのだ。

酸ヶ湯が「パフェおじさん」と呼ばれ、ちやほやされているのを見ると、嫉妬の炎がめらめら燃え上がる。「ボクはモンブランが好きなんだよね」とひとり呟いても、誰も相手にしてくれない。

そんなある日、宰三は久々にインタビューを受けた。その頃、宰三はしきりに、僕だったら今の外交はこうするんだけどな、と周囲に吹聴したので、内閣府のかつての部下が、気を利かせてセッティングしたのだ。

「大統領選で国民の高い支持があるミッキー・トランペット大統領が負けるはずがないから、選挙が終わったら真っ先にご挨拶のため訪米日程を決めておくべきだよ」

ほどなくして記事はネットにアップされ、それを読んだ酸ヶ湯は激怒した。

——あんたはまだ俺を、目下の使用人だと思っているのか。

腹の虫が治まらない酸ヶ湯は禁断の一手を発動した。「満開の桜を愛でる会」前夜に開催された「励ます会」が、政治資金規正法に抵触するという告発状を提出した、市民団体の訴えを受理させたのだ。メディアは権力者の交替を悟り、一斉に宰三を詰った。この蒸し返しは宰三にダメージを与え、表舞台での発言は減った。

野党は宰三が国会答弁で百十八回も虚偽答弁をしたと攻撃した。それは国会の信頼性を揺るがす大問題だった。だがそれを境に酸ヶ湯にも逆風が吹き始める。不実な答弁がやり玉に挙げられた。酸ヶ湯は首相就任後一ヵ月以上も正式な記者会見を開かず、一方的に自分の言い分だけを話すビデオ懇談会の形でごまかし続けた。

酸ヶ湯は対話が苦手だった。あるキャスターが日本学術会議委員の任命問題を繰り返し質問すると「答えられることと答えられないことがあるのではないでしょうか」とキレた。官房長官時代から質問に答えず、疑問形で返すクセが身に染みついていた。他にも「その問題に対する答えは差し控える」とか「仮定の問題にはお答えしかねる」という、とりつく島のない答弁は、なぜか鉄壁と賞賛された。

それがなぜ急にうまくいかなくなったのか、酸ヶ湯には謎だった。

首相広報官の出山《でやま》美樹《みき》に、「予定外の質問をしたルール違反に首相はご立腹です」というクレームを準国営放送のＴＨＫに入れさせたら「新春砲」に漏れた。

出山は以前と同じ様にしただけだが、酸ヶ湯に対する不満分子が情報をリークしたのだ。造反分子は粛清するのが酸ヶ湯流強権政治の基本だが、リーク犯の目星がつかず、やむなくＴＨＫ幹部に、小生意気なキャスターを更迭するように指示した。

キャスターは交代し、酸ヶ湯は溜飲を下げた。だが一難去ってまた一難、今度は安保政権の置き土産「GoToキャンペーン」が疫病神になった。

それは自分を首相に押し上げてくれた煮貝厚男・自保党幹事長への恩返しだった。

煮貝は私大を卒業後、国会議員秘書を務め、四十四歳で衆院選で当選すると以後、連続当選十二回、選挙は一度も負けなしである。一九九〇年代の政界再編時代、非自保時代が十年に及んだ。その後弱小政党や少数派閥に身を置き三十年以上、小が大を呑《の》む政界再編の渦中にいた。現都知事の小日向美湖と行動を共にした時期もある。

二〇〇九年の衆院選で自保党が野党に転落した時、派閥で当選したのは煮貝だけで、煮貝派は三名の党内最弱グループになった。だがその時に勧誘された大派閥のボスに気に入られ、派閥の運営を任され、弱小グループながら大派閥を自在に動かすという、稀有《けう》な立場に成り上がる。その後は大泉《おおいずみ》内閣から四代の内閣で党の要職を務め二〇一六年幹事長に就任した。八十二歳の煮貝は今が最高点だと衆目は一致していた。

煮貝は「にかい」と澄んだ風に読まれると怒り、俺の名前は「にがい」と濁るんだと胸を張り、「白河の澄んだ流れに魚棲まず　泥の田沼の昔懐かし」という江戸時代の狂歌を口にして周りを煙《けむ》に巻いた。

安保政権では裏方の党運営に専念したが安保が退場すると前面に出るようになった。本意ではないが、表舞台で物怖《ものお》じしなかった。権力を最大限に活用する術に長けた彼の前に、次々に権力の階段が現れた。権力の源泉はカネであると熟知する彼は、権力の頂点に立ちたい欲はなかったが、力を最大限に活用できる幹事長の座に固執した。

安保が党内の有力なライバル潰しを繰り返したため、自保党の人材は枯渇し、老獪《ろうかい》な煮貝に逆らう人材は払底した。酸ヶ湯首相を決定したのは実質的に煮貝だ。

煮貝は安保と酸ヶ湯の諍《いさか》いを傍観した。もはや安保の復権はないと見通し、酸ヶ湯の次を考えた。お気に入りの女性議員を当て馬にしたが、人望がなさすぎてすぐに放棄した。ダメなものを切り捨てる速さこそ、煮貝の真骨頂だ。そんな煮貝の機嫌を損なわないよう、煮貝に逆らえない酸ヶ湯は、いつも戦々恐々としていた。

十一月、煮貝の肝いりの「ＧｏＴｏキャンペーン」が再起動した。今回は煮貝の斡旋で、小日向美湖都知事と酸ヶ湯首相の間で手打ちがされた。

こうして東京も含めた新ステージが始まったのだった。

だがここで番狂わせが起こった。浪速の盟友、皿井の大勝負、浪速都構想の住民投票が僅差で二度目の否決をされたのだ。盟友が勝てば関西に自分の「派閥」ができ、追い風に乗れるので酸ヶ湯は、白虎党と対立していた浪速市の自保党の抗議を無視して、盟友皿井を暗黙に支持した。党内基盤の弱い酸ヶ湯には割のいいギャンブルに思えたが、結果は想定外の否決だ。酸ヶ湯は皿井にホットラインを掛け、珍しく語気を荒らげて、「事情を説明せよ」と詰問した。

だが酸ヶ湯の怒りと焦燥は伝わらず、皿井はあっけらからんと言う。

「心配いらんで、スカちゃん。住民投票で否決されたが、年度末にそろっと『二重行政』を解消する一元化条例を通そうと考えとる。そうすれば浪速市の財源を浪速府で流用するという目的は果たせて浪速万博も安泰、万々歳ちうわけや」

酸ヶ湯は歯《は》噛《が》みした。彼にはこの瞬間の勝利が必要だった。だが田舎者を詰ってもムダだ。彼は労いの言葉を投げ遣りに掛け、力なく受話器を置いた。

ひょっとして「民意」とやらが動いたのか、と気付いた酸ヶ湯は首筋が寒くなる。

その蠢動《しゅんどう》で黒原検事総長の芽が潰され、安保前首相の退任につながったのだ。

「民意」というヤツはきっちり追跡しておかなければ、と酸ヶ湯は気を引き締めた。

「都構想住民投票」が否決されたのはまさに「民意」の発露だった。住民投票直前の一週間でツイッター情報が怒濤のように流されたのだ。都構想反対派の住民はSNSを通じ、「都構想で浪速府は浪速都にならない」と「単に浪速市がなくなるだけ」という二つの事実だけを徹底して伝え続けた。大多数の浪速市民には寝耳に水だった。

「浪速都構想」というネーミングは、蜂須賀守・前党首の傑作だ。

だがその詐術は、市民による地道な草の根運動の前に崩れ去った。それは彼が樹立した大衆洗脳の瓦解を意味した。浪速で絶大な人気の押本笑劇団と組んで白虎党の賞賛を垂れ流し、潜在意識に植え付ける手法が崩壊したのだ。

彼は震え声で「既得権益層の巻き返しに敗れた」とお得意のお題目を言い続けた。

二週間前、「地方紙ゲリラ連合」の特集記事で浪速市役所内から都構想の欺瞞について告発記事が出た。都構想は「浪速府が浪速都にならず、浪速市がなくなるだけ」で「白虎党が巨額の市の予算を気ままに使えるようにすることが目的だ」という、蜂須賀が隠し続けた「真実」が、市役所の内部文書と共に掲載されていた。

蜂須賀は皿井に命じ、テレビで否定ニュースを流させたが結果は二度目の否決だ。皿井市長は、白虎党党首を辞任すると口走ったが、市長職は辞任しなかった。


その晩、喜びに沸く浪速の喫茶店で、別宮と冷泉、朝比奈の三人は祝杯を上げた。

「別宮さんが記事で取り上げてくれたおかげで、都構想を否決できました」

「それは違う。あの記事は後押しにはなったけど、それだけでは無理だったもの。底流に浪速市民の草の根運動があったから、ギリギリで否決に持ち込めたのよ」

市民連は、押本笑劇団とテレビのごり押しに絶望しながら「親戚や友だち、隣の人に二つの事実を伝えて、このままだと浪速市は白虎党に食い殺されるで」と悲鳴のようなツイートやメールを発信し草の根活動を続け、それが大逆転につながったのだ。

「これは住民運動が日本の政治を動かした大事件ね。これまでなかったことだけど、これからは当たり前になるような気がするわ」

別宮が、店の外で祝賀行列をしている人たちを眺めて言う。

「ひとりでも多くの市民が、白虎党の欺瞞に気づいてくれるといいんですけど」

朝比奈が、ぽつんと呟いた。

＊

白虎党の都構想が一敗地に塗れた三日後、米国ではミッキー・トランペット大統領がマーク・ガーデン候補に大統領選で大敗した。だが番狂わせと報道するメディアは少なかった。そもそもの躓《つまず》きは選挙戦真っ只中の十月初旬、自身が新型コロナウイルスに感染し、治療薬レムデシビルとデキサメサゾンに加え、治験段階の抗体カクテル療法という、国家挙げての治療を受けたことだ。これで「コロナはただの風邪で怖るに足らず」と吠えていたトランペットの欺瞞が白日の下に晒された。

現地の十一月三日、開票が始まると、劣勢を察したトランペットは不正投票だと主張した。だが十一月八日未明に当確が打たれ十一月十三日、開票結果が確定すると、不正選挙の訴訟を連発したが尽《ことごと》く却下された。こうして十二月初旬にトランペット大統領の敗北は確定し、二十八年ぶりの現役大統領の落選となった。

日本のテレビはスーパーチューズデイの前日の十一月二日から米国大統領選を日本の衆議院選挙以上に詳細に報じ、トランペット大統領の敗戦の可能性に多くの時間を費やした。ふだんはメディアもそこまで熱を入れない。日本がかの国の属国であることは隠す必要があったからだ。だがこの時のなりふり構わぬ報道ぶりは、それ以上に隠したいことがあるかのようだった。

そんな垂れ流し報道を眺める浪速市民は、強い違和感を覚えていた。

都構想の住民投票前は全国ネットでも大々的に報じられたのに、否決後の扱いは小さく浪速市民がたどりついた「浪速府は浪速都にならず、浪速市がなくなるだけ」という真実を報じる中央のメディアは皆無だった。浪速市民、特に反対票を投じた市民は覚醒した。日本中のメディアが白虎党の欺瞞の隠蔽に手を貸していた、ということに気づいたのだ。

その覚醒は大いなる第一歩だった。だがまだ手放しでは喜ぶわけにはいかない。否決は僅差、つまり半分の浪速市民は、未だに惰眠を貪っていたからだ。

だがそれは、暗黒のディストピアに射し込んだ一条の光ではあった。

12章　新型コロナ感染症対策アドバイザリーボード

二〇二〇年十二月　東京・霞が関・合同庁舎5号館

その日、浪速梁山泊本部の菊間総合病院の二階を、着流し姿の男性が訪れた。

「先ほど宗像博士に相談に伺ったので、別宮殿にも相談しようと思ったのでござる」

「別宮殿、とか、ござる、とかの言葉遣い、いきなりどうしちゃったんですか?」

「後藤男爵の時代に徹底して浸ろうと思ったでござるよ。『後藤男爵のコロナ退治伝』で新しい構想が浮かんだので、別宮殿の忌憚《きたん》のない意見を伺いたいのでござる。題して『病原菌円卓会議の巻』でござる」

終田は懐から数枚の原稿用紙を取り出し、朗読を始めた。


——天然痘は目を閉じた。わが一族は滅びるが、我が藩には勇者がいる。天然痘は一筆記し、側に侍《はべ》る白鳥の首に文を結んだ。ゆけ、白鳥丸、軍団に我が遺志を伝えよ。

一九七七年十月三十一日。ソマリアの病院職員マーラン(二十四歳)の天然痘が完治した。三年後の一九八〇年五月八日、WHOは天然痘根絶宣言を発した。最後の天然痘患者は五十九歳で死亡するまで、ポリオワクチン接種活動に従事した。

「ちょっと待って。これって読者を誰に感情移入させたいんですか?」と別宮が突っ込むと、「大ヒットコミック『働け、サイボウ』のパクリですね」と冷泉が言う。

「小娘、控えろ。パクリではない。オマージュだ」と言い、終田が二枚目を朗読しようとすると、別宮が原稿を取り上げ目を通す。

「なんですか、これ。院布留円座(インフルエンザ)だの虎列刺(コレラ)、血伏酢(チフス)、屁巣砥(ペスト)、微侮裏汚(ビブリオ)なんて当て字、格好いいと思ってるんですか。『虎露菜(コロナ)殿、あなたのような若武者がいてくださるのは心強い』だなんてどういう神経をしたらこんなくだらない文章を書けるんですか」

すると今度は冷泉が原稿を奪い取り、やはりぱらぱらと目を通して言う。

「これ、そんなに酷くありませんよ。終田先生は細菌学の基礎は理解されています。古参病原菌は明治時代に猖獗《しょうけつ》を極めたものの、今は抑え込まれていますから」

「そこは苦労したでござるよ。この後、ここに後藤男爵が攻め込んでくるのでござる」

「これって仮想空間のファンタジーで、そこにリアル世界の人物がそのまま入り込むなんて、ルール違反でしょう」と別宮が言うと、冷泉が挑発的に応じる。

「これは異世界転生モノのナチュラルコースで、今の読者は導かれるまま読む人が圧倒的多数で、作者が提示した世界に流されるから問題はないですよ」

「冷泉さんって、やけにラノベの作法に詳しいわね。ひょっとして隠れオタ？」

「実は私、『ＭＩＹＵ』という名義でネットの、『作家になろうぜ』サイトに投稿しているんです。閲覧数五万、そこそこ人気の覆面作家なんですよ」

「『顕微鏡のスライドガラスから転生した俺が、世界的ラボの魔王株になっていた件』の作者の『ＭＩＹＵ』殿はあなたでしたか、いや、でござるか。実はこれは先生の作品をパクって、いや、オマージュしたもので……」と終田はうろたえて言った。

「やっぱり。公衆衛生の概念をオタクの人たちに理解してもらいたくて書いたので、終田先生のような著名な先生に『引用』していただいて嬉しいです」

「それなら拙者からお願いがあるのでござる。どうすればあのようなキャラ立てができるのか、『ＭＩＹＵ』殿にご教示いただきたいのでござる」

「大して難しくないですよ。人を動物や歴史的人物に喩えるのが基本です」

「面白そう。それならお題を出すわね。政治家を妖怪に喩えてみてください」と別宮。

「拙者を試そうとは、無礼極まりないでござる」

「あ、ひょっとして思いつかないとか？」

「ぶ、無礼者。そんなのサラのラーで思いついてやる。まず酸ヶ湯首相は大ボスだからゼウスぢゃ。そして目障りな小日向都知事は愛の女神アフロディーテぢゃ。浪速府知事の鵜飼は可愛らしい顔をしておるからキューピッドぢゃな」

「ちっとも面白くないです。おまけに妖怪じゃなくてギリシャ神話の神様に喩えてるし。指示に適切に従えないんですか？」と冷泉が言う。

「おのれ小娘。ちと才能があると思って図に乗りおって。ならば手本を見せてみよ」

「いいですよ。酸ヶ湯首相は『油すまし』で小日向都知事は『砂かけ婆《ばばあ》』。このあたりは鉄板で、皿井市長は『子泣き爺《じじい》』ね。鵜飼府知事は『のっぺらぼう』かな」

「『顔がウリ』の鵜飼知事が『のっぺらぼう』とは、これいかに」と別宮が突っ込む。

「『顔だけがウリ』だからよ。空虚で無能で無策な知事の実体が強調されるでしょ」

二人の会話を側で聞いていた彦根と天馬は、笑いをこらえるのに必死だった。

「そうだ、それなら終田先生と冷泉さんで合作したらどう？」と別宮が言う。

「イヤです。あたしは作家になりたいなんて思わないし、面倒が増えるだけけっぽいし、何より別宮さんにあぁだこうだと言われるのは絶対にイヤ」

「それなら、監修してあげてくれない？」

「衛生学者として細菌について監修してもいいですけど、指示に百パーセント従ってもらいます。それでよければ考えてもいいですよ」

「それは勘弁でござる。別宮殿が二人になったようなものだから、拙者は天然痘のように撲滅されてしまうでござるよ」とはよくわからない回答だが、気持ちは百パーセント伝わった。そこで冷泉がぽん、と手を打つ。

「それなら、お弟子さんと合作したらどうかしら」

「終田先生に弟子なんていたかしら？」

「終田先生が仕事を下請けさせた、医師兼作家の田口先生のことですよ」

別宮も、ぽむ、と手を打つ。

「それはナイス・アイディアだわ。ねえ、終田先生、素晴らしい考えですよね」

「どうかな。弟子の依存心を強めるのは師匠の本懐ではないが」

歯切れの悪い終田の言葉に、別宮はぴんときた。

「先生、あたしになにか、隠し事をしていますね」

「い、いや、そんなことは決して……」と口ごもった終田は、別宮の凝視に三十秒も保たず白状した。先日の診療現場の見学後、ショートショートの件を確認すべく再訪した時、田口は原案を終田に見せた。それが病原菌擬人化の物語だったのだ。

「不肖の弟子は撲滅されるという細菌の立場で『怖い話』を書きおった。明らかに主題ミスだからボツにしたが発想は面白い。そしてここにその発想を使えば作品を書ける師匠がいる。ならば廃物利用で拙者が蘇生させればよい、と考えたのでござる」

「それなら田口先生にブラッシュアップしてもらったら？　できない？　わかった。転用許可をもらっていないんですね」と一気に言う冷泉に、終田は言い返す。

「たとえそうでも、師匠の書くものが名作として残るなら、弟子も本望だ、でござる。

因みに弟子の出来は酷く、読めば別作品だと一発でわかる……でござるよ」

　終田は田口の習作を読み始め、それを聞いた四人は四者四様に脱力した。中でも彦根のショックは大きく、「田口先生は文学青年だと思っていたのに」とぽつんと言う。

「『怖い話』というお題なのに、全然怖くないのが致命的ですね」と冷泉は冷徹に、本質的な欠陥をずばり指摘する。終田がうなずく。

「うむ。これは当然ボツだ。なので医学的に正確なあらすじを弟子に書かせ、拙者が後藤男爵の世界の物語に書き直したのでござる。それで現代パートに橋渡しになるパートを書き上げ『後藤男爵の冒険』の一章に溶かし込む予定だ、なのでござるよ」

「わかりましたから、『拙者』とか『ござる』をつけるのは止めてください。聞きづらいだけです。さて、こういう裏事情ですが、みなさんどう思いますか？」

「あたしは続きを読みたーい」

「僕も、この枠組みなら感染症の知識の普及ができそうだから、賛成です」

　天馬と冷泉が言うと、彦根がうっすら笑う。

「『働け、サイボウ』並みの大ヒットが見込めるなら、僕も協力します」

「どうやら三対一で、この作品は容認されたな」と終田が勝ち誇る。

「いえ、あたしも賛成なので、四対〇です。確かに斬新で面白いです。やりましょう。そして、覚悟のない半端者の弟子の才能も食い尽くしてやりましょう」

打ち合わせの首尾が上々に終わった終田は、上機嫌で言う。

「ウイルスの名前がコロナだったのはラッキーだったでござる。ビブリオだのガス壊《え》疽《そ》だと、文字の美を追求する拙者には耐えがたい拷問《ごうもん》でござる。クロストリジウム・テタニ（破傷風の学名）なんぞは、新聞連載でたちまち字数オーバーでござる」

　作家とは素っ頓狂なことを考える人種だな、と思いつつ彦根は立ち上がる。

「僕は今から東京で、梁山泊の土台作りと浪速ワクセン再構築のため必要な人材スカウトをしてきます」という言葉にはスカラムーシュ（大ボラ吹き）の響きがあった。

「彦根殿は、現代の後藤新平男爵のようでござる」と終田が言う。

「それは買いかぶりですが、医師として後藤男爵の業績はリスペクトしています。何しろ僕は『メディカル・ウイング』（医翼主義）ですから」

「その言葉を作中で使わせてもらおう」と終田は、さらさらとメモをした。

「奇遇ですね。あたしも霞《かすみ》が関《せき》に用事があるのでご一緒します」と別宮が言った。

＊

「まったく、僕を都合良く利用しようとするのは、お前くらいだぞ、彦根センセ」

　久々に会った開口一番がこれか、と彦根は苦笑して、白鳥技官の顔を眺める。

「お互いさまです。白鳥さんは今なーんにもしてないわけですし、アドバイザリーボード会議のオブザーバーに僕を押し込むくらい、どうってことないでしょう」

「彦根センセは厚労省のブラックリストに載っているから簡単じゃないんだ。しかも『血塗れヒイラギ』を随行させるなんて一体、何を企《たくら》んでいるんだよ。まあ別宮さんはメディアだからオブザーバー登録は簡単だけど、もう一件の依頼は手こずったよ。大体、『梁山泊』の連中は人使いが荒すぎるんだよ」

彦根の隣の別宮は珍しく心から恐縮していた。彦根に便乗してダメモトでお願いしたら、予想に反し対応してもらえたからだ。

「あ、委員がきた。頼むから目立たないようにしてくれよ。僕も今、アドバイザリーボードは出禁を食らっているんだ。本田審議官の意地悪なんだよ」

白鳥技官はそそくさと退出した。潜入した「新型コロナウイルス感染症対策アドバイザリーボード」とは、新型コロナウイルス感染症対策を円滑に推進するため、医療・公衆衛生分野の専門的・技術的事項について必要な助言等を行なう機関で二〇二〇年、コロナが流行し始めた二月七日に設置された。二月十日に二回目が開催されて以後、七月まで半年ほど開催されなかった。その時期は厚労省と政府が一体になりＰＣＲ抑制論を展開し、第一回の緊急事態宣言を発出した際、アドバイザリーボードの一員の喜国協力員が人流の八割削減を提唱し、安保前首相の不興を買った時期だった。

それが七月に再開され月二回、酸ヶ湯政権の九月以降は月三回のハイペースで開催された。内閣府にも「新型インフルエンザ等対策有識者会議・新型コロナウイルス感染症対策分科会」という相同の組織がありややこしい。内閣総理大臣の諮問機関で新型インフルエンザ等対策特別措置法に基づいて設置され、七月六日に第一回会合が開催され主要メンバーは重複していた。スマホで新型コロナウイルス対策の現状を検索した彦根は、「霞が関サティアンは密林か」と吐息をついた。

次々に入ってくるメンバーの中に、知り合いの顔を見つけた彦根は歩み寄る。人の接触を八割削減せよと主張し、「八割パパ」と巷で呼ばれる喜国忠義准教授だ。

「お久しぶりです、喜国先生。ご活躍ぶりは陰ながら拝見してます」

「参考人で、蝦夷大学から手弁当での参加ですが、会議で発言させてもらえるだけでもありがたいです。彦根先生は、オブザーバー参加ですか」

「村雨さんと浪速で梁山泊を再開したので敵情視察と人材スカウトを兼ねて、白鳥さんにアレンジしてもらったんです。紹介してほしい人がいるのでお願いしますね」

「スカラムーシュが動き出すと大ごとになりそうですね」と喜国は微笑した。

アドバイザリーボードの委員が顔を揃え、座長が開会を宣言した。

お世辞にも活発と言い難い議論の後、閉会が宣言され、委員は三々五々離席する。

彦根は喜国にささやきかけ、喜国が背広姿の細身の男性のところに行く。

「初めまして、近江先生。房総救命救急センターの病理医の彦根と言います。少しお時間、よろしいですか？」と彦根は男性に歩み寄る。

近江は腕時計を見て「五分なら」と答え、彦根に名刺を手渡した。彦根は言う。

「安保政権から酸ヶ湯政権の二代にわたり、政府のコロナ感染症対策分科会会長のお務めご苦労さまです。近江先生は政権のイエスマンだと思っていましたが、違いましたね。今日も報告書の『感染者の伸びが鈍化している』という表現は現状と違うのでミスリードになると指摘されていましたからね」

「私は終始一貫して感染拡大の危険を指摘してきたつもりですが」

「確かに分科会の報告書を読めば、近江先生がそう発信しているのはわかります。でも市民が耳にするのは、政権に都合のいい部分だけ切り取った発言です。ですから先生は政府の代弁者だと思われているんです」

「そうなんですか。それなら私はどうすればいいんでしょう」と近江は質問を返してきた。その反応に彦根は安心した。近江は学者にありがちの、世評に無関心なタイプのようだ。衛生学者として基本は守ろうとしているが、お人好しで酸ヶ湯につけこまれているのかもしれない。そうではないかもしれないが、一応好意的に考えることにした。医学的に正しい思考法をしていれば、矯正は難しくない。

「近江先生は帝国経済新聞の座談会で『人々の移動を止める必要はない。もっと合理的な二十一世紀型の対策がある』とおっしゃっていますが、あれは本心ですか？」

「え？ 私が、そんなことを言ったことになっているんですか？」

彦根がスマホを検索して記事を見せると、近江座長は、「ああ」と嘆息をこぼした。

「今年二月の座談会ですね。それは中国でロックダウンし、欧米でもコロナが流行し始め、日本でダイヤモンド・ダスト号問題が収まった頃です。確かにあの頃は得体の知れない感染症に、過大な反応をするのはよくないと考えていました。でもその後、新型コロナの実体が明らかになってきて、私も発言を変えたんですが」

「でも酸ヶ湯首相は未だにこの近江先生の発言を拠り所にして専門家のアドバイスでは移動は問題にならないとして『GoToトラベル』を強行し続けているんですよ」

「政府の分科会では酸ヶ湯首相に直接、『GoToトラベル』は止めた方がいい、と勧告したので、てっきり話は通じているものだとばかり……」

「近江先生が直接社会に発信しないと、コロナの戦犯にされてしまいますよ」

「私はかつてWHOアジア支局で感染症対策のトップを務めました。当時は軍事政権下で勧告無視なんてザラでしたし、命の危険も感じました。力んでも結局は政府の意向が通るという無力感もあり、諦めの姿勢が染みついてしまったようです」

「でも、医師として衛生学に基づいた感染症対策をすべきだとはお考えでしょう？」

「当然です。今回のアドバイザリーボードの議論でも、『ＧｏＴｏトラベル』は百害あって一利なし、と申し上げています」

「安心しました。近江先生は僕が提唱する、『医翼主義』の一員のようです。よろしければ、先生の真意を世の中に伝えるためのお手伝いをさせていただきます」

「ありがたい申し出ですが、あなたのことをよく知らないので、即答は控えさせていただきます」と近江座長は彦根を見つめて言った。

「取りあえず頂戴したメアドに試案を送らせていただきますので、ご検討ください」

近江座長は「では、次の会議がありますので失礼します」と言って立ち上がった。

隣で話を聞いていた喜国協力員が微笑する。

「相変わらず人の懐に飛び込むのがお上手ですね。近江先生も、彦根先生にこき使われるんでしょうね。お気の毒に」

「他人事ではありませんよ。上京したもうひとつの目的は喜国先生、あなたなんですからね。では先生の新たなポジションについて、今からご説明させていただきます」

にっと笑った彦根を見て、喜国は怯えた目をした。

13章　別宮、首相記者会見に闖入す

二〇二〇年十二月　東京・霞が関・首相官邸

翌日。別宮は師走の東京で毛むくじゃらの中年男性と一緒にいた。彼を「ウサギだ」というのは無理がある。十人中九人は「ウサギじゃなくてカピバラだ」と思い、残りひとりは「ウサギじゃなくてヌーだろ」と突っ込むだろう。

初対面の印象は、その後も変わらず、むしろ増強された。政策集団『梁山泊』の番頭役の本業は「帝国経済新聞」の健康ウェブサイト「死ぬまで生きる」の編集責任者で、無頼作家・終田の連載企画「健康なんてクソ食らえ」の担当者だ。東城大学不定愁訴外来担当兼新型コロナウイルス対策本部長（長い！）の田口公平《こうへい》の「イケメン内科医の健康万歳」という、一回だけで放置された連載の担当でもあり、彼の伝手で別宮は新自由主義の牙城、帝国経済新聞本部を見学し、梁山泊に入山した。

今回はその腐れ縁、もとい、伝手を辿っての無茶ぶりだ。

「勘弁して欲しいっす。これがバレたら、俺、クビですよ」

「大丈夫よ。そんなことになったら、『地方紙ゲリラ連合』で雇ってあげることを保証するわ」と、ガタイがいい割に小心者ね、と思いながら、別宮は言う。

「それってクビにならない『保証』じゃなくて、クビになった時の『補償』っす」
「でも『ほしょう』でしょ。それにこれは再始動した『梁山泊』の総帥、村雨さんのご意向で、白鳥さんのバックアップもあるんですからね」と別宮は話し言葉が漢字でわからないことをいいことに、好き勝手なことを言う。だがこんな風に言われてしまったら、村雨に心酔している兎田《うさぎだ》に、別宮の申し出を断るという選択肢はなかった。

記者会見に臨む酸ヶ湯は、身震いをしていた。今日の首相記者会見は、いつもとは意味合いが違う。ここへ来て、酸ヶ湯の政策は破綻し始めていた。

問題は酸ヶ湯政権の目玉政策「ＧｏＴｏキャンペーン」に対し逆風が吹き荒れていることだ。そもそも日本医師会の川中会長が、秋の連休前に「ＧｏＴｏキャンペーン」を中止すべきと、踏み込んだ発言をしたことが発端だ。川中会長は最終的に政治判断としたが、それはここまで言えば提言が通ると考え、謙抑的な姿勢を取ったのだ。

だが酸ヶ湯は提言を無視し、「ＧｏＴｏ」強行でコロナ感染を拡大させた。

そうしたことが悪影響になり、就任当初七〇パーセントを超えた支持率は、たちまち危険水域の三〇パーセント台に急落した。なので酸ヶ湯はあわてて記者会見を開こうとしたが、記者の集中砲火を浴びてはたまらないので、完全なシナリオを作り、事前に記者と入念に打ち合わせた。

だがメディアは独自報道をしているように見せたがり始めた。週刊新春で黒原検事長との賭け麻雀の特ダネ記事が出た時、世の賞賛が週刊新春に集まると、新聞記者やテレビマンは、不甲斐なさを叱責されているように感じ、自尊心が傷ついた。ひとつの現れがＴＨＫのキャスターの造反だ。ここはネジを巻き直さないとマズい、と酸ヶ湯は直感した。幸い、今の広報官は自分が可愛がってきた子飼いの腹心、出山だ。人当たりがよく事務処理能力に長けた彼女を、酸ヶ湯は総務相時代から重用していた。だが出山にクレームを入れさせた途端、新春砲にリークされ、清新な女性広報官の評判は地に落ちた。それでも酸ヶ湯は出山に首相会見を一任した。

最初の記者会見で問題が噴出したため、次こそ完璧な記者会見をしようとした。

そこへ乱入した不協和音こそ今、官邸に向かっていた「地方紙ゲリラ連合」の統領、「血塗れヒイラギ」こと別宮葉子だ。惨劇の幕が今、上がろうとしていた。

別宮と兎田は記者会見に参加するため、首相官邸を訪れた。官邸前には、大勢の警察官がたむろしている。入口で身分証と入館許可証の提示を求められた。首相記者会見への参加はネットでの事前登録制で、希望者の中から抽選で決められるが、そこは白鳥が裏から手を回してくれたらしい。

門衛という第一関門を通過した兎田は、小声で別宮に言う。

「官邸の記者会見室は記者席が百二十席だったのに、新型コロナ感染対策で三密を避けるため、二〇二〇年四月七日以降、四分の一の二十九席に減らされてしまったんす」

「第一回の緊急事態が発出された時のどさくさ紛れね」

「その通りっす。大幅に減らされ二十九席になったうち十九席は新聞、テレビ、通信社などの大手マスコミ記者が所属する『内閣記者会』の幹事社の独占指定席で、残り十席を専門新聞、雑誌、外国プレス、インターネットメディア、フリーランスの記者が抽選で争っているっすよ。よくまあ、そんな激戦区に潜り込めたものですね」

「蛇の道はヘビ、抽選はアミダクジで、白鳥さんが手心を加えてくれたらしいの。最初はフリーランス枠で応募しようとしたんだけど、白鳥さんに忠告されて東都新聞の肩書きに変えたの。確認したら確かにフリーランス枠はとてもムリだったわ」

　そこで別宮は、白鳥の声色を使って言う。

「フリーランス枠での登録なんてムリムリ。『日本新聞協会加盟社が発行する媒体に署名記事等を提供し、十分な活動実績・実態を有する者』とあるけど、提出書類は『直近三カ月以内に各月一つ以上』掲載された署名記事のコピー。内容も『総理や官邸の動向を報道するものに限る』と『検閲』もどきで別宮さんが正直に書いたら一発アウトさ。公的身分証明書のコピーの他、寄稿先から『推薦状』をもらって官邸報道室に提出するなんていう理不尽な条件もあるんだよね。……そう聞いて心が折れたわ」

「事前検閲しないと、いろいろ問題があったみたいです。実際の首相記者会見は、事前に質問を提出させ、それに対し官僚が用意した作文を読み上げるだけですから。そのため、記者会見に参加できる記者の数を絞っているっす」

「兎田さんて、首相記者会見のことまでご存じなのね。意外だわ」

「こう見えても、天下の帝国経済新聞の記者ですからね」と兎田が胸を張る。

「兎田さんの同伴は心強いし、白鳥さんが教えてくれたのも助かった。フリーランスの記者は二〇一二年以前に事前登録が認められた記者が十一人だけで、新規登録者は八年以上、一人もいないそうよ。確かにフリーランス枠の登録は不可能ね」

「そんなことも知らないで首相記者会見の取材をしようだなんて、無茶な人っすね」

「それくらいの無茶をしないと、がんじがらめの首相記者会見に風穴なんて開けられない。そもそも首相は有権者が雇っているんだから、報告義務があるの。それにしても『十分な活動実績・実態を有する者』ってクセモノ条項ね。正確には『政府の活動を支援する十分な活動実績・実態を有する者』でしょ？　しかもフリーランスはクジに外れたら参加できないし、当選しても次の抽選には参加できず、一回休みになるなんて、とんでもない仕組みね。おまけに質問する機会も与えられないし……」

「フリーランスの記者が質問で挙手しているのに、手を上げていないＴＨＫの記者が指名されたなんていう伝説のエピソードもあるっす」

「優等生を贔屓する、学校の先生みたい。官邸報道室は、事前に記者に『質問取り』をして、それに対し官僚が作成した想定問答集が、総理の演台上に置かれているそうよ。フリーランスの記者は事前の質問取りに応じないから当てられない。官邸側が『一人一問』という意味不明のルールを押し付け、回答が不十分でも再質問できない仕組みだし。日本の首相記者会見は『台本朗読記者会見ごっこ』というお遊戯よ」

官邸記者会見室の入口に着くと、参加者リストに名を書きながら別宮は続けた。

「酸ヶ湯政府はデジタル庁の創設を目玉政策に打ち出したのに、官邸はリモート技術を活用した記者会見を導入せず、人数制限を続けている。民間に『テレワーク七割』を要請しているのに。あたしは、いろいろぶっ壊すために潜り込むのよ」

兎田は「俺は先輩の代理っすから、お手柔らかにお願いするっす」と小声で言う。

「心配しないで。兎田さんの身の安全は、あたしが『ほしょう』するから」と微笑して答えた別宮は、「地方紙ゲリラ連合」関係で東京の、東都新聞嘱託の肩書きもあり、そちらで登録した。部屋の入口で、事前の質問項目のメモが配られていた。

「最後に質疑応答があるっす。そこが唯一のチャンスす」

兎田は別宮から離れた席に座る。質問は六問。首相肝いりの携帯電話料金の値下げに二問が割かれていた。当然、日本学術会議の委員任命についての質問はない。

会見幹事社の担当記者が「首相広報官が入場されます」と言うと緊張が走る。

部屋に入ってきた女性は、入口で幹事社の記者と挨拶を交わした。あれがウワサの出山広報官か、と別宮は観察する。小柄で、人当たりの柔らかそうな女性だ。

「みなさまのご配慮により今回も素晴らしい質問を頂戴しました。間もなく酸ヶ湯首相が入場いたします。拍手でお迎えください」と出山広報官が言う。

扉が開くと小柄な老人が姿を現した。胸を反らし大股で演台に歩み寄る。

拍手が起こった。酸ヶ湯が演台に着くと、幹事社の担当者が立ち上がる。

「ご多忙の中、酸ヶ湯首相にお越しいただきました。今一度、盛大な拍手を」

大きな拍手の音に、出山広報官がハンドマイクを持ち、柔らかい声で言う。

「ただいまから首相記者会見を行ないます。では質問をお願いします。それでは最初に、読捨《よみすて》新聞社の加藤《かとう》さんからどうぞ」

指名された男性記者が立ち上がると、紙に書かれた第一問を読み上げ、酸ヶ湯は手元の紙片をぼそぼそと朗読する。この記者も酸ヶ湯の就任直後に「パフェ茶会」に招かれたのだろうか、と別宮は白けた目で、できそこないの質疑応答を眺める。

一国の首相が、仲良し記者とパフェをつつきながら、四方山《よもやま》話に耽《ふけ》る。それは高級老人ホームでのお茶会のように、和気藹々《わきあいあい》としているのだろう。

先進国では、首相と記者の会食は不適切な関係が生まれるため、絶対にやらない。

「他に質問がありますか」の声に一斉に手が上がる。指名された男性記者は携帯電話料金の値下げについて質問をした。記者と官邸が事前に準備した問答を再現し、お気に入りの記者が大本営発表を垂れ流す。これでは単なるヤラセだ。

「他にありませんか？　どなたかもうおひとり……」

その言葉に、指名を待たずに別宮が立ち上がる。

「東都新聞嘱託の別宮です。日本学術会議の委員任命の恣意的な排除例について質問です。それが国会の答弁を踏まえたこれまでのルールを踏み越えたものだという批判がありますが、その点について首相の見解をお訊ねします」

「あの、指名を待っていただかないと」と出山がうろたえる。

「あたしは国民を代表して質問しています。想定問答集以外の質問に答えないのは、憲法で保障された国民の知る権利を侵害しています。酸ヶ湯首相、答えてください」

酸ヶ湯の元に出山と取り巻き官僚が集まり、こそこそと話し合う。

やがて出山広報官はファイルから一枚の紙を取り出し、酸ヶ湯に手渡した。

「その件に関しましては、特別職国家公務員である会員の任命責任が首相にあるという点を踏まえまして、日本学術会議の総合的、俯瞰的な活動を確保する観点から判断いたしました。国が支出する予算が十億円ある以上は、会員は公務員の立場になります。従いまして、任命拒否は問題ないと考えます」

ぼそぼそと棒読みした酸ヶ湯に、すかさず別宮は畳みかけた。

「任命拒否した六人は安保政権が強行した、民主主義の根幹を揺るがす法案に反対した人たちばかりです。学問の中立性を脅かすことになるのではないでしょうか」

「『サラトイ』はルール違反だぞ」と幹事社の記者が立ち上がり、大声で言う。

「『サラトイ』って何ですか？」と別宮がとぼけて訊ねると、出山広報官が説明する。

「『更問い』は質問の答えに対し更に質問することで、首相会見では禁止です」

ははあ、これが「一人一問」の実体なのか、と思った別宮は、声を張り上げる。

「再質問禁止なんて信じられない。質問に答えずスルーできます。そんなの記者会見じゃない。決められたやりとりの再現なら小学校の学級会みたいなもので議論にならないわ。ううん、学級会の方が遥かにマシね。記者クラブのみなさんは、こんな馬鹿げたルールを死守するんですか。安保前首相にしゃぶしゃぶを奢ってもらい、酸ヶ湯首相にパフェをご馳走になったから？　それならみなさんはジャーナリストとして、市民の付託を裏切ってます。こんな紋切り型の質疑応答で、いいわけないでしょう」

別宮の怒濤の言葉に、居合わせた記者たちは、呆然と彼女を見上げるばかりだ。

「今回の酸ヶ湯首相の愚挙は、米国の名門大学からも反対署名が届いています。それでも二週間前と同じ答弁を繰り返す酸ヶ湯政権は自分が決めたことに固執する頑迷政権になります。そのことを追及しない記者クラブも同類です。先日、首相は四億円国費を支払ったと説明しましたが、会員ひとり年間二十二万の手弁当レベルです。官邸の意図的なミスリードを指摘しない首相取り巻きジャーナリストの罪は重いです」

別宮は政権に阿諛追従《あゆついしょう》している記者たちに矛先を向けた。さすがに我慢の限界を超えたような声で、出山が言う。

「首相はこの後、ご予定がありますので、首相記者会見は終了させていただきます」

そそくさと部屋を出て行こうとする酸ヶ湯の背に、別宮が一太刀浴びせる。

「『GoTo』が第3波を引き起こしていると言われている点はどうお考えですか？お答えいただけなければ、首相は問いに逃げるように退出したと書きますけど」

「自席からの再質問は御遠慮ください」と出山広報官が声を張り上げる。

酸ヶ湯は足を止め、振り返った。

「巷では『GoTo』が悪者になっているようですが、単なる移動では感染が広がることはないというお答えを、専門家のアドバイザリーボードから頂戴しておりますので、今のご発言は、言い過ぎではないでしょうか」

「政府のコロナ感染症対策分科会の会長の近江先生のご発言ですね。近江先生がそのようにおっしゃったのは今年二月、日本でまだコロナがほとんどなかった頃です。今は『感染が鈍化している』という表現もミスディレクションを招くから変更した方がいいとおっしゃっています。昨日の厚労省のアドバイザリーボードでは『GoToトラベル』は中止した方がいい、とおっしゃいました。お聞きになっていないんですか？」

酸ヶ湯は答えず、そそくさと退出した。別宮が、記者席に向かって言う。

「今の発言は、昨日の厚労省アドバイザリーボードに出席した近江座長から直接伺った話です。時風新報の特ダネですが、コロナ感染対策で重要で社会的意義があることを考え、内容をみなさんに提供します。興味がおありの方はおいでください」

別宮の言葉に覆い被せるように、出山広報官が大声で言った。

「感染対策のため、出席者は、速やかにご退室いただくよう、お願いします」

記者たちは、出山広報官と、対峙している別宮を交互に眺めながら、ぞろぞろと退室して行く。誰一人として、別宮に歩み寄る記者はいなかった。

勝ち誇った微笑を浮かべ出山広報官は、ちらちらと別宮を見ながら、幹事担当社の記者と話し込み始めた。別宮は彼らの傍らを通り、悠然と部屋を退出した。

首相官邸から六本木《ろっぽんぎ》方面に向かって歩いていると後ろから声を掛けられた。

「やってくれたっすね、別宮さん。今頃、官邸は大騒ぎですよ」

気の小さい兎田は官邸からここまで離れないと別宮に声を掛けられなかったらしい。

だが髭むくじゃらの顔には、満面の笑みが浮かんでいた。

「痛快だったっす。さっきの場面は動画で撮ったので、メールで送りました」

兎田はクリスマスと「ＧｏＴｏイート」のおかげで賑わう人混みに姿を消した。

翌日、「首相記者会見に潜入してみた」という別宮の潜入レポートが、兎田が撮影した動画と共に「地方紙ゲリラ連合」のサイトにアップされ、たちまち数万人が閲覧した。首相官邸から警告文が届いたので、その文章とそれに対する回答を加えて掲載したら、閲覧数は倍増した。

官邸は、別宮が仕掛けた落とし穴に、まんまと嵌《は》まってしまったのだ。

炎上記者会見の三日後、唐突に「ＧｏＴｏキャンペーン」の停止が発表された。

＊

記者会見に先立つ十二月一日、英国の片田舎で変異株【Ｂ．１．１．７】が検出された。伝染率五割増、致死率三割増の英国型変異株、後に「アルファ株」と呼ばれる凶悪ウイルスが、世界に登場した瞬間だった。

これにより酸ヶ湯が思い描いた戦略は、無残に瓦解していくのだった。

14章　東西ワイドショー知事の饗宴

二〇二〇年十二月　東京・浪速

二〇二〇年七月の都知事選に大勝した小日向美湖は、得意の絶頂だった。

だが結果的に大勝したが、野党候補を一本化できなかった敵失のおかげだった。だが一番の懸念の学歴詐称問題で、先方の国に卒業を認めさせたのは大きい。

五輪開催の是非も問題になった。終田千粒という三文作家が「コロナ伝」を書いて「魔女か女神か」という選択を問うたが、美湖は五輪に触れなかった。開催の可否を決定する権限は都知事にない、という正論を盾に取ったのだ。

だが美湖の得意絶頂の時期は短かった。八月に坊ちゃん宰相が政権を投げ出してしまったのだ。更に想定外だったのは後継の座に酸ヶ湯が就いたことだ。美湖と酸ヶ湯は犬猿の仲だ。酸ヶ湯が首相に就任すると、美湖は煮貝との良好な関係を顕示し、国政について小言を言い始めた。コロナ「第2波」だと主張し、「感染カルタ」や標語をフリップにして記者会見で発表した。「感染カルタ」の発祥は明治のコレラ流行時、内務省伝染病研究所所長の北里柴三郎らが発案したものだ。医療体制の整備という点では、美湖の対コロナ政策は、明治時代から一ミリも進んでいなかったわけだ。

美湖は口先と小手先で、空虚でも見映えがよく派手な政策を発表するのを好んだ。ポリシーを自在に変幻させ、好評に見える政策を繰り出す。その自由奔放な様は、頑迷固陋《ころう》な酸ヶ湯の気に障った。煮貝の肝いり政策「ＧｏＴｏトラベル」を断行した時も、美湖が物申したので東京の出入り分は除外し、報復した。これは美湖も堪えた。

バッカＩＯＣ会長の来日前に煮貝に泣きつき、十月一日に除外を解除してもらい、十一月十五日の訪日時に「見かけ上」感染爆発していない状況を演出した。

ほら、感染者数は少ないでしょ、国民も旅行を楽しんでいるでしょ、だから五輪は心配ないですよ、という前向きのメッセージを発信できた美湖は上機嫌だった。

一方、酸ヶ湯はツイていなかった。

首相就任直後に矢継ぎ早に打ち出した携帯電話料金値下げも、不妊治療の費用負担の英断も、平時なら絶賛されただろう。だが今はコロナ戦役という非常事態だった。

人々が切実に求めていたコロナ対策は、華麗に無視した。

酸ヶ湯は自分に都合の悪いことは答えないか、無視した。そうすれば世間は忘れた。

そうやって酸ヶ湯は、安保長期政権を支えてきたのだ。だから今回もいつものように、人々が切実に求めていたコロナ対策を無視することにした。だが非常事態は延々と続き、人々はコロナを忘れなかった。いや、忘れられなかった。

そんな酸ヶ湯にとって、心の支えは浪速白虎党で、皿井市長は「心友」だ。

若くハンサムな鵜飼府知事は人気者で、関西で毎日のようにテレビに出まくった。言うことは支離滅裂、論理破綻していたので、軽薄な政治家だとすぐにわかった。なので酸ヶ湯は鵜飼府知事を斥候扱いし、取りあえず危なそうな発言を鵜飼にさせてみた。だが意外にも、どんな無茶苦茶なことも、鵜飼の言動だとワイドショーは好意的に取り上げた。酸ヶ湯は、鵜飼の言動を徹底的に研究したが、謎は解けない。

鵜飼の医療政策は場当たり的で、五月に浪速モデルVer1を発表するが黄信号になりそうになるとVer2に変更し、七月頭にVer2で黄信号になる前日Ver3に変更し、7月末にVer4に変更した一週間後の八月頭、「ポピドンヨード会見」をした。だが「第3波」で浪速に重症者が増え始めた十一月、強行した住民投票で、都構想が二度目の否決を食らうと、さすがに鵜飼の喋りの勢いは落ちた。

皿井が党首を辞任し鵜飼に禅譲したが、白虎党の内実は変わらない。その時、鵜飼の心を占めたのは、数年後の「浪速万博」で「空飛ぶ自動車」をお披露目《ひろめ》することだ。彼は夢見るピーターパンだった。

東西のメガロポリスの名物知事は、とても似ていた。華々しく空虚な政策をぶち上げ、数ヵ月後には触れなくなる。「やっている感」を押し出す手法は、初期は功を奏したが、医療体制整備はちっとも進まない。二人は一卵性双生児のような存在だった。そのせいか、互いに相手への言及は避けた。外部に責任転嫁し身を守る二人が、ガチで噛み合えば修羅場になる。二人は本能的にそれを察知していたのかもしれない。

東西のワイドショー御用達《ごようたし》知事だが、酸ヶ湯には、鵜飼の方が断然可愛かった。言いたい放題して時に政府批判になっても、親分の皿井が窘《たしな》めると鵜飼は従った。だが美湖の言いたい放題は、煮貝幹事長を後ろ盾に酸ヶ湯を抑え込もうとする。鵜飼は酸ヶ湯に恭順を示し、美湖は酸ヶ湯を支配しようとした。この差は大きい。

酸ヶ湯はことあるごとに感染拡大の責任を、都政が機能していないせいにした。美湖は国の号令がなければ地方の首長の権限では対応に限界があるとし、政府の責任を追及した。そんな政治家を見て、謙抑的な発言していた医療関係者がついに切れた。日本医師会会長、各都道府県医師会会長が一斉に、政府の感染対策を糾弾したのだ。

酸ヶ湯はあわてて「まん延防止法」制定に取りかかる。

就任百日の蜜月期間を、酸ヶ湯はメディア連との「パフェ茶会」に費やし、安保前首相を真似《まね》て著名人との会食に励んだ。党内基盤が脆弱《ぜいじゃく》な酸ヶ湯は、高い支持率だけが頼りだった。だが支持率は、いつかは下がる。

最初の躓きは日本学術会議委員の恣意的任命だったが、この件がなくても早晩、他の件で問題が露呈しただろう。

巷では「第3波」と認識されたが、自粛要請しなかった。

酸ヶ湯自身も「GoTo」継続は無茶か、と思い始めた頃、政府のコロナ感染症対策分科会の近江座長が突然、叛旗《はんき》を翻し始めた。それは奇しくも、別宮が首相記者会見に非合法に闖入して武勲を上げた、師走の声を聞いたばかりの頃だった。

その頃から新型コロナ感染者が増え始め、フェーズが変わりつつあった。それを見た近江は突如、政府に厳しい制限をせよ、と直接的な勧告をし始めたのだ。

かつて厚労省にも所属し、WHOに勤務していたこともある近江は、アジアの感染症対策の第一人者で、政府のコロナ感染症対策分科会の座長や厚労省の感染症アドバイザリーボードの座長に任命された。近江を任用したのは安保前首相だ。

近江座長は政権に従順だった。酸ヶ湯はもう一枚、湘南健康安全研究所所長の大岡弘という医療界カードを持っていた。酸ヶ湯は湘南県に拠点を置く大岡を重用した。裏で糸を引くフィクサータイプの大岡の方が好みだった。酸ヶ湯は大岡を内閣官房参与に抜擢《ばってき》した。近江と大岡は似た経歴だ。国立感染症研究所の所長を歴任し、WHOの太平洋事務局で勤務し、政権のご意見番を兼任した。互いに相手を意識していた。表舞台に立つ「陽の近江」、裏で差配する「陰の大岡」という棲み分けができていた。

そんな近江座長が、酸ヶ湯に刃向かう言動を見せ始めたのだ。酸ヶ湯は、飼い犬に手を噛まれた気分だったが、それは思い違いだ。近江は飼い犬ではなく、淡々と思うところを発信した学者気質の医師だった。きっかけがあり、自分が医師として信じるところを公表するようになっただけだ。自分が政権のイエスマンだと認識されることは、社会のデメリットになりかねない。二択を迫られた近江は、自分の意見を積極的に口にするという、茨の道を選んだ。すると近江に「新春砲」が炸裂《さくれつ》した。理事長を務める医療法人がコロナ対応していないとすっぱ抜かれたのだ。それは政府に刃向かったペナルティのように見えた。近江は、自分が迫撃砲を食らって久しぶりに、昔の戦場の空気を思い出した。若き日の初志が、近江の胸に、鮮やかに胸に蘇《よみがえ》った。

　かくして近江という暴れ牛が解き放たれ、酸ヶ湯の新たな頭痛の種になった。

「ＧｏＴｏトラベル」は止めるべきだというのは、医療人として当然の提言だった。

　酸ヶ湯がそんな近江の提言を無理して受け容れようという姿勢を示したのは、彼の生命線である内閣支持率が六割から三割に急落したためだ。このままではジリ貧なのは目に見えていた。初めて煮貝に相談もせずに「ＧｏＴｏ」の停止を独断で決めた。首相にはその権力がある、と自分に言い聞かせながら。

　だがせっかく後ろ盾の大物を裏切ったのに、内閣支持率は微増しただけだった。怒り心頭の煮貝は酸ヶ湯を「ステーキ会食」に呼び出した。

　酸ヶ湯が国民に、五人以上の夜の会食は控えてほしい、と訴えた直後のことだった。断る度胸のない酸ヶ湯は一時間だけ滞在して辞去したが、それをスクープされた。

多事多難だった。

はしゃいだ前首相にお灸《きゆう》を据えた落とし前をつける必要もあった。「満開の桜を愛でる会」の政治資金規制法違反は、何かしら決着をつけねばならない。その問題を俎上《そじよう》に載せるのは危険なギャンブルだった。酸ヶ湯は賭けに勝ったが、収束しなければ完全勝利といえない。デリケートな局面は年末年始のドタバタの際にケリをつけた。それは予想外にうまくいき、検察は安保本人は不起訴とし、安保は古参秘書に責任を押しつけた。古参秘書は辞任したが、安保事務所で勤務を続けた。法的に事なきを得た宰三だが、ダメージは予期していた以上に大きかった。

宰三が過去に国会で大見得を切ったことが全て嘘となり、「ゴマカシのマジシャン」は地に墜ち「嘘吐き大魔王」として転生した。宰三は国会で百十八回嘘をついた、と野党に糾弾された。国会で煩悩の数より十も多く嘘をついた首相が、憲政史上最長の宰相になるという、恥ずべき事実が青史に残された。宰三を指弾した酸ヶ湯も、議員辞職は求めなかった。酸ヶ湯は、トンズラした元上司が事態が落ち着いた途端、復権しようとした身勝手さが許せなかっただけだった。宰三の浮かれ癖にお灸を据えて、ほっとした酸ヶ湯を見透かすように、しゃしゃり出てきたのが天敵・小日向美湖だ。

美湖は二回目の緊急事態宣言の発出を要請した。裏で煮貝とつながる美湖の真意が、酸ヶ湯には読めない。それは煮貝の利益ともバッティングしていたからだ。

そもそも年末年始の休みに入る時期に、緊急事態の発出など無理筋だ。酸ヶ湯はいつもの「無視してスルー」スタイルで、切り抜けようとした。彼はできる限り、美湖との対峙は避けてきた。官房長官時代は、安保前首相や煮貝幹事長が対応してくれた。だが年が明けたら、本腰を入れて美湖退治に乗り出そう、と肚《はら》を括った。

こうして新型コロナが席巻した二〇二〇年は暮れていった。

年末恒例の一年を振り返る番組は、コロナ一色だった。

本当なら五輪一色のはずだったのに、と思うと、酸ヶ湯の胸は痛んだ。

だがそんなセンチメンタルな気分に浸れたのは、元旦の一日だけだった。

正月二日、酸ヶ湯にとって驚天動地のニュースが流れた。天敵の小日向美湖・東京都知事が、首都圏の知事を従えて、政府に対し緊急事態宣言の発出を要請したのだ。痛烈な奇襲攻撃を報じるテレビ画面に釘付けになった酸ヶ湯は、呆然とした。

その日、英国変異株の感染患者が日本でも発見されたという小さな囲み記事が、一滴落とされた墨汁のように、紙面の片隅にぽつんと小さな黒いシミを作っていた。

15章　ワクチン談義新年会

二〇二一年一月四日　浪速・浪速ワクチンセンター研究開発局

二〇二一年新年。ついに運命の五輪イヤーを迎えた。「ＧｏＴｏキャンペーン」での昨秋の浮かれムードはバッカＩＯＣ会長の来日に合わせたものだ。小日向都知事は、バッカ来日が済むとお得意のフリップ攻撃を繰り返し、緊急事態宣言再発出の要請に舵《かじ》を切った。だが指図されるのを嫌った酸ヶ湯首相は、緊急事態宣言の発出を先延ばしにした。そんな中、煮貝幹事長の「ステーキ忘年会」に出席して批判が集中し、自保党議員が夜の銀座でホステスとよろしくやったのを「新春砲」にすっぱ抜かれた。

安保前首相に対する東京地検特捜部による再捜査開始問題にもケリをつけた。御用納めの十二月二十八日と決め、年末年始の休みを使って沈静させるつもりだった。その目論見は成功し年末に大騒ぎしたメディアも、年明けには綺麗さっぱり忘れた。

だが新年早々、衝撃の事態が酸ヶ湯を襲う。正月二日という、政治的空白期を狙い澄ました小日向劇場、首都圏の一都三県知事による、合同緊急事態発出要請だ。

けれどもそれは酸ヶ湯が間抜けなだけだった。年末まで微増傾向だった東京都の新規感染者数は、大晦日《おおみそか》にいきなり千人の大台に一人欠ける、九百九十九人という大台寸前のスリーナインにまで爆発していた。

　これを受け小日向知事が動いただけで、それは酸ヶ湯にもできた選択だった。更に酸ヶ湯は、官邸に直訴した首都圏知事と面会しないという狭量な対応をしてしまう。

　酸ヶ湯は小日向と同じフレームで写真に写ることを極力避けた。彼女が嫌いだった。だが嫌いだから会わないのでは政治家失格だ。その点、酸ヶ湯の後見人の煮貝幹事長はさすがで、小日向と常にコンタクトを取り小日向は煮貝を自保党との命綱として活用した。それは煮貝にも選択の幅を広げる効能があった。まさに「ウィンウィン」で、その結果、正月の緊急事態宣言の発出要請になったわけだ。

　東京都の感染者数の増減は小日向知事の手中にあった。検査数の増減と検査対象の制限によって、東京都の新規感染者数は自在にコントロールできたからだ。

　都立病院を受診した四千人の患者の血液を調べた結果、毎月一・五パーセント前後の抗体陽性者が発見された。昨年末の大規模抗原検査では陽性率一・八パーセントで、十月から五割増しになっていた。都人口は千四百万人なので、単純計算で二十五万二千人の潜在的感染者がいることになる。だから千人単位で感染者数を増減させるなど、朝飯前だ。ＰＣＲの検査数を増やせば、いくらでも感染者数を増やせるのだ。

　キャスティングボートは、キャッチコピー好きの女性知事に握られていた。

　かくして狂瀾怒濤《きょうらんどとう》の二〇二一年は、派手な政治的パフォーマンスで幕を開けた。

＊

三が日明けの正月四日の昼、彦根と天馬、冷泉、別宮の四人は、浪速ワクチンセンターの研究開発局に集まった。冷泉は五年に一度の長期休暇《サバティカル》が終わり、崇徳大学に戻ることになり送別会と慰労会、白虎党と「エンゼル創薬」の攻略作戦会議も兼ねた、多目的新年会になった。正月だから昼呑みでもいいだろう、ということにした。

当然、宇賀神元総長と、ワクセンのエース研究者、鳩村誠一《せいいち》も参加した。

「去年のクリスマス、『リバースエンジニアリング』でビオンテックの新型コロナワクチンが解読されたんです」と、その日の鳩村はのっけから興奮していた。

「ええと、当然おわかりだと思いますけど、さっぱりわかりません」と別宮。

「ウイルスの塩基配列を読むのと同じように、ワクチンの塩基配列を読んだんです。mRNAワクチンの組成がわかり、マクレラン博士の『プロリン置換』が組み込まれていたことが確認できたんです」と鳩村が微笑する。すると天馬が言った。

「ぼくのところにも新年早々ビッグニュースが飛び込んできました。マウントサイナイ大学病院のワクチン作製グループからの情報で、マクレラン博士がプロリン置換六カ所の『ヘキサプロ』を開発し、タンパク質収量と安定性が十倍になったそうです」

「ヘキサ・プロリンですって？　本当ですか？」と鳩村は目を見開いた。

「マクレラン博士はプロリン置換を増やせば効果的な設計ができると思いつき、百通りのスパイク蛋白を作製し『ヘキサプロ』ができ、頑丈で安定し熱や化学物質に強く安定したSタンパク質の高生産が可能になりそうです。『6P』は低所得八十ヵ国の企業と提携し、ロイヤルティなしに利用できるライセンス契約を用意したそうです。もっと驚かされたのはマウントサイナイ大のラボで、ニュータイプのワクチンの開発が進んでいるというニュースです。鶏卵を使い安く作れないかと考え、無害なニューカッスル病ウイルスという鳥ウイルスを使ったワクチン製法を見つけたらしいです」

「それってどういう設計ですか？」と鳩村が急《せ》き込んで訊ねる。

「ラボではエボラ出血熱のワクチン開発で、遺伝子操作し、エボラタンパク質で覆われたニューカッスル病ウイルスの作製に成功していました。そこで新型コロナのスパイク蛋白でマクレラン博士の『ヘキサプロ』を使ったらニューカッスル病ウイルス表面にスパイクタンパク質が密生する構造ができたそうです。早速鶏卵でインフルエンザワクチンを製造しているベトナムの工場に、ワクチン生産を委託したそうです」

「致死率九割の凶悪なエボラウイルスのワクチンができていたとは知らなんだ。それにしても鶏卵を使った大量ワクチン生産とは、わが浪速ワクセンの十八番ではないか。ウチでも対応できたのに、ベトナムに持って行かれたとは残念無念だ」

宇賀神元総長は唇を噛んだ。

「確かに『プロリン置換』の数を増やせば安定性が劇的に増しそうです。でもその単純な発想はコロンブスの卵で、なかなか常人では思いつきません」と鳩村が言う。

「天才って、こんがらがって見えるものの本質をあっさり見抜き、単純にしてしまう感じがしますね」と天馬もうなずくと、別宮が口をはさんだ。

「天馬君、『6P』って、ホームラン級のワクチン救世主になるんじゃないの」

天馬と鳩村は顔を見合わせる。おそらく専門的な会話をほとんど理解していなさそうなのに、的を射た言葉だった。ここにも天才がいたか、と二人は同時に思った。

「ワクセンにもデータを提供してくれないかなあ。そうしたらウチで一年以内にワクチンを開発できる自信があるんですが」と鳩村が口を開いた。

「そう思って聞いたら外国の場合、供与は国か自治体からの要請が必要だと言われたんです。各国に一ヵ所だけライセンスを供与することにしているそうです」

「そんな」と鳩村は天を仰いで絶句する。「ワクセンは国の施設だから、お願いできるんじゃないんですか？」と彦根が指摘すると、宇賀神が言う。

「ワクセンは門倉学園問題の時に安保政権に叛旗を翻し、中央に睨まれているし、白虎党の連中が知ったら『エンゼル創薬』に情報を流すだろう。状況は絶望的だよ」

彦根と天馬は顔を見合わせる。なるほど、確かに袋小路のようだ。

「わかりました。とりあえず情報が広まらないよう、注意します」と天馬が言う。

「今の話は米国の新自由主義と逆行した、驚くべき変化です。欧米では一九八〇年代、政府が経済活動に介入し、所得格差を是正する『大きな政府』は限界になりました。そこで政府の経済・社会政策を縮小し、市場原理に基づく自由競争で経済成長を図る『小さな政府』論が台頭しました。一九八一年、レーガン大統領は減税と福祉予算削減、軍事支出増加で規制緩和を盛り込む『レーガノミクス』を展開、日本では中尾根《なかおね》首相が規制緩和と国鉄、電電公社、日本航空を民営化しました。『新自由主義』の始まりで、欧米はとうに弊害から脱したのに、日本は周回遅れで身を投じたんです。その下手人は、大泉政権で経済政策をリードした政商、竹輪《ちくわ》元総務相ですよ」

彦根は遠い目をした。「市場原理主義」を医学研究分野に導入したレーガン政権は一九八〇年の「パイ・ドール法」で、政府補助金で行なわれた基礎研究を「有用な新商品」にした。研究成果に特許権取得を認め、大学は製薬会社に排他的ライセンスを与え、国立機関が研究成果の製品化をめざす製薬会社との取引も認めた。大学や研究機関の特許が検査法や新薬として市場に出回り、政治家やロビイストが介入した。

自由アクセスできた公費研究の門戸が狭まった。「パイ・ドール法」は公的投資を私利する制度で、研究者は金儲《かねもう》けを考える商人になり、医学部に「技術移転事務局」が設置された。研究者は製薬会社と取引し、結果をねじ曲げた論文報告もした。

まさに「エンゼル創薬」の三木正隆寄付講座教授が歩んだ道で、今の日本のコロナワクチン開発で起こっていることでもある。

「日本のワクチン開発では、『エンゼル創薬』の三木代表は中央と太いパイプがあり、浪速白虎党と仲がいい。『PCR実施は無意味』とする所謂『イクラ』連中の根拠の『PCR忌避・ワクチン推進』の政府方針とも合致する。だから開発途中でバックれるだろう。一枚嚙んだサンザシ製薬も『エンゼル創薬』からキックバックされる。つまり名義貸し料だ。その頃に外国製のワクチンができているから輸入すればよし、できなければ再び更なる援助金がもらえるので、それでもよし、と思っているんだろう」

「うわあ、あくどい。それってハトじゃなくてツルじゃなくて、ええと……」

「要するにサギって言いたいんですね」と冷泉があっさり言う。

「メディア人は言いたくても言えないの。最近の名誉毀損裁判はめんどくさいのよ」

むっとした別宮が言うと、冷泉はすぱっと言い放つ。

「でも結果が出せなければサギで、その時にいろいろ言うのはサギ師の言い訳です」

「国内にもコロナワクチンの研究に従事し、製品化できる地力のある研究者はいます。でも国はそういう研究者を選ばないんです」と彦根が言う。

「『エンゼル創薬』代表の三木教授はワクチン開発の渦中の七月、興味深い本を出版しています。『歌と踊りで免疫アゲアゲ！ コロナワクチン設計者の流儀』というタイトルです」と別宮が指摘する。

「どうしてああいう連中って同じ手法に行き着くんだろう」

冷泉にあっさり「サギ師だからです」と言われ、彦根は一瞬鼻白んだ。

「情報開示クラスタの『佐保』さん情報によれば、浪速では六月から半年以上コロナ対策会議が開かれていません。『ナニワ・ガバナーズ』のコロナ関連の医学情報は専門家の議論を経ずに発信されているそうです」と冷泉が呆れ声で言う。

「『無責任に始まり無責任に終わる』政治家連は、国民が忘れることを前提にする。だがコロナは常に国民に突きつけられるので、ゴマカシは利かないんだ」

「『安保政権』の行き当たりばったりの対策を踏襲した、『酸ヶ湯政権』のコロナ対策が、医学的に優れたものになることはあり得ないんですね」と別宮が総括した。

「秋にIOCのバッカ会長が帰国した翌日、国内新規感染者は二千人を超え、日本医師会の川中会長が『GoToトラベル』が感染爆発のきっかけだったと発言すると、THKニュースは肝心な部分をカットして報じた。THKは安保前首相の支離滅裂な国会答弁を『編集』し、まともな答弁に『偽装』し続けた前科がある。政府に阿る今の報道機関の姿は、太平洋戦争末期に大本営発表を垂れ流して国民を破滅させた、軍事政権下の御用メディアの姿と瓜二つなんだよ」

彦根は天井を仰いで、続けた。

「医療界は正しい情報発信をすべきだ。日本医師会の川中会長や浪速府医師会の菊間会長みたいな人が政府の対策批判をするのは、医療現場の医師として当然だ。今やひとりひとりの医療従事者が、政府のコロナ対策に対するプロテスタント（抗議者）にならなければ、日本は滅亡してしまう」

激した彦根の言葉に一同は黙り込む。新年早々、みんな暗い気持ちになった。

天馬が、空気を変えようとして、明るい声で言う。

「いいこともあります。ミッキー・トランペット大統領が大統領選で敗れたのは、朗報です。たぶん世界中の有識者がそう思っているんじゃないでしょうか」

「しかしトランペット支持者は敗北を認めていない。一月二十日の大統領就任式がすんなり行くとは思えない。日本では安保首相が辞めたけど、何も変わらないし」

その時、彦根の携帯が鳴った。電話に出ると彦根の声が一層暗くなった。

「わかりました。今から伺います」と言って電話を切った彦根は、天馬に言った。

「緊急呼び出しだ。天馬君、今から東京へ行くよ」

＊

米国大統領の交代劇で、彦根の危惧は現実になった。一月六日、トランペット大統領の演説に煽動された支持者たちが暴徒と化し、連邦議会議事堂を襲撃したのだ。だが肝心のトランペット大統領がビビって、その場から逃げ出し支持者を見殺しにしたため、米国の民主主義を揺るがしかねない暴動はあっさり鎮定された。

一月二十日、マーク・ガーデンが、第四十六代米国大統領に就任した。七十八歳での就任は米国大統領として史上最高齢だ。前大統領と面談して政権引き継ぎをするのが慣例だが、ここでもトランペット大統領は身勝手さを発揮し、ガーデン新大統領との引き継ぎ式を欠席しホワイトハウスを退去した。

こうして史上最も幼稚な大統領は、歴史の舞台から退場した。そしてガーデン新大統領就任式で、米国の感染症対策のトップであるＮＩＡＩＤのファウル所長の、心の底からの笑顔が全世界に配信されたのだった。

16章　火喰い鳥、表舞台に立たされる

二〇二一年一月八日　東京・霞が関・中央合同庁舎五号館

新年早々、厚生労働省の白鳥圭輔技官は、審議官室に呼び出された。

厚労省大臣官房秘書課付技官というのが今の正式なポジションだが、他に肩書きがありすぎて省内序列は不詳。偉いのか、偉くないのかよくわからない彼は、今や省内では完全無欠のアンタッチャブルになっていた。

白鳥がノックをして扉を開けると、大きな机の前で女性がふんぞり返っている。

「やあ、本田さん、久しぶりだね。調子はどう？」

「絶好調よ。あんたのせいで転落しかけたけど、巻き返してやったわ。恐れ入った？」

「うん、参った参った。天は日本を、奈落の底に落とすつもりらしいね」

「ほんと、口が減らないヤツね。いずれにしても、今のあんたはお手上げでしょ」

「まあね。僕の主業務は『厚生労働省新型コロナウイルス対策本部マスク班班員』だけど、『アボノマスク』配布が終わったから仕事がなくて、ヒマでヒマで」

「あんたみたいな目立ちたがり屋が干されるなんて、さぞ辛いでしょうね」

「そうでもないんだ。酸ヶ湯劇場が面白すぎて毎日ワイドショーを見てる。まさか、

天敵の都知事に強制され緊急事態宣言を発出させられるなんて思わなかっただろうね。煮崩れした煮豆みたいなご面相が、苦虫を踏み潰した顔になっちゃってさ。うくく」

と白鳥は笑う。新年早々の一月二日、首都圏の四知事が要請し、酸ヶ湯首相は八日、緊急事態宣言を発出させられた。後で確かめると、どの知事も他の知事が賛同していると小日向都知事に説得されたとわかり、酸ヶ湯は怒り心頭になったが後の祭りだ。

そんな酸ヶ湯首相の怒りが伝染したかのように、本田も声を荒らげる。

「首相は毎日大変なの。公務員がボスのことを揶揄するなんて許されないわ」

「それより、本田さんは今や厚労省の上層部なんだから、足許を固めた方がいいよ。老健局の連中の緩みっぷりったら見てられないからね。いつか問題を起こすよ、あそこ。老健局の連中は自分たちはコロナと無関係だと思ってるけどさ」

「あそこは介護保険を扱う部署だからコロナは関係ないわ。そんなことより、今あんたがぽろりと言ったけど、あんた、ワクチンの後方支援担当《ロジスティクス》をやってみない？」

「一体全体どうしちゃったのさ、本田さん。ワクチンは今喫緊の課題で厚労省の花形業務でしょ。僕を干したがっている本田さんの言葉とは、とても思えないんですけど」

「うるさいわね。遊んでいるヤツを有効活用するのも上級職の仕事なのよ」

「クルーズ船の時は、日の当たらない部署に僕を押し込んだお方の差配とは思えないね。アドバイザリーボードも出禁だし、なんで僕を抜擢するのさ」

「抜擢じゃなくて、コキ使いたいだけよ」と言って本田審議官は目をそらした。

「説得力がなさすぎるね。ちゃんと事情を説明してくれたら考えてもいいけど、問答無用でやらせようとしたら、僕だって臍《へそ》を曲げて拒否権を行使しちゃうぞ」

それからじっと本田を見て、続けた。

「僕を使うってことは、超絶の非常事態だね。酸ヶ湯さんから無理難題を言われたかな。でも本田さんが自分でしゃしゃり出ないところを見ると、事務手続き上でドジを踏んで僕に収拾させたい、うまくいけば自分の手柄、失敗したら責任を押しつける、とか。ワクチンの手続きでドジを踏んでその後始末をさせる、あたりかな」

「失礼ね。ワクチンの輸入手続きは、ファイザーの言質も取っているわ」

「それはビックリ。でも気になる言い方だね。『言質』ということは『正式な契約』じゃないワケ？　具体的な指示は出したの？　誰にいつ？　何時何分何曜日？」

「ああ、もううっさいわね。ワクチン班がファイザーの日本法人の社長と連絡を取り合っていると言っているから、契約は出来ているはずよ」

「『出来てるはず』ということは、まだ確認してないんだね。僕に責任をなすりつける前に、まず自分の領域の仕事ぶりを確認する方が先決だよね」

白鳥技官が言うと、本田審議官は彼を睨みつけた。

「そんな悠長なことは言ってられないの。厚労省の面子が丸潰れになってもいいの？」

白鳥技官は真っ赤なマスクに掌を当て、くすくすと含み笑いをした。

「大袈裟だなあ。厚労省の無能さは遍《あまね》く知れ渡ってるから、今さらワクチン手配に疎漏があっても、厚労省の評判は地に墜ちたまんまで、ビクともしないよ」

「もう、やかましいわね。抜擢する理由を言えばいいんでしょ。酸ヶ湯首相は厚労省をすっ飛ばしてワクチン大臣を創設するの。それがよりによって、あの豪間《ごうま》議員よ」

「うわあ、ここで豪間さんかあ。酸ヶ湯さんってば、追い詰められてるんだ。こりゃワクチン問題は滅茶苦茶になるな。でも本田さんのミスも帳消しになるか。観察していると『嚙みつき太郎《たろう》』は嚙みつく相手は見極めている。大胆不敵に見られたがってるけど、実は小心者さ。厚労省も嚙みつかれるだろうけど、全方位的に嚙みつくから、ほとぼりはすぐ冷めるよ。何しろ『歩く不祥事ルーレット』と呼ばれてる人だし」

「不祥事ルーレット」は官僚機構の自己防御システムだ。官僚組織の中枢、霞が関の不祥事は多数ある。非常事態対応のために創設された「省庁横断的組織防衛会議」、通称「マルショウ」だ。致命的な重大不祥事が発生した時、猥雑《わいざつ》で下劣で、だからこそ一般大衆の興味を惹くようなちゃちな不祥事を公表する。目眩《めくら》ましのデコイ（おとり魚雷）のようなものだ。ごまかすために公表するのは、重大事案を起こしたのと別省庁の、セコい不祥事だ。それを出す省庁を決めるのが通称「不祥事ルーレット」だ。

つまり豪間は、やることなすことが不祥事みたいになってしまう危険人物なのだ。

本田審議官は目を細め、白鳥技官を睨んだ。

「これを聞いたらそんな他人事みたいなことは、言っていられなくなるわよ。あんたの新しい肩書きは『ワクチン大臣担当連絡官』なんだから」

一瞬、驚いた表情になった白鳥だが、すぐににんまり笑う。

「貧すれば鈍するってヤツだね。あの喧嘩太郎ちゃんの許に僕を派遣するなんて、喩えれば、燃えさかる火を消そうとして水の代わりにガソリンをぶちまけるようなものなのに。でもまあ、最善ではないけど次善の策かな。しょうがない。無能な厚労省幹部を救うのではなく、国民のためにやるっきゃないのか。やれやれ」

吐息をついた白鳥は直立不動の姿勢になり、敬礼する。

「白鳥圭輔技官、ワクチン大臣連絡担当官の辞令、拝命しました」

そう言うと本田など眼中にないように、すたすたと部屋を出て行った。

本田はあっけにとられ、白鳥に掛ける言葉が浮かばないまま彼の退室を見送った。


白鳥の洞察は概ね正しかったが、ある部分は間違っていた。泉谷と偕老同穴《かいろうどうけつ》の本田は七月、ワクチン開発の進展具合を見て、契約を締結した方がいいと泉谷に進言した。だが当時安保首相は酸ヶ湯を干そうとし、酸ヶ湯の腹心の泉谷も疎まれていた。

本田も本省に戻され、泉谷との密会もままならなかった。ここで二人の妄念がよからぬ判断をさせる。泉谷が官邸から放逐されるなら、進言したアリバイだけ作って契約をせず、今川に報せなければ、ワクチンを必要とした時パニックになる。埋設地雷だから、ファイザー日本法人社長にワクチン供給の打診をしただけで、放置した。

だが八月末、安保首相はあっさり政権を投げ出し、都落ち寸前だった酸ヶ湯が返り咲き、首相に就任した。流れは一変し、酸ヶ湯の放逐を画策した今川首相補佐官は官邸を追われ、棚ぼたで泉谷が官邸の大番頭の地位を射止めた。

泉谷は再び本田を呼び寄せると、ヴィタ・ドルチェ（甘い生活）を満喫した。

だがあまりに唐突な急展開だったため、二人は大切なことをいろいろ忘れてしまう。そのひとつが中途で放り出したワクチン契約だ。酸ヶ湯は「ＧｏＴｏキャンペーン」に血道を上げ、ワクチン話は完全に忘却の底に沈んだ。だが年末から感染者数が急増し、小日向都知事の奇襲に遭い、うろたえてワクチンについて尋ねた時ようやく、今川を貶めるためのサボタージュが、自分たちに降りかかってきたことに気がついた。

あわてて対応を考えたが、妙案は浮かばないところに霞が関の「ハカイダー太郎」にワクチン行政を任せるという仰天ニュースを耳にした。

「嚙みつき太郎」がこの状況を知ったら、鬼の首を取ったかのようにメディアに吹聴しまくるに違いない。そうなったら身の破滅だ。絶体絶命のその時、本田の脳裏に浮かんだのが「毒を以て毒を制す」という箴言《しんげん》だった。

*

辞令を受けた白鳥は、白鳥別働隊（と彼が勝手に名付けた）彦根新吾に連絡した。

彦根は即座に上京した。こうしたフットワークの軽さが彼の真骨頂だ。

十一ヵ月前、コロナ患者が発生した豪華客船が横浜港に着岸した時も、白鳥は彦根をフルに活用した。だが内心では、年末に上京した時、願いを叶えてやったから今度は僕の番だ、と思っていた。これがフィフティ、フィフティの関係だ、と白鳥は思うが、それを彦根が知ったら思い切り反論されただろう。これまでのことを考えたら、どう考えても彦根がコキ使われる方がはるかに多く、割に合わない。

白鳥は、東京駅構内で打ち合わせし、とんぼ返りさせるつもりだった。待ち合わせ場所の構内の新幹線改札口に佇《たたず》むと、豪間太郎の経歴をネット検索し始める。

元衆院議長の豪間洋太《ようた》の長男。米国の大学を卒業し英語はペラペラ、真の国際派だ。外相の時に百二十三ヵ国を訪問したが業績はなく、「スタンプラリー外遊」と揶揄された。経済感覚に乏しく外相就任時に計上したのが「外務大臣専用機」の購入だ。激しい非難に晒され、即座に却下された。小さな政府をめざす消費税支持者である。

防衛相の時は、トランペット大統領に詐欺同然に強引に売りつけられた「イージス・

アショア」を完全撤回する、という大変な残務処理をした。

ツイッターを活用し、意に染まない相手は即座にブロックするため、ついたあだ名が「ブロック太郎」。米国のトランペット前大統領の熱烈な信奉者でもある。

自保党員には珍しくリベラリスト風の反原発主義者で、民友《みんゆう》党とも親和性があると言われた。だが安保政権に入閣を打診されると反原発ツイートを完全削除し、安保前首相の忠犬になった。反原発の頃は自保党の重鎮から馬鹿者や共産主義者と罵られても、一向に堪える様子はない。基本姿勢を百八十度転換してもケロリとしているあたり、ポリシーなき政治家の部類に入る。

首相になることが最大の目標で、無役の頃インタビューで「人気政治家だから、お父さまのように新党を作り、トップでやりたいことをやればどうですか」と問われると「私は自保党は離れません」と断言し「だって自保党にいれば、長老はいつか引退するから、総理になるのに一番早道なんだもん」と答えている。

その意味でガードが甘い三世政治家だとも言える。

「政治家三世のボンボンって、こんなのばっかだな」と白鳥は呟く。

「こんなの」とは、規制緩和主義者の新自由経済主義者で、代表格は大泉元首相の跡継ぎの三代目ポエマー、大泉丹二郎《たんじろう》だ。酸ヶ湯にすれば自由奔放に振る舞う豪間は、むかつくと同時に羨望の的だった。酸ヶ湯と豪間は衆議院議員として同期だった。

同期を部下としてぶん回すのは、派閥を持たない酸ヶ湯には快感なのだろう。

「なんだか、しちめんどくさそうな状況だな」と白鳥がぶつぶつ呟くと、新幹線改札口に天馬を同行した彦根が姿を現した。駅構内の喫茶店に入るなり、彦根が言う。

「先日は、アドバイザリーボードの会議にオブザーバー参加させてくださり、ありがとうございました。別宮さんも首相記者会見の件で感謝してましたよ」

「潜入動画を見たよ。別宮さんてとんでもないよね。最近、近江さんがはっちゃけてるのは、彦根センセの差配だろうけど、やり過ぎるとスカちゃんの機嫌を損ねて外されちゃうから、ほどほどにしておいた方がいいよ」

「アレは僕もコントロールできないんです。近江先生は想像以上にラディカルです。それにしてもワクチン大臣の新設と、豪間大臣の抜擢とは大スクープですね。別宮さんに教えてあげたいなあ」

「それは絶対ダメダメだよ。人事情報は厳しい箝口令《かんこうれい》が敷かれているんだから」

「当然でしょうけど残念だなあ。発表されたら大騒動になりますね。そうか、それが酸ヶ湯首相の狙いか」

「その通り。おとそ気分の三が日に小日向都知事から食らった一撃は、酸ヶ湯さんには痛恨だったからね。豪間さんは首相にはまだ早いというのが自保党内の意見だから、ここでコキ使ってやろうという魂胆が見え見えだ。うまく行けば自分の手柄、失敗したら責任転嫁って、あれ、このセリフ、最近どこかで聞いた気がするな」

ついさっき、本田にこの難題処理を命じられた白鳥が彼女に言った言葉だが、すでにそんなことは綺麗さっぱり忘れている。

「それで、僕をわざわざ東京に呼び出して、一体何をさせたいんですか」

「それなんだけど、天馬君も同行させるとは相変わらず勘がいいね、彦根センセって」

そう言って声を潜めた白鳥の話を聞いて、彦根と天馬は思わず絶句した。

それからしばらく、三人はぼそぼそと密談を続けた。

小一時間の会合が終わると白鳥は二人に浪速にとんぼ返りを命じた。

「とりあえず浪速のケリをつけて。でないと虻蜂《あぶはち》取らずになるからね」

「相変わらず人使いの荒い人だなあ」とぶつぶつ言いながら、彦根と天馬は店を出た。

ケーキセットはさすがに白鳥持ちだった。それは大層珍しいことだったが。

これくらいの相談なら電話でいいじゃないか、という文句は彦根は言わない。

超合理主義者の白鳥がわざわざ呼び出すからには、それなりの理由があるということを、彦根は納得していたからだ。

17章　ワクチン大臣・豪間太郎

二〇二一年一月　東京・霞が関・首相官邸

二〇二〇年九月、酸ヶ湯政権の行政改革大臣を拝命した豪間太郎は不満だった。防衛相、外相と重要閣僚を担い、下馬評で巨大省庁の主要官庁、総務相候補に挙げられていたが結局、行政改革大臣という臨時設置の格下の閣僚に押し込められた。真の不満は、浪速白虎党の元党首の蜂須賀守と同列に扱われたことだ。だがそれに言及したら本当に同格と思われかねないのでガン無視した。結局、総務相には小物の酸ヶ湯のポチ、保地《ほち》議員が任命された。

前職の防衛相時代、突然ハンコ撤廃を言い出しハンコ業界の怒りを買うが押し通し、その勢いを買って、カタカナ用語の撲滅を目指した。「クラスター」は「集団感染」、「ロックダウン」は「都市封鎖」、「オーバーシュート」は「感染爆発」とせよと提言したのが酸ヶ湯のお気に召した。カタカナ用語は「キャッチコピー知事」小日向美湖の得意分野だ。だが小日向知事は豪間が苦手らしく、直接触れない。

コイツは魔除けになるぞ、と酸ヶ湯は思った。

行政改革担当大臣に就任した豪間は、思いつくままに「改革」を断行しようとした。

就任翌日、自身の公式サイトに「行政改革目安箱」を設置すると書き込みが殺到し、たちまちパンクした。十日後、今度は内閣府HPに規制改革・行政改革ホットラインを再設し役所に対応を丸投げするが、こちらも書き込みの勢いが止まらず十一月末に再び停止し、「噛みつき太郎」の人気と調整手腕の未熟さが露呈した。

だがその程度でめげる豪間ではない。その調子で既存システムのプチ破壊活動に勤しんでいたら、年明けに新設のワクチン担当特任大臣に任命された。この辞令は満足した。前例打破が旗印の豪間には前例のない任所はうってつけだし、首相官邸に部屋があるので将来の下見にもなる。だがそれは政権の機能不全を示していた。ワクチンは医療行政だから厚労相が対応すべきだ。内閣の新型コロナ対策担当大臣が担当してもいい。そこに新たにワクチン大臣を任命したのは、屋上屋を架すの愚だ。酸ヶ湯は新型コロナ対策で三ツ頭の地獄の魔犬、ケルベロス体制を敷いた。

だが形だけの大臣は、幼稚園のゴッコ遊びみたいなものだから呼称も「病院大臣」、「コロナ大臣」、「ワクチン大臣」と幼稚園レベルに合わせるべきだった。

昔からの「病院大臣」、衛生対策を経産大臣にやらせる「コロナ大臣」、ワクチンが来て拵《こしら》えた「ワクチン大臣」の三ツ頭は互いに相手を敵と認識し攻撃し合った。

政界の魔犬・ケルベロスは、その出生直後から傷だらけで瀕死《ひんし》状態だった。

その中では新参者の豪間が一番元気だった。

就任挨拶で「私の担当業務は、厚労省など所轄官庁の他、製薬会社、医師会、物流業者など多くの関係者との調整役のロジ担であります」と防衛相時代に覚えた軍事用語を使って、得意満面の豪間は容赦なく、ライバルに斬り掛かる。「コロナ大臣」は人使いが荒くスタッフは次々に体調を崩した。月の残業が三百時間を超えるブラック体質で朝令暮改、せっかちで資料が揃わないと激怒した。モラハラ、パワハラの権化の彼は豪間行改相の格好の標的になった。ブラックぶりが天下に晒され「コロナ大臣」はおとなしくなった。「病院大臣」はコロナの担当部署で雑事に忙殺され発信力も弱く、手柄を横取りできるので攻撃しなかった。発信力では官房長官がライバルだが、ステレオタイプの対応しかできない酸ヶ湯のミニチュア版なので、所詮敵ではない。

かくして豪間は就任二週間でワクチン覇権を確立した。

白鳥が豪間とサシで話をしたのは、そんな躁《そう》状態の豪間劇場が一段落した頃だった。

「豪間大臣、お久しぶりです」と挨拶した男を、豪間はまじまじと見た。

快晴の空のように青い背広、黄色いシャツ、真っ赤なネクタイの三原色そろい踏みの姿は、利休鼠《りきゅうねずみ》の背広がスタンダードな霞が関には場違いだ。しかも口元には真っ赤な炎のマスク。大人気アニメ「仏滅の剣」のロゴ入りではないかと羨ましく思いつつ、本能タイプの豪間の胸にアラームが鳴り響く。

――キケン、キケン。総員、厳戒態勢ニ入レ。

「何者だ、貴君は。名を名乗れ」

「実は大臣が就任直後にお目に掛かっているんですが、目に入らなかったんでしょう。改めてご挨拶を。厚労省から派遣された、シンコロワクチン供給担当大臣担当の白鳥です。短く濃ゆいお付き合いになりますので、よろしくお願いしますね、大臣」

「厚生労働省はワクチン・ロジの最重要パーツだ。そこの担当が今頃になって、のこのこと顔出しするなんて、一体全体どういうつもりだ」

「大臣の見せ場で足を引っ張ったら申し訳ないので、お披露目が一段落するまで待ってたんです。厚労省から大臣にお伝えしなければならないことがあります。ウチの本田がドジして、ファイザーとのワクチン契約は正式には締結されていません」

「何だと」と豪間大臣は立ち上がると、そのまま数十秒、固まった。

「そんなスチューピッドなことがあるはずない。ワクチン輸入は何よりアージェントな、最優先事項だ。本田審議官というのはアレだな、泉谷さんの……ごにょごにょ」

「詳細はご存じのようですね。本田審議官は担当部署にワクチン確保を命じたんですが、担当官は日本法人の社長への打診で止めていたんです。確認を怠った本田審議官に責任があるので、そんな無能なヤツは大臣の豪腕で更迭してくださいよ」

「むう。それは私の職責のエリアではない。私はワクチンのロジ担だからな」

「兵站《へいたん》線の破綻は許されざる大罪です。日本軍の伝統的な欠点で、それで日露戦争では相手にとどめを刺せず戦争が長引いたことは、戦争オタの大臣ならご存じでしょ」

「知らなかった。私は過去の戦争研究はしていない。膨大かつ無意味だからな」

するると白鳥は人差し指を立て、左右に振りながら「ちっちっち」と言う。

「明治の二つの大戦と、それを支えた明治陸軍のシステムの知識を顕示すれば、防衛省の連中を心服させられますよ」という白鳥の言は宗像博士の受け売りである。

豪間大臣は腕組みをして考え込む。

「補給物資の確保ができなければわが師団は壊滅する。真っ先に対応しなければならんがそんな重要事態を把握しながら、貴君の報告はこんなにトゥー・レイトなのだ」

「さっきも言ったように、豪間大臣の見せ場を台無しにしたくなかったからですよ。大臣がこの情報を知っていたら、あんな歯切れいい記者会見をやれましたか？」

う、と言って豪間は絶句するがすぐに立ち直る。この復元力が豪間の強味だ。

「ならば、これから私はどう振る舞えばいいのだ？」

「この劣勢の挽回には、豪間大臣自らファイザーと直接交渉するしかないです。ワクチン担当大臣が出馬すればファイザーも多少は慌てふためくでしょう」

「むう。それはエキサイティングな提案だ。わかった。直ちに手配しろ」

「え？　僕がやるの？」

「当たり前だろう。貴君は提案者である上に、担当官庁のエージェントではないか」

さすがの白鳥も、ぐうの音が出ない。他に振ろうにも、隣には誰もいない。

「豪間大臣の人使いが荒いっていうウワサはほんとでしたね。以後気をつけようっと。だけどこれだけは言っておきます。僕ができるのは大臣とファイザー本社の上層部をつなげることだけで、交渉の成否は豪間大臣の手腕ですから」

「そんなことはオフコースだ」と言って、豪間は、くしゃっと笑った。


白鳥に「オフコース」と答えた豪間大臣だが、その言葉は守られなかった。

ファイザーの重役は「ゴッコ遊び大臣では相手にならぬ、首相を出せ」と高飛車に回答し、恥を掻《か》かされた豪間大臣が激怒したからだ。だが白鳥はどこ吹く風だった。

「だから言ったじゃないですか。交渉結果は豪間大臣の手腕ですって。それが気にくわないなら、どうぞ記者会見で僕の無能さを詰って、クビにしてください」

瞬間湯沸かし器のように沸騰していた豪間は、そのひと言で冷静さを取り戻す。

熱しやすく冷めやすいのは、豪間の美点でもあり欠点でもあった。

「む。確かに現状が一歩改善したのは間違いない。次はどんな手がある?」

「貶しておいてなんですが、豪間大臣でダメなら他の閣僚ではどうしようもないです。先方の言う通り、酸ヶ湯さんが出張るしかないです」

「かりそめにも一国の宰相に、ワクチン如きの入手のため企業詣での渡米しろと進言するのか。そんなスチューピッドなことができるはずがなかろう。このたわけめ」

「『ワクチン如《ごと》き』という認識を改めないと、この先も酷い目に遭いますよ。これは外相を歴任した豪間大臣にしかできない離れ業で、成功の確率が高いギャンブルです。これは達成すれば酸ヶ湯首相の覚えがめでたくなり、首相への最短距離を突っ走れますよ」

豪間大臣の顔がぱあっと明るくなる。なんてわかりやすい人なんだ、と白鳥は呆れたが、その単純さは善良さに裏打ちされている。この場合の「善良さ」とは「浅薄さ」の別表現であるのだが。

「でも豪間大臣の業績を、酸ヶ湯首相に献上することになりますが、いいんですか?」

「内容次第だな。取りあえず聞いてやるから話してみろ」

「トランペット大統領から変わったばかりのガーデン大統領に、日米首脳会議の開催を持ちかけ、そこにファイザーのトップを呼びつければいいんです」

「なるほど。だがそれでは、ワクチン供給の遅れは解消しないではないか」

「どのみち遅れは解消しないんですから、大臣が口八丁手八丁でごまかすんです」

「コロナが蔓延しているシチュエーションで、先方が首脳会談に応じるかどうか」

「そこは外相歴が長く、米国の政治家と太いパイプを持つ豪間大臣の腕の見せ所です。ただ成果は酸ヶ湯首相のもので、骨折り損のくたびれもうけかもしれませんが」

「それはノー・プロブレムだ。外相の時は安保さんを支えて縁の下の力持ちで働いた。安保さんが外交の安保と言われたのも、私が裏で支えていたからだ。安保さんはそのことを自分の手柄のように言いふらしたが、日本国のためだから、それは構わない」

「酸ヶ湯さんは、相当へこんでいますから、感謝感激アメアラレですよ」

「うん、そうか、そうだな。よし、今すぐお伝えしよう」

豪間大臣は勢いよく立ち上がると、白鳥を残して姿を消そうとした。

「あ、ちょっと待って。ワクチン接種後の死亡事例は、きちんと調べられる仕組みを作っておいてください。厚労省はそういうとこ、全然わかってないんですから」

「貴君は厚労省の技官なんだから、自分でやればいいだろう」

「恥ずかしながら僕の力では無理なんで、大臣の豪腕をお借りしたいんです」

「わかった。引き受けた」と言い残し、豪間大臣はあっという間に姿を消した。

白鳥は、その性急さにあっけに取られたが、その後でにんまり笑う。

「問題はあるけど、強度はある。使い勝手のいいモビルスーツみたいな人だな」

実際、豪間大臣は白鳥の思惑以上にうまく世間を韜晦した。ワクチン供給量の絶対的不足はロジ情報を適宜提供してごまかした。だが現場は悲惨だった。

ファイザーのワクチンは超低温保存が必要で、一度解凍したら使い切らなければならないが、中央からどのくらい供給されるかわからなければ予定は立てられない。

それはまさにロジ担の業務だが、豪間はそこには触れずひたすら自画自賛した。ワクチン供給が追いつかないと「ワクチンの必要性が周知されオーバーフロー状態だ」と誤魔化す。要は供給不足だが、物資不足なのにオーバーフロー、つまり過剰というのだから論理破綻にもほどがある。正確には「物資ショート」だろう。

その意味で豪間大臣は安保前首相と瓜二つだった。だが「柔の安保、剛の豪間」と肌触りは真逆だ。そんな豪間を「朧《おぼろ》の酸ヶ湯」が羨望のまなざしで見つめていた。

この頃、酸ヶ湯の答弁はメディアに叩かれていた。目を見ずぼそぼそ喋りこころに響かない、原稿の棒読みで言葉が死んでいる、などと酷い言われようだ。挙げ句の果てに「ゾンビ答弁」などと、許し難いあだ名までつけられてしまう。

中身がない点では豪間だって大して変わらないのに、と酸ヶ湯は不満だった。言葉には人間性が出る。酸ヶ湯は他人を威圧し、官房長官の職責を全うしてきた。言うことを聞かない者は、人事権を駆使して排除し、耳障りのいい阿諛追従だけを聞き、手の届く範囲だけを恣《ほしいまま》にしてきた酸ヶ湯が、他人のこころに響く言葉を発せられるはずがない。

豪間は思うままに発言し、時に世間や仲間の顰蹙《ひんしゅく》を買った。自保党の古老に「アレはアカだ」と誹謗《ひぼう》されたが思うところを主張し続けたから、言葉だけは鍛《きた》えられた。酸ヶ湯にないものを、異端のプリンスは持ち合わせていたのだ。

豪間がのらりくらりとワクチン不足をやり過ごしているうちに、酸ヶ湯は緊急事態宣言を撤回した。「安保↓酸ヶ湯マトリョーシカ政権」の悲願、東京五輪の聖火リレーを開始するためだ。識者は、時期尚早だと猛反対した。人流を止めなければならないのに、火吹き棒を持ち日本中を隈無く走り回るなど、反知性的な愚挙の極みだ。だが酸ヶ湯にとって聖火リレー実施は何より優先される、必須の事案だった。

唯一の誤算は小日向都知事が出発会に出席すると、早々に言明したことだ。開催都市の首長だから出席して当然なのに、酸ヶ湯はむかっ腹を立てた。目立つ場面には必ず顔出しする小日向都知事に対する感情はもはや憎悪に達していた。

そこで小日向知事の目論見《もくろみ》を粉砕すべく、国会対応という理由をつけて出席を見送り、その時間に官邸からメッセージを発した。総務省の認可が命綱の各テレビは、そうした酸ヶ湯の行動を見て、彼の意図を忖度した。

出発式の中継は、首相メッセージで分断され、現場の音声は流れず、小日向美湖・東京都知事の一世一代のスピーチもマスキングされてしまった。

こうして、世紀の空騒ぎの幕が開けたのだった。

18章　後藤男爵、一刀両断す

二〇二一年一月　桜宮・蓮っ葉通り・喫茶「スリジエ」

俺が久々に喫茶「スリジエ」に足を運んだのは、年末年始のコロナ対応に疲弊し、気分転換したかったからだ。新型コロナウイルス対策本部、略して「シンコロタイホン」本部長に任命された俺が、感染症対策の実働部隊としては役立たずだということは誰もがわかっているはずだ。だがそんな俺すら最前線にかり出される事態になった。これは俺自身の危機であり同時に東城大の危機でもある。ワーカホリックの速水ならともかく、横着者の俺が前線に立つということは非常事態というより異常事態だ。

破綻の兆しはコロナ専門病院として知名度が上がった時から始まっていた。

隣の湘南県からの患者搬送が増えた。五件たらい回しされて、と救急隊員に泣きつかれると救命救急部の責任者、お人好しの佐藤部長は受けてしまう。如月師長も文句を言わないから、なし崩しに県外の患者が増える。当の湘南県では「ＰＣＲ検査をしたら医療崩壊します」と主張する湘南県医師会会長や、カジノ誘致にしか興味がない老齢の大林《おおばやし》市長、元《あか》テレビキャスターで目立ちたがり屋だが小日向知事や鵜飼知事の格下に見られる赤岩《いわ》知事など、救い難い為政者が参集し医療崩壊が進展していた。

政治家も三代目プリンス・ポエマー大泉に元ヤン女優三方ヶ原《みかたがはら》が雑居する動物園状態で、そのバックに「油すまし」こと酸ヶ湯首相が控えている。湘南県は伏魔殿《ふくまでん》だ。この前、白鳥技官がやってきて「湘南県の実情が表沙汰にならないのは、ジャーナリストが県政に籠絡《ろうらく》されているからだ」と喚《わめ》き散らしたが、全面的に同意したい。

二〇二一年の年始に二度目の緊急事態宣言が出されたが、感染者は一向に減らない。じわじわ広がり始めたのが英国変異株だ。感染力三倍、致死率四倍などと言われるのに市民の危機感は水のように薄い。医療現場でコロナ患者と接する医療従事者、特に看護師の疲弊が激しい。退職者が相次ぎ、本院から補充するので本院も疲弊する。

腹黒タヌキの高階学長もさすがにお手上げの感がある。

最前線のオレンジ新棟・コロナ重症者受け入れ病棟の凄惨《せいさん》さは目に余る。救命救急センターを復活させていないのに、ICUの佐藤部長がスタッフの半分を引き連れ運営に当たったった。いきおい、本部棟のICUは機能不全となり、術後管理が限定され予定手術の延期が続いて、通常医療も破綻しかけている。現場があまりに気の毒なので、責任者として獅子《しし》奮迅《ふんじん》の活躍をしている如月師長を誘って、お茶をすることにした。

彼女には喫茶「スリジエ」に連れていってほしい、と言われていたので、約束を果たす意味もあった。如月師長がランクルを出してくれた。

「この車なら蓮っ葉通りまで五分ですから」と言い、鼻歌交じりにアクセルを踏む。

強い加速にのけぞりながら俺は、普通の運転なら二十分は掛かるはずだがと思ったが、そのことには触れないでおいた。如月師長の運転は滑らかながらも猛スピードが出て、宣言通り、五分で「スリジエ」近くの駐車場に着いてしまった。

知り合いの警察官僚に、東京から桜宮まで約百五十キロを一時間で送ってもらったことがあるが、あの時の運転に匹敵するワイルドさだ。

蓮っ葉通りの入口の駐車場に車を止めた如月師長は、自動キーを掛けながら言う。

「しみったれの田口先生が奢《おご》ってくれるなんて、雪が降るんじゃないかしら」

「なぜ私をしみったれと認識しているんですか？」

「こんな長い付き合いなのに、奢ってくれるのは初めてなんですもの」

「誤解を招く言い方は避けてほしいです。私は如月さんとお付き合いしているわけではなく、奢る必然性がないから、しみったれと認識されるのはさすがに不本意です」

「そんな細かいこと、どうでもいいでしょ。そんなだから、いつまで経っても彼女が出来ないんですよ」

いきなりすぱーんと急所を一撃され俺は黙り込む。だが見かけほどダメージはない。

十年前ならともかく、俺くらいの年になれば、枯淡の境地というヤツだ。

それに、しみったれというのはあながち的外れでもない。この店で俺は特別会員で、生涯無料パスがある。自分の分は無料だから如月さんにご馳走《ちそう》しても懐は痛まない。

扉を開け、店内を一瞥した俺は呆然とした。床に原稿用紙がまき散らかされ、奥のテーブルでは鬼の形相をした編集の女性の隣で、泣きそうな顔をした和服姿の男性が髪の毛をかきむしっていた。河岸《かし》を変えよう、と回れ右しようとしたが一歩遅かった。如月師長が脱兎の如く、店内に駆け込んでしまったからだ。

「わあ、別宮さん、お久しぶり。そこにいらっしゃるのは終田先生ではありませんか。ひょっとして新作の執筆中ですか？」

「ひょっとしなくても見ればわかるでしょ。悪いけど邪魔しないでください」

いつもと違い別宮さんが殺気立っている。すると如月師長は俺の腕を取って言う。

「あら、田口先生との記念すべき初デートですもの。終田先生をお構いしているヒマはありませんことよ」

奥のカウンターから出てきた藤原さんが俺を見た。俺はあわてて言う。

「あ、いや、あの、如月さん、誤解を招くような言動は……」

「だって田口先生がご馳走してくれるんですもの、立派な初デートでしょ」

「まあ、如月さん、難攻不落の田口先生を籠絡するなんて大したものね」

言い訳を諦め、如月師長の隣に座ると終田師匠がすがりつくような目で俺を見た。

「わが弟子よ、いいところに来てくれた。おぬしの師匠は今、危急存亡の瀬戸際に立たされ、猫の手も借りたい気分なのだ。おぬしはまさしく干天の慈雨だ」

「いえいえ、ショートショートも書けない私には、とても先生のお手伝いなど……」

と言った俺は、ほとんど忘れかけていた仕事を思い出す。

　年末予定のショートショートのアンソロジーの出版は原稿が揃《そろ》わないので半年延期するというメールが届いた。俺が提出しなかったせいかな、とちらりと考えたが、もしそうなら矢のように催促されるだろうから複数名、それも半数を超える執筆者が原稿を出していないのだと推測した。あながち的外れな推測でないと思うのは、メールにノーレスでいても催促メールがないからだ。

　なので以後、この件は綺麗さっぱり脳裏から消し去っていたのだ。

「書き出しさえ出来ればあとはサラのラーだ。儂の中で後藤男爵が滾り明治パートは書き終えた。だが現代にきた後藤男爵の姿が茫洋《ぼうよう》として、いまいち摑めんのだ」

　向かいに座る如月師長は「セイロンティとオレンジタルトのセットをお願いします」と告げた。「～を頼んでもいいですか？」などと形式的な手順を踏まないあたりは、いかにも如月師長らしくさばさばしている。

「あ、私も同じもので」と俺が言うと藤原さんは、ちろりと俺を見て言った。

「田口先生は永久無料会員パスポートを持っているからお代が掛からないの。如月さんには昔の部下のよしみで、今日はあたしがご馳走しようかな。それでいい？」

「もちろんです。うわあ、嬉しいなあ」と答えた如月師長は、俺との初デートという設定をいともあっさりすっ飛ばした。文句はないが、それはそれで釈然としない。

そんな俺に自称師匠が「不肖の弟子よ、儂に稲妻のようなインスピレーションを」とへばりついてくる。あまりにもカオスな状況にバカバカしくなったが、俺はこの難局を切り抜ける逃げ道を見つけ出したので、電光石火でそれを選択した。

「如月さん、終田先生は現代の医療状況に怒りを感じる後藤男爵の気持ちが摑めないそうです。それは現在の医療状況に対する認識が甘いからです。今、如月さんの胸の内に渦巻いている思いを、ここで思い切りぶつけてみたらいかがでしょうか」

タルトにかぶりつこうとした如月師長は、動きを止め、終田師匠に向き合った。

「あたしの怒りに満ちた現場の愚痴なんて、本当に聞きたいんですか？」

すると終田師匠は、水に落ちた子犬のような目で、如月師長を見つめた。

「もちのろんだ。先日見学したオレンジ新棟の惨状が目に焼き付き、燻《くすぶ》っておる。如月師長の怒りの炎をわが胸に焚きつければ我が筆は天を穿ち、雷鳴となり響き、汚穢《おわい》に満ちた世界を焦土と化すであろう」

如月師長は、カップの紅茶を一気に飲み干し、立ち上がる。

「わかった。これはあたしと部下たちの魂の叫びよ。覚悟はいい？」

終田師匠は唾を飲んで、大きくうなずいた。

如月師長はすうっと息を吸い込むと、一気に思いを解き放つ。

「あたしたちは患者さんの笑顔を見たくて仕事をしてる。でもあたしたちは生身の女。綺麗な服を着て美味《おい》しいものを食べスパで寛《くつろ》ぎたい。白馬の王子さまと恋もしたい。でも全部後回しで重い防護服を着て患者さんのベッドサイドを這いずり回る。うめき声、鳴り響くアラーム。防護服は一度着たら使い捨てだから、一度でできるだけたくさん仕事をこなす。分厚い防護服の中、限界線はとっくに超えた。コロナでボロボロの患者さんの手がまとわりついて離れない。家に帰っても幻影が追いかけてきて、患者さんの絶望に引きずり込まれる。コロナ看護は蟻地獄《ありじごく》、底なし沼に引きずり込まれるよう。一番辛いのはゴールの見えない我慢。なのに能天気な人々は居酒屋でどんちゃん騒ぎ、あの患者さんはキャバクラに行って感染したなんて聞くと気持ちが萎《な》える」

怒濤の咆哮《ほうこう》に咳一つ起こらない。如月師長は、ふう、と息を吐いた。

「身を削って仕事をしても給料はダダ下がり、やってらんない。一生懸命な真面目な若い子が倒れていく。いつも百二十パーセントの力を求め続けられたら看護師だって壊れるわ。あたしたちは天使じゃない。ライフポイントを半分使って仕事をして、残り半分で人生を楽しみたいのに、人はあたしたちにライフポイントを二百パーセント使えと言う。バカバカしくてやってられないわ。いい加減にして」

天を仰いだ如月師長はすとん、と椅子に座る。彼女の肩に藤原さんが手を置く。如月師長はその手にすがりつくように胸に抱いた。

終田師匠は両手で髪をかきむしり、天井に向かって「許せん」と吠えた。別宮さんに「筆と紙」と言い、むしり取るようにして筆を執ると、一気に原稿を書き始めた。

――俺が作り上げた衛生行政は跡形もなくなってしまった。俺は日清戦争帰還兵の検疫をする医官や看護師に、兵士と同じ給与を出せと児玉中将に直談判《じかだんぱん》し、閣下は即座に許諾した。あの阿吽《あうん》の呼吸こそ明治の政治家、軍人の心意気だ。なのに令和の政治家は実のない言葉ばかり。かくなる上は俺が敵陣に乗り込み魍魎《もうりょう》どもを退治してやる。

「後藤新平、いざ参る」と後藤は天に吠えた。

終田師匠は顔を上げると、「いかがでござるか、別宮殿」と言った。

別宮さんは、静かに言った。

「トリミングはしてもらいますが、このラインで掲載させていただきます」

その後も終田師匠は執筆しながら音読し、九時を回ると現代パートは一段落した。隣では如月師長が机に顔を伏せ、すやすやと寝息を立てていた。そんな彼女に藤原さんがそっとカーディガンを掛けた。

終田師匠は、書き損じた原稿用紙の山を見回し、吐息をついた。

「ここまでくればあとはサララのラーだ。来週頭から連載は行けるぞ」

「それなら今晩中に最初の一週間分を仕上げてしまいましょう。夜九時は宵の口、編集部は通常業務時間内です」

「やむを得ん」と言うと終田師匠は原稿用紙を取り上げ、すらすら書き始めた。

「続編は衛生学者で近々千円札の顔になる北里柴三郎先生を現代に転生させるか。いや待て、それなら陸軍軍医総監、森鷗外も登場させよう。北里と森は内務省と陸軍省で明治時代の衛生行政を司った双璧で、二人の間には秘められた深い因縁があるのだ」

話が一段落したのを見て俺は紅茶を飲み干し、眠っていた如月師長を起こした。

如月師長はランクルで俺たち三人を送ってくれた。

ハンドルを握った如月師長は、行きと違い穏やかな運転をした。

夜の闇の中、ヘッドライトが照らし出す街並みを通り過ぎる。別宮さんと終田師匠は時風新報の編集部前で車を降りた。如月師長が二人に声を掛ける。

「終田先生、胸がすく、痛快な物語を読ませてね。すっごく期待してる」

「任せておけ。物語さえ立ち上がれば、怖い物はない。怖いものと言えば不肖の弟子よ、『怖い話』のショートショートはちゃんと書いておるだろうな」

不意打ちを食らった俺は目を白黒させ、「ええ、今やってるところです」と答えた。

「蕎麦屋の出前か」と終田師匠は苦笑する。

「うわあ、古すぎ。今はウーバーイーツですよ」

如月師長がそう言ってばっさり斬り捨てると、終田師匠は「ぐむ」と呻《うめ》いて黙り込んだ。

ランクルのバックミラーに映る二人の姿が闇に消える。

如月師長がカーオーディオのスイッチを入れると、静かなジャズが流れ始める。

「田口先生、今日はありがとう。正直言うといっぱいいっぱいで、折れそうだったの。思っていることを全部吐き出せて、すっきりしたわ。でも今日は藤原さんの奢りだから、初デートの権利は次に延期してもらうわ。コロナが収まったら、豪華なフレンチでも奢ってもらおうかな」

いつもの如月師長だった。俺はほっとした。

「もちろんＯＫです、その時は私も徹底的に飲みますよ」

車は闇の中、車はまだ見ぬ未来に向けて疾走した。

翌週、「コロナ伝」の続編が二週間遅れで始まった。タイトルは「ゴトー伝」だ。

連載開始直後、政府の愚策「ＧｏＴｏキャンペーン」を袋だたきにするものではないかという期待感から、時風新報の定期購読者数が跳ね上がったという。

19章　夢見るマンボウ

二〇二一年二月　東京・霞が関・首相官邸

酸ヶ湯は「国民のために働く内閣」を標榜し、「自助、共助、公助」を訴えた。できる限り自力で、公的補助に頼らないでほしいというメッセージだ。

だがその「原則」には例外があった。自分の親族である。

酸ヶ湯が総務大臣に就任した時、定職に就かない息子の大地《だいち》を大臣補佐官にし、総務相を辞める時、東北の「陸奥《むつ》放送」に押し込んだ。酸ヶ湯大地の仕事は、放送局の監督省庁である総務省と「陸奥放送」のパイプ役だ。

首相になった酸ヶ湯は、携帯電話料金の値下げに突っ走った。巨大携帯会社はしぶしぶ料金の値下げに応じたが携帯事業は総務省でもビッグ・ビジネスで、携帯会社のシンパは強大だ。携帯料金値下げ派は長年続いた接待を堂々と受け続けた。

そこに「新春砲」が炸裂した。「陸奥放送」社員の大地が、担当部署の局長を高額な飲食店で饗応《きょうおう》し、タクシー券を渡し土産をもたせた違法接待をすっぱ抜いたのだ。

翌週の新春砲で会話の録音が出て、事務次官目前だった局長は更迭された。

次のターゲットは首相広報官の出山だった。彼女は国会で接待の問題はないと答弁したが、翌週の続報で大手通信会社との接待の詳細を報じられ、お決まりの体調悪化で入院、辞職する。防波堤を失った酸ヶ湯はぶらさがり会見に応じたが、長男の接待問題に食い下がる記者に怒り醜態を晒してしまう。それをＴＨＫが７時のニュースの冒頭で連続放映した。「パフェおじさん」の高圧的な素顔を見た国民はドン引きした。

総務省内の反酸ヶ湯勢力は攻撃の手を緩めず、大地が勤める「陸奥放送」が外国人株主比率の限度を超えていたという不備までリークした。大地の接待はこの比率オーバーを糊塗《こと》してもらうのが主目的だった。その法律違反は総務省の高級官僚の高級ワインの飲み比べと引き換えに看過されたが、新春砲はその全体図を把握していた。やむなく「陸奥放送」が社長と大地を更迭すると酸ヶ湯は会社の放映権を剝奪した。怒った「陸奥放送」は、サクラテレビも外国人株主比率を超過していたと暴露した。

これには反酸ヶ湯連合も肝を潰した。それなら大テレビ局も放映権を剝奪すべきだ。酸ヶ湯は子飼いの保地総務大臣に「両テレビの問題は現在解消している」と強弁させ、かろうじて問題を収束した。「前例打破」を掲げた酸ヶ湯は、法をねじ曲げる自己中心主義者だという実像を天下に晒し、一連の問題は収束した。

リーク犯捜しが行なわれたが、総務省内の一大派閥による組織的戦略なので犯人は特定できなかった。酸ヶ湯の金城湯池だった総務省は、謀反の巣窟と化した。

それ以後、酸ヶ湯はおとなしくなった。

どれもこれも、酸ヶ湯の狭量さと不見識が招いた、自業自得だった。

そんな酸ヶ湯が、昨年の前半、楽しみに読んでいた新聞連載小説があった。

その「コロナ伝」には小日向東京都知事の悪口が歯切れ良く書き連ねられた。

「魔女か聖女か」なんてわかりきっているのに、と、もどかしく思う時もあり、俺ならもっとえげつなくあの魔女のことを書けるのに、と思って作者を「パフェ茶会」に招き、ネタを提供しつつ存分に語り合いたい、とも思ったりした。

年明けから続編の連載が始まると聞いた酸ヶ湯は、朝刊リストに時風新報を加えた。元日から開始予定の連載は延期され、一月中旬にやっと始まったと思ったら内容は期待外れどころか不愉快ですらあった。そこに小日向美湖の悪口はなく、後藤新平という歴史上の人物が主人公で彼の発言は、酸ヶ湯政権のコロナ対策を徹底的に糾弾していた。毎朝、気晴らしで読もうと思った連載小説は酸ヶ湯のストレス源となった。

酸ヶ湯はいつもの手で総務省を通じ警告を与えようとした。だが時風新報は記者クラブに属さない地方紙連合なのでコントロール不可、と言われてしまう。

酸ヶ湯は、黒原東京高検検事長を叩き潰した「新春砲」と「地方紙ゲリラ連合」のタッグを思い出し、背筋が寒くなった。

年明けに発出した二回目の緊急事態宣言の効果は出ず、一回目の緊急事態宣言には人々も緊張感を持ったがその後、浮かれ政策・「ＧｏＴｏ」が出され、自粛の再要請後も代議士や官僚が会食や深夜の飲み会をしたため、市民は自粛する意欲を失った。

二回目の緊急事態宣言解除は先延ばしにしたが、解除日は三月二十日前後と決めていた。聖火リレーが二十五日に始まるからだ。こうした非論理的な決定を正当化するため、酸ヶ湯は泥縄式に新法を成立させる決意する。かくして酸ヶ湯が満を持し投入した切り札が正式名称「まん延防止等重点措置」、通称「マンボウ」だ。

これは「新型コロナウイルス対策における特別措置法」の改正案で二月十三日に成立した。「緊急事態宣言」は法的強制力がなく、都道府県知事が罰則つきの命令をくだせる新法が必要だという声に応じた立法だったが、違いはあやふやで曖昧だった。「緊急事態宣言」は首相が都道府県に発出し、「マンボウ」は首相が知事に発出し、知事が対象地域を決定する。「緊急事態宣言」はステージ4で出され、「マンボウ」はステージ3で適用される。だがステージ分けは非科学的で、四月の新「五つの指標」は「①医療の逼迫具合」「②療養者数」「③PCR検査の陽性率」「④新規感染者数」「⑤感染経路不明の割合」で、しかも「①医療の逼迫具合」は「a．病床使用率」、「b．入院率」、「c．重症者用病床の使用率」の三項目に細分されていたため、一目見ただけでは、ステージはわからないようになっていた。

それが政府の狙いだという陰謀説もあったくらいだ。おまけに「緊急事態宣言」と「マンボウ」の中身は感染拡大地域への移動自粛、店舗の時短営業要請とほぼ同じ。

命令を拒否したら「緊急事態宣言」下では三十万円、「マンボウ」では二十万円の過料の違いくらいしかなく、他は大差ない。マスク未着用者の入店拒否、飲食店の見回り実施など細々としたことが決められたが、どれも枝葉末節のことばかりだ。

新法案は私権制限をするので憲法違反の可能性もあり、十分討議すべきだと野党は主張したが、酸ヶ湯はろくに議論せず強引に可決してしまう。

三月二十一日、第二次「緊急事態宣言」は解除され、翌日から末日まで段階的緩和期間で不要不急の外出の自粛、飲食店の時短営業、イベントの開催制限が実施された。

「マンボウ」は、ほのぼのとした語感故に緊張感を欠いた。誰も水族館の水槽でぷかぷか漂う、丸い魚を思い浮かべたのは仕方がない。なのに不謹慎だという声が上がり、「マンボウ」の呼称は控えられた。「新型コロナウイルス」を「シンコロ」と略するのはいいのに「まん延防止」を「マンボウ」と略するのはダメという、非合理的な決定を官僚は承服しかねた。だが世の流れで「マンボウ」は海の底に沈められた。

そんな中、自保党本部でコロナ感染者が出て、酸ヶ湯は党本部全職員にPCR検査を命じた。衛生学的に正しい対応だったが、一年前の施策と真逆だった。自保党員だけ十分なコロナ対策を受けられるのはおかしい、という声が巷に満ちた。

間の悪いことにその直前、厚労大臣が「PCRの広範な実施は『費用対効果の問題』でよくない」とテレビ番組で公言したばかりだった。十ヵ月前、安保前首相は「一日二万件の検査実施を達成する」と宣言したがこの時、感染対策の総本山の厚労省は、「不安解消のため希望者に広く検査を受けられるようにすべきとの主張について」という、PCR広範検査に反対する内部文書を作成し、五月に政府に提出していた。

文書は「PCRは誤判定があり、検査しすぎれば偽陽性者が増え医療崩壊の危機がある」という趣旨で、御用達学者のダブル0の片割れで、酸ヶ湯内閣の内閣官房参与も務める大岡弘から、湘南県医師会会長に伝達された。それをかみ砕き湘南県医師会HPに展開し、「PCR検査は信頼性がない」という誤情報を御用メディアが散布した。一年後、自保党全職員にPCRを実施するという判断は図らずも、PCR抑制論者の欺瞞を白日の下に晒した。政府は宗旨替えを正当化するため、感染者が多い東京や浪速などの都市部でPCR検査を無料実施し、辻褄《つじつま》を合わせようとした。だが五月の連休後も無料実施は実行されなかった。

コロナ感染した自保党議員が、無症状なのに入院できたという事例もあった。その議員は名家出身で、俳優崩れの弟はワイドショーに出演し、政権擁護の発言を繰り返した。だが兄の自己本位な行動に対しては弁明も謝罪もすることなく誤魔化した。

政治家と官僚は特権階級扱いで、身勝手な政策を決定し、信頼を落とした。

日本社会は官僚と政権、メディアが一体化し、正しく情報を伝えず国民を騙し、その力を削ぎ続けた結果、日本の国力は徐々に衰え、今や後進国に落ちぶれていた。

やがて「マンボウ」の効果は極めて薄いことが判明し、東京や浪速のメガロポリスの首長が、緊急事態宣言の再発出を要請した。科学的原則を踏み外した酸ヶ湯政府は、各都道府県の首長の言う通りにせざるを得ない。かくして「緊急事態宣言」と「マンボウ」が入り交じり、どこがどうなっているのか、わけがわからなくなった。

酸ヶ湯の手で細断された日本は、わやくちゃになった。

ちょうどその頃、ダブル0の片割れ、近江俊彦座長は、思うところを思うままに発信し始めた。政府がコロナ感染症対策分科会に「マンボウ」と「緊急事態宣言」発出について諮問した時が転換点だった。酸ヶ湯は五輪実施を睨んで、北海道への緊急事態宣言発出を渋ったが、分科会は北海道に緊急事態宣言を出す方針を撤回しなかった。やむなく酸ヶ湯は折れ、「分科会の先生がそうおっしゃるのであれば、そうすれば」と投げ遣りに言い、北海道に緊急事態宣言を発出した。

それは政治主導、首相アズ・ナンバーワンと考える酸ヶ湯にとって、屈辱だった。

＊

二〇二一年三月二十五日。東日本大震災の地、福島県で聖火出発式が行なわれた。その様子を小日向美湖・東京都知事はうつろな目で眺めていた。緊急事態宣言を解除し、かろうじて聖火リレーは始められた。聖火リレーをしたら感染が広がる、と地方の首長が異を唱えたが、やらなくても広がる。ならば後世に誇れる行事を、勇気を持って実施するのが心意気だ。美湖が心の中で「バッカじゃないの」とバカにしているバッカＩＯＣ会長とも表面上は良好な関係を築き、昨秋の来日時もグータッチで開催を誓った。だが一昨年、美湖に無断でマラソン会場を東京から札幌に変更した恨みは忘れていない。一年延長で都の予算から莫大な額が支出されている。ここで五輪が中止になったら拠出責任を問われる。だが五輪を開催すれば全てごまかせる。

私はそうやって生きてきた。それはこれからも変わらないんだから、と美湖は呟く。

美湖が追い詰められたのは、正月早々に発出した二回目の緊急事態宣言のせいだ。美湖は仕掛け人だった。他の知事の尻を叩き、正月三が日という異様なタイミングで、首都圏知事の総意として緊急事態宣言発出を酸ヶ湯首相に突きつけた。目を白黒させた酸ヶ湯を見て胸がすっとした。あとは三週間後に予定される緊急事態宣言の解除を待って、聖火リレー実施に舵を切るつもりだった。

だがここで誤算があった。緊急事態を宣言しても感染拡大の勢いが弱まらなかったのだ。第２波が収まらないうちに政府は世紀の愚策「ＧｏＴｏキャンペーン」を強行し、一部国会議員が深夜のクラブで飲食したり、酸ヶ湯首相が煮貝幹事長と「ステーキ会食」した。上がこれでは、下の対応が甘くなって当然だろう。

第二の誤算は大会組織委員会会長で元首相の毛利《もうり》が、女性蔑視発言をしたことだ。

市民の強い反発に毛利元首相はしぶしぶ謝罪し、IOCは幕引きを図ったが、世論が収まらない。結局、辞任を余儀なくされ、影響力を残そうと後釜を手配した密談を後釜の当人がメディアにバラし、白紙に戻った。やむなくアスリート出身の橋広厚《はしびろあつ》子《こ》・五輪担当相をスライドし会長に就任させた。五輪憲章では政治的中立を言明し、政治介入に厳しい姿勢で対しているので、閣僚が大会会長を務めるのはIOC理念に反していた。だが綺麗事は言っていられない。女性理事の比率が少ないという非難には、新たに女性を十名理事に任命して取り繕った。まさに焼け太りである。

五輪相の後任は、安保前首相に阿り「この無礼者」と時代劇めかした一喝で名を馳《は》せた、だがそれだけが唯一の政治的業績の女性代議士、泥川丸代《どろかわまるよ》が着任した。

五輪は主催地代表・東京都知事の小日向美湖、急遽大会組織委員会会長に就任した橋広厚子、橋広の後任の五輪担当相・泥川丸代という三人官女の手に委ねられた。

世間からカシマシ娘と揶揄されなかったのは、三人が直接絡む場がなかったからだ。

唯我独尊の美湖、負けず嫌いの泥川、おとなしいだけが取り柄の橋広のトリオでは、面白おかしい話題を提供できるはずもない。その点で「ナニワ・ガバナーズ」のサービス精神を見習え、という声もちらほら聞こえた。

美湖と泥川は合口が悪かった。似たもの同士の近親憎悪だが二人の衝突はなかった。

美湖が泥川を歯牙に掛けなかったからだ。二人の貫禄には大差があった。

美湖が連発するキャッチコピーも、マンネリ化していた。昨年三月「ロックダウン」「オーバーシュート」「三密」を打ち出した頃が頂点で、以後四月に「ステイホーム」、五月「ウイズコロナ宣言」、六月「東京アラート発動」と立て続けに発表した頃は好調を維持したが、七月の「感染拡大特別警報」や八月の「この夏は特別な夏」は空回りし、今現在の「とことんステイホーム」は失笑すら買っている。

だが美湖には、他にやれることが何も思いつかなかった。

伝統芸能「出陣太鼓」保存会が懸命に演奏しているが、見物人は関係者だけだ。

空しい出発会が終わると、まばらな拍手が起こった。東日本大震災直後の女子ワールドカップで優勝し、国民を勇気づけた女子サッカーチームのメンバーがトーチを掲げ、肩を寄せ合う団子状態で、しずしずと走り始めた。感染対策のため走る距離も短縮され、時間稼ぎで足踏み状態を続けた。だが一歩アリーナの外に出ると、大音響でポップな音楽を流すスポンサーのトレーラーカーが車列を組み、聖火ランナーを先導し始める。沿道では有名ランナーを一目見ようと地元民が詰めかけ、五輪関連グッズをばらまくスポンサーカーの周りに大勢の地元民が集まった。

そこは、美湖が昨年の流行語大賞受賞を目論んだ「三密」状態になっていた。

呪われた五輪だった。初日に聖火の火が消えた。聖火リレーの発祥が忌むべきナチス政権下のベルリン五輪で、平和祈念の行事でないという歴史蘊蓄《うんちく》が発掘された。

毛利・元大会組織委員会会長の置き土産も強烈だった。聖火リレーが密になると批判されると、「有名人は田んぼの真ん中を走ればいい」と暴言を吐き、著名ランナーが次々に辞退した。リリーフに指名された連中は笑顔で聖火を掲げはしゃいでみせた。「緊急事態宣言」と「マンボウ」でモザイクになった日本を、北から南まで聖火が走り回る。すると鵜飼府知事が突然「浪速市内の聖火リレーは中止すべき」と卓袱台《ちゃぶだい》返しをした。大会組織委員会は「公道を走らなくても聖火はつながる」と取り繕い、競技場のトラックをぐるぐる回る、奇天烈な「聖火リレー方式」を考案した。

鵜飼府知事は、カメラ目線で緊急事態宣言の発出を促しつつ、次の番組で万博跡地をぐるぐる回る聖火ランナーに声援を送った。中止を宣言した某知事はなんらかの圧力に屈して中止を撤回し、別の知事は聖火を前に涙ながらに中止を謝罪した。

だがネットのコメント欄は「よくやった」と賞賛する声で埋まった。

御用メディアＴＨＫは警備員のコロナ感染を取り上げず、聖火リレーの様子を延々と垂れ流した。聖火の搬送中に沿道で上がった反対の声をカットし、福島県の原発メルトダウン汚染地区や放射線汚染ゴミが山積する地区を避けてコースを設定した。それでも残る未処理物を隠して、全世界に偽りの福島地区の現状を発信した。

だが海外から突然の逆風が吹き荒れ、非難が集中した。自由なジャーナリズムと、衛生対応のグローバル・スタンダードという二艘《そう》の黒船を前にして、酸ヶ湯政府は立ち往生した。その様は徳川《とくがわ》幕府が黒船来訪に呆然自失した姿と瓜二つだった。

橋広会長はアスリートに毎日PCRを実施すると発表したが、それは従来の日本の方針と違っていた。国民にやらないのにアスリートに適用するのはなぜだという疑義が噴出した。米国メディアは「聖火リレーの火を消すべきだ」と意見記事を出した。泥川選手の行動規範を示す「プレイブック」は感染対策がなっていないと英国の権威ある論文誌が指摘した。すると泥川五輪相は「その批判は当たらない」と即答した。泥川は衛生学のかけらも理解していない、ズブの素人だというのに。

「日本は変異ウイルス感染を抑制できず、高齢者施設や若者への検査数が不十分で、ワクチンも一パーセントにしか接種できていない」という、国内のメディアがひた隠しにした「真実」も、海外報道が伝えた。市民は外国の報道で自国の姿を知った。

だがワイドショーでは前首相に寿司をご馳走になったことが唯一のウリの評論家が、政権擁護の言辞を弄《ろう》し、元官僚の女性や俳優や元スポーツ選手が専門外の医療の実態について、何の裏付けもない感想を囀《さえず》った。

二十代の男女の半数以上はテレビを見ない、という衝撃のアンケート調査が発表されてテレビに関わる人間たちは驚愕したが、それは自業自得というものだろう。

大メディアと市民感覚の乖離は、もはや修復できるレベルを、とうに超えていた。

八年前、安保前首相は「原発の放射能汚染水はアンダーコントロールにある」と、五輪招致の席で全世界に発信した。聖火リレーが始まった二週間後、突如政府は原発事故で発生した百五十万トンの放射能汚染「処理水」を海洋放出すると発表した。地元の水産業者や世界中から反対意見が噴出したが、酸ヶ湯はスルーした。かくして「復興五輪」の旗は泥にまみれた。その暴挙に対し崇徳大学公衆衛生学教室の冷泉講師が痛烈な批判文を「地方紙ゲリラ連合」の企画で執筆した。真実を報道するという、当たり前の原則がジャーナリストに適用され始めた。地方新聞やスポーツ紙が、コロナと五輪と政府対応に疑問を発した。それでも聖火リレーは続けられた。政権広告代理店の電痛と約した五百億円の業務委託金を支払うための「儀式」だったからだ。日本では英国株を追い越しインド株が増え始めた。そんな中を不良品混じりの一本五万円のジュラルミン製の聖火トーチを掲げたランナーが足踏み歩行を続けた。先導はＩＯＣに巨額資本を投下したスポンサーの、大音響の音楽を垂れ流す大型宣伝カー。準国営放送ＴＨＫは深夜、聖火トーチを持ち微速前進するランナーが、細々と聖火をつないでいく様を延々と垂れ流した。

気がつくとそこには、暗黒のディストピアが出現していた。

聖火隊の出発時、浪速では鵜飼府知事が、得意のカメラ目線で持論を述べていた。

「浪速の医療は逼迫しています。一段と厳しい統制を掛けなければ浪速の医療は崩壊します。そこで新幹線で府外からやってくる人に対し検温を実施することにしました」

これは例によって鵜飼贔屓の関西メディアが発信し、瞬く間に全国へ拡散された。

だが聖火が東日本から西下する間に、浪速の医療崩壊が露見した。救急搬送されたコロナ患者は受け入れ先がなく一日半、救急車の車中で待機させられた。浪速の医療逼迫は、十年近い白虎党の治世の帰結だった。「医療崩壊を招いた責任をどう思うか」と問われた鵜飼知事は「極めて厳しい医療状態だと申し上げた。医療従事者のみなさんは命を守る活動をしてくださっている。僕自身が医療崩壊だと言うべきではない」と逆ギレした。要は「僕の責任じゃないもん」を回りくどく言っただけだ。

人々はようやく知事は「サギ師」だ、と気付き始め、「イケメン知事」支持者だったキャバクラの姉さんが「鵜飼のアホ、嫌いや」と声を上げた。これは意外にダメージになったようだ。昨年三月、テレビに出まくった頃は「鵜飼、寝ろ」という激励ツイートが溢れたが、今は「鵜飼、仕事しろ」という真逆のツイートばかりだ。

*

年明けから鵜飼府知事の「規制と緩和」の振り子運動は激しさを増した。一月四日「緊急事態宣言を要請する気はない」と断言したが、新規感染者数が跳ね上がると前言を翻し九日に近県と合同で政府に宣言再発令を要請した。関西の二府一県に二度目の緊急事態宣言が出たが感染者が減少し始めるとたちまち方針転換した。

二月一日、政府に宣言解除を要請する新基準をまとめたが感染症専門家や医療関係者の反発で、宣言解除は三月一日になる。浪速市内の飲食店への「見回り隊」活動を始めたが「誰でもできる気軽で稼げる仕事！」という求人広告が暴露され、そんな余裕があるなら病院や保健所に回せ、と批判が殺到した。コロナ新規感染者数は東京を超え四月十三日に四桁に達した。重症ベッドは常に満床で待機患者が自宅で死亡する症例が頻発したが少し患者が減るとすぐにコロナ病床を削減した。異常なマメさで、彼は広く遍く住民に医療を提供する行為を憎んでいるのではないかとすら思わせた。

鵜飼は「マンボウ効果が不十分ならば、緊急事態宣言を要請する」と明言した。負けじと東京都の小日向美湖都知事も適用条件を満たしていないのに、東京に緊急事態宣言の適用を要請し、空疎なキャッチコピーを連発した。「変異株と素手で闘う」と言い医療関係者を啞然とさせ、人流抑制で「東京に来ないで」と言えば、五月来日予定のＩＯＣ会長の「バッカに言え」とツッコまれる。挙げ句、テレワークに消極的な職場に「上司の説得は都が手伝います」と言いながら、受付窓口も設定しないとなると、もはや何をしたいのか、わけがわからない。

こうして東西のワイドショー的キャッチコピー知事の競演は、極点に達した。

この頃には鵜飼府知事の表情にも、珍しく一抹の陰りが見え始めた。

乾坤一擲《けんこんいってき》の大博打、二度目の「都構想の住民投票」に敗れた白虎党の変調は、東方の不祥事で明白になった。現代美術展にネトウヨが「左翼の天皇蔑視だ」と言いがかりをつけ、尾張《おわり》県知事にリコールを仕掛けたが、署名の八割が捏造《ねつぞう》だとバレたのだ。リコールは定数に達しなければ署名は返還されるというルールを逆手に取り、大量の反対署名を捏造したのだ。だが蟻の一穴から実情が漏れ、九州でバイトを雇い署名を偽造させたと明らかになった。「ネトウヨを百人見たら一人だと思え」と笑われ、安保長期政権で暴威を振るい、憲政史上最長の内閣を底支えした功労者、ネトウヨ部隊は壊滅した。同時に浪速白虎党は支持層を失った。この署名偽造の一件は尾張白虎党が一肌脱いでいた。他県での火遊びが山火事になり、地元に延焼してきたのだ。そのとどめが浪速の医療崩壊だ。メディアでも鵜飼知事に対する賞賛は影を潜めた。

そこでツイッター上の白虎党政策への抗議デモが出現した。

焦った白虎党の上層部は、お得意の無思考の脊髄反射的企画を立ち上げてしまう。

それが悪名高い「白虎党ファクトチェッカー」の創設だ。だがその思いつきの浅はか企画は、白虎党を更なる混乱と衰退に導く自滅の一手となった。

ファクトチェックとは「ファクトチェック・イニシアティブ」団体のホームページによれば「世に影響を与える言説や情報で、真偽の定かでないものや正確さに疑いがあるもの、事実かどうか検証されていないものを、ファクトかどうかチェックする」ことだ。社会に広がる情報、ニュースや言説が事実に基づいているか調べ、プロセスを記事化し正確な情報を人々と共有する営みで言説、情報の「真偽検証」である。

ファクトチェックの際は言説が「事実言明」か「意見表明」かの区別が重要で、調査収集できる公開情報や文書、客観的証拠に基づく「事実言明」を取り上げる。それは三ステップで、対象となる言説、情報選択、次に事実や証拠の調査、明示。そして対象言説の真偽、正確性を判定する「レーティング」だ。

国際ファクトチェック・ネットワーク（ＩＦＣＮ）は「ファクトチェック綱領」を二〇一六年に制定し、五原則のひとつに「非党派性・公正性」を掲げた。だから政党は原則「ファクトチェック」はできない。浪速白虎党は政治団体だから最初からその原則を逸脱していた。しかも「白虎党ファクトチェッカー」は一番重要な内容のレーティング（真偽の判定）をせず誤情報と決めつけた。事実に基づいた批判をデマと決めつけ、印象操作をしたのだ。「白虎党憎しで匿名デマがリツイートされ、出回る」と鵜飼府知事は強弁した。白虎党ファクトチェッカーが取り上げた第一号ツイートは、「濃厚接触者の自宅隔離は終わり。ＰＣＲ検査結果の検査調整センターからの連絡のみで、浪速市から食料支援やその他の手続き情報もなし。浪速市の保健所からは一度も連絡なし。正に放置。浪速市、終わってる」というものだった。

このツイートに対する「白虎党ファクトチェッカー」の「調査結果」は酷かった。「浪速市では保健所から毎日電話連絡にて健康状態の聞き取りをしたが、感染者数の爆発的増加に伴い保健所等の業務量が膨大化し業務の優先順位を検討、保健所等が聞き取る方式から本人が異変を感じた際、保健所等に申し出て頂く受動型に切り替えた」

市政の停滞を「同規模の他市もやっていない」と言い訳し、行政の怠慢を正当化したがツイートの内容は「ファクト」だ。「ファクトチェッカー」に「ナニワ・ガバナーズ」が発信した「フェイク」情報をチェックしろと批判が殺到し、鵜飼のポピドン話と皿井の雨合羽物語に集中した。「ファクトチェッカー」第二弾は、「PCR検査の推進通達を皿井市長がスルーした」というツイートを取り上げ、「浪速では全国に先駆けて大規模PCR検査をした」と反論したが、それもフェイクだった。

ここに至り、義憤に燃えた「開示請求クラスタの佐保姫」が立ち上がる。

彼女はこの問題で情報開示請求をして資料を解析中だった。「佐保」は、浪速市が大規模PCR検査を始めたのは、今年の第3波以後だと断定し、緊急事態宣言直後、月の半分も公務に出ていないと非難された皿井市長が、公用車でのホテル通いを再開したことまで暴露した。

鵜飼府知事は「浪速は感染を抑えすぎたから変異株が流行した」という奇天烈な妄言をまき散らしたが、そのエビデンスがないことも「証明」した。目先を誤魔化してきた鵜飼府知事にとって「佐保」は目の上のたんこぶだった。そこで思いついたのが「白虎党ファクトチェッカー」を使い「佐保」の情報攻撃に応戦しようという馬鹿げた一手だ。思いつきで企画を上げる白虎党党首が、公文書に記載されている「事実」を積み上げた「情報開示クラスタの佐保姫」の城砦に特攻を掛けるなど、愚かしいこと甚だしい。結局、最後には「佐保」のツイートを「フェイク」と断じようとして、逆に「白虎党ファクトチェッカー」の「フェイク」が公文書によって、「ファクト」と裏付けられてしまうという皮肉な逆転現象が生じ、醜態を晒した。

白虎党が口先でぶち上げた虚飾の政策が次々報じられ「白虎党ファクトチェッカー」はごまかすため更に「フェイク」を積み上げ、自己矛盾の袋小路で立ち往生した。

遅まきながら勝ち目がないと察した「白虎党ファクトチェッカー君」は白虎党の党是の「敗けたら釈明せず証拠隠滅し逃亡せよ」に従い、QRコードをリンク切れページに接続して逃亡した。それは白虎党の通常運行だった。

ここに至り人々は、「情報開示クラスタ」の実力を知った。

十年で、白虎党は根腐れした。そんな中、とんでもない背信行為が行なわれた。

三月末、二度の住民投票で拒否された都構想の外側を掛け替え「一元化条例」として浪速市議会、浪速府議会で可決してしまったのだ。白虎党が誘導した予算の白虎党費化計画の総決算だ。その先に五年後の浪速万博での予算流用の目論見が丸見えだ。市議会で当然「住民投票結果の否定で民主主義の蹂躙《じゅうりん》」という反対意見が続出した。だが皿井市長は「三度の選挙で二重行政を解消し府市が連携することについては民意を得ている」と強弁し、住民投票で二度、否決された内容を条例にして、可決した。

こうした愚挙が可決されたのは、風見鶏の公迷党《こうめい》が日和ったためだ。公迷党の判断基準はただ一点、「選挙に勝てるか」だけ。彼らは「公迷党議員の小選挙区に対抗馬を立てる」という白虎党の恫喝に屈してしまった。白虎党が条例化を急いだのは、秋までに行なわれる解散総選挙前が、公迷党に圧力を掛けられるラスト・チャンスだったからだ。議席死守のため白虎党に屈した結果、支持者の公迷党離れを招いた。しかも浪速では自保党浪速支部の決定が、中央政府の判断に反し、状況は一層混沌となり浪速の政治モラルは崩壊した。ここに至り、浪速の地に潜む臥竜、村雨弘毅《ひろき》・梁山泊総帥はついに出陣を決意し、浪速の復権を賭けた闘争が狼煙《のろし》を上げる。

だがとりあえず四月中旬、彦根と天馬に降された特命を終え、連休明け以後の旗揚げとしたため、浪速ではしばし小康状態が続いたのだった。

20章　ワクチン狂騒曲

二〇二一年四月　東京・霞が関・首相官邸

彦根と天馬は菊間総合病院で病理診断業務を終え、ウイルスの変異株について紙片に整理した変異株の一覧を見ながら、鳩村に最新の知見を教わっていた。

「英国型（α株）、南アフリカ型（β株）、ブラジル型（γ株）、インド型（δ株）の四種はVOCと呼ばれる危険な変異タイプで、他にもVOIというのがあるんです。英国型変異株は二十三ヵ所の変異と十七ヵ所のアミノ酸変異があり、S蛋白は八ヵ所の変異があります。コロナに長期感染した免疫不全患者の体内のウイルスは、免疫逃避と選択圧進化で感染増強します。特に要注意なのはインド型変異［L452R］は「HLA-A24」という日本人の六割が持つ白血球抗原が作る、免疫細胞の認識から逃れる可能性があるということです。抗体が認識する抗原部分を変化させる免疫逃避で選択圧で変異型が蔓延しイタチごっこになります。発展途上国での流行が変異型の発生母地になるので、ワクチン配布は全世界的にやらないとダメなんです。ましてワクチン後進国、日本での五輪実施など論外です。変異株の一大交流市になってしまい、五輪発で世界に多種多様な変異株がばらまかれかねません」

「喜国さんが提唱した『レッセ・フェール』の集団免疫戦略は失敗だ。人口二百二十万のブラジルのマナウスで人口の七六％が感染し、二〇二〇年十一月『コロナ集団免疫の街』と認識されたが今年一月に変異株で感染爆発が起こり第二次ロックダウンになった。住民の大多数が感染したのに流行を防げなかった『マナウスの悲劇』だ」

彦根の言葉に、鳩村がうなずく。

「個人免疫が半年で減弱したか、免疫逃避型の変異株が流行したか、の二つの可能性があります。南ア変異株は従来株に感染したヒトの半数以上の血清が中和できない、つまり再感染の可能性があり、ウイルス自体の進化の結果なのかもしれません」

「免疫逃避型変異株は別種のように振る舞うから、ワクチン集団免疫戦略も破綻する。随時ワクチンのアップデートが必要だね。発展途上国への支援は必須だろう」

「因みに英国のワクチンプログラムは、集団免疫は目指さずワクチン接種をしても生活制御は続け、健康な若年者の重症化を防ぎ社会流行の抑制をめざすことを目的にしています。問題はワクチンが無症状者からの感染を止められるかどうか、不明な点です。変異株は従来株より重症化率が三割も高いと言われていますから」

彦根と鳩村の議論を聞いていた天馬が、ぼそりと言った。

「変異株ってほんとに英国やインドから入ってきたんですか。日本の検疫システムの不備で感染経路が追えていませんが、それにしてもいきなり広がりすぎです」

「つまり日本国内で独自に変異を遂げた、日本型だと言いたいのかい」

彦根の言葉に天馬はうなずく。しばらく考え込んだ鳩村が、言う。

「天馬先生の仮説は、正しい可能性があります」

それでは検疫強化で変異株の蔓延は防げないことになり絶望的だ。ここに冷泉か別宮がいたら、気が晴れることを言ってくれたかもしれない。だが冷泉はサバティカルが終わり崇徳大に戻った。別宮も終田の担当で桜宮から離れられなかった。

三人は同じことを考えていたらしく、変異株のリストを眺めながら天馬が言った。

「ここにハコがいたら、ウイルスの名前に土地名をつけるのはおかしいと言っていたのに変異株は地域名を冠するなんて、ＷＨＯは一貫してませんとか言いそうですね」

「そのことをＷＨＯ上席研究員のパトリシアに皮肉ったら、ムキになって反論していたから、近いうちに是正されるかもしれないよ」と彦根はにっと笑う。

「どのみち、国内で感染予防を徹底するシステムを確立するしかないんです。その変異株が外国から来ようが国内で発生したものだろうが、やることは一緒ですから」

鳩村の清々しい言葉に、彦根も天馬も勇気づけられた。

年明け、白鳥技官に東京駅に呼び出されて以後、彦根と天馬は多忙を極めた。四月中旬の特命に対応するには、四月上旬に白虎党の始末をつけなければならない。

だが天馬の表情は明るい。ガーデン新大統領が、トランペット前大統領が推進した有色人種差別を厳しく罰する、ヘイトクライム法案を通そうとしていたからだ。

「エマがメールをくれました。NYの雰囲気も変わったようで、大喜びしてます」

天馬の話を聞いた彦根は、別宮と冷泉がいなくてよかったな、と心中で思った。

二人が鳩村の許を辞し菊間総合病院に戻ると、三つ編みの女性が部屋にやってきた。

別宮の協力者、菊間総合病院の事務員の朝比奈春菜《はるな》だ。

「友人が面白い情報を送ってきたので別宮さんに伝えてください。白虎党の都構想の住民投票の否決に力を貸してくれたお礼です、と『佐保』からの伝言です」

浪速白虎党の子泣き爺・皿井市長の、公用車私的流用疑惑に関するものだった。

「テレビで喋る皿井市長を見て、市役所の職員が『皿井市長は公用車でホテルに行き、サウナで寛いでいる』とツイッターで呟いたのを見て、『佐保』が公用車の使用記録を調べてみよう、と思いつき資料請求したら、着任して二年近くの膨大な公用車使用記録が届けられ、公用車でホテルに通っている様が記録され公務時間内のケースまであったそうです。明日、ネットにアップするのでご自由にどうぞ、とのことです」

「別宮さんは喜ぶし、村雨さんの梁山泊の追い風にもなります」と彦根は感謝した。

翌日、その記事は「佐保」のサイトにアップされた。

そして同時に「地方紙ゲリラ連合」を通じて全国に配信された。こうして「情報開示クラスタ」と「地方紙ゲリラ連合」の共闘は実を結んだのだった。

*

「私はワクチンのロジ担、令和の運び屋です」と威勢良くぶち上げたものの、豪間太郎ワクチン大臣の「任務」は完全に目詰まりしていた。全ては肝心のワクチン供給の目処が立っていないことが原因だ。ワクチン接種率は、主要先進三十七ヵ国が加盟するOECD（経済協力開発機構）では六割超えのイスラエル、四割の英国、三割の米国どころか、インドネシアの三パーセントにも遠く及ばず、一パーセントとぶっちぎりのドンケツだ。政府はワクチン接種を安易に考えていたが、何日に何人分のワクチンが届くかわからなければ、人員確保はできない。期日までに接種せよとの指令に、行政機関があたふた対応するとワクチンは届かず延期になる。だがテレビニュースは東京の端っこの市区にいち早く届いたワクチンの接種会場の様子を延々と流し、ワクチン供給がうまくいっているという印象操作に余念がない。

予約受け付けが始まると申し込みが殺到し電話はつながらず、ネットのシステムはダウンした。混乱は、ワクチン不足と、三系統ある国のシステムの相乗効果だ。

そのうち厚労省管轄の二系統が混乱の元凶だ。保健所の集計は手書きのFAXベースで集計ミスや数字誤読が相次ぎスピード、クオリティが低く、厚労省は保健所・自治体が使う陽性者数把握システム「HER-SYS」を開発した。だが入力項目が百二十もあり煩雑なので自治体・病院用に「V-SYS」を開発した。すると各自治体の予防接種台帳では実態把握に時間が掛かりすぎると考えた豪間ワクチン大臣の号令一下、内閣官房がワクチン接種予約システム「VRS」を開発した。かくしてワクチン接種情報は一元管理できず、地域毎のワクチン供給体制構築は不可能になった。

そこに見切り発車でワクチン接種を始めたものだから現場はガタガタになった。鼎立《ていりつ》システムは「粗悪なシステムの押し売り」で全国からコールセンターへ問い合わせ電話が殺到するがつながらず、コールセンターも詳細を把握していない。大混乱の中、豪間大臣は「ワクチンは必要数を確保できるが、いつまでに接種が完了するかは自治体次第だ」と責任転嫁の発言をし、各自治体から怨嗟《えんさ》の声が上がる。豪間はワクチン供給スケジュールを気軽に変更しその都度、現場は練り上げた接種計画を一から組み直し、感染者の激増で混乱した現場は一層、疲弊した。それはまさにロジ担の失策で、戦争なら敗戦を決定づけるものだ。そこに「第3波」と「第4波」が襲い、感染者数が激増し、保健所業務は膨れあがった。

厚労省のデジタル失策は、他にもある。前年六月に運用を開始した接触確認アプリ「タピオカ」は初日に不具合が生じ運用を停止した。七月頭に修正したが再び不具合が見つかり修正版を提供した。

だが「タピオカ」利用者の三割の八百万人が、陽性者と濃厚接触しても「接触なし」と表示される不具合が四ヵ月間も放置されていた。原因は委託企業が多く責任の所在が曖昧なためとされた。原因を調査した厚労省は「どの企業の作業がどう影響したのかわからない」と結論づけた。原因がわからずに委託先を変えても混乱が収まるはずはないのに政府は四月、委託先を切り替え新規委託先を六社から七社に増やした。

こうしてこのアプリは、本家の「タピオカ」同様、社会から忽然《こつぜん》と姿を消した。

「イクラ」連中は「ワクチン接種」を激推しし、ワクチンに否定的な記事を攻撃し記事を削除させた。だが見出しは残り「404 not found」というメッセージが見られるだけで修正はされない。「ワクチン推進派」の賞賛を追い風に豪間は心地よく発言した。「ブロック太郎」は批判的な相手は即座にブロックしたがその姿勢は政治家失格だ。そんな豪間は、厚労省の変人官僚、白鳥技官を高く評価し、ボンクラ三流省庁はこんな優秀な人材を冷遇していたのかと考えた。

事実、白鳥技官が裏でこそこそ動くと、二日後には豪間のネタになった。

中でも厚労省老健局の深夜宴会とクラスター発生という大スクープは凄かった。

これを聞いた豪間大臣は、さすがに薄気味悪そうな顔で白鳥を見た。

「自分の職場をこんなあからさまに攻撃していいのか?」

「聖域なき構造改革を目指す豪間さんにしては、お優しい発言ですね。僕の原則は、『ダメなものはどんな所でもどんな人でもダメ』です。これは不当な誹謗じゃなくて、正当な内部告発でしょ」と白鳥技官はキョトンとした顔で言った。

「うん、その通りだ。貴君がよければ、私も容赦はしないぞ。よし、ゴーしよう」

豪間は直ちに子飼いの記者に一報し、そのニュースは紙面の一面を飾った。

【速報】厚労省職員がコロナ陽性、深夜の宴会部署：四月七日（水）東京・銀座で深夜まで二十三人の大人数で送別会を開いた厚労省老健局の職員が新型コロナウイルスに感染していた。他にも感染確認された職員がいるということである。

【続報】厚労省、深夜宴会参加者が感染し、飲食店へ謝罪：四月九日（金）二十三人で深夜まで宴会を開いた厚労省老健局で、職員六人のコロナ感染が確認された。午後九時に終われず大人数で宴会をしたことに、会場の飲食店主は申し訳ないと謝罪を受けた、とのことである。厚労省は「宴会との関連は不明」としている。

【続々報】厚労省送別会部局 感染者十七人 クラスター発生の可能性：四月十五日（木）三月に厚労省職員二十人余りが送別会を開いた問題で新たに二人の感染が確認された。同部局では十七人の感染が確認され、厚労省はクラスターが発生したと見て、出勤者を三割に抑えている。今回新たに感染が発覚した二人の職員が会食に参加していたかどうか、厚労省担当者は「現在、詳細をとりまとめ中」としている。

この一撃でケルベロスの三ツ頭のひとつ「病院大臣」は脱落し、白鳥はますます豪間大臣のお気に入りになった。今日も白鳥は、鵜飼府知事の悪口を滔々と述べた。すっかりメッキが剝がれ、今はナニワの医療崩壊の下手人とされ、夜の街のお姉さんたちから総スカンを食らっているという情報は、豪間を喜ばせた。

次の首相は自分だと信じて疑わない豪間にとって、次の首相候補ナンバーワンと持ち上げられる鵜飼は、小日向美湖・東京都知事と並んで目障りな存在だったのだ。

「野郎は生意気だから、シメちまいましょうぜ」という白鳥のセリフが心地よい。

「ところで大臣、例の件は進展がありましたか」

「ああ、バッチリだ。酸ヶ湯首相は大乗り気だ。そっちの手配は大丈夫だろうな」

「それは保証できませんよ。でもどっちに転んでも、それなりに形がつくようにしますからご心配なく。それより僕のお願いは叶えてもらえるんでしょうね」

「シュア、だ。私にとって、貴君の願い事などチープすぎて涙が出るよ」

「よ、さすが太っ腹大臣、ネクスト首相候補ナンバーワン！」

白鳥のあからさまなヨイショに、豪間はまんざらでもなさそうな顔になった。

「大臣、もうひとつのお願いはいかがなもんでげしょう。ほら、ワクチン接種後の死亡事例の検討の件ですよ」ともみ手をする白鳥は、悪代官にすり寄る越後屋のようだ。

「ああ、あれも一応ワクチン大臣の業務範囲だから、厚労省に命令しておいたぞ」

豪間は机の上をかき回し、「新型コロナワクチン接種後の死亡として報告された事例の概要」と記された書類の束を白鳥に手渡す。冊子をぱらりと眺めて白鳥は言う。

「ワクチン接種が始まった二月から四月までの死亡例は19例が報告されていますが、全例『ワクチンと症状名の因果関係が評価できないもの』ですね」

「つまりワクチンは安全だ、ということなんだろう。結構ではないか」

すると白鳥は人差し指を立て、左右に振りながら、「ちっちっち」と言う。そして『報告医が死因等の判断に至った検査』というページを開いて豪間大臣に見せる。

「全例が死因不明だからワクチンの安全性は保証されません。ここに基礎検査が記載されていますがこれもメチャメチャです。19例はCT：6例、死亡時画像診断：2例、MRI：1例とありますが、死亡時画像診断はAiで、死体を画像診断することです。賢明な大臣はご存じだと思いますが、CTもMRIもどちらも画像診断なんです」

「つまり『死亡時画像診断＝Ai』は6＋2＋1で計9例になるわけだな」

白鳥はヒュー、と口笛を吹こうとしたが、ふう、という吐息にしかならなかった。

「その通りです。厚労省は解剖以外は絶対認めないと言い張ってきたので、解剖の2例以外は死因究明されておらず、解剖をした2例もワクチンと死因の因果関係は不明、つまりワクチンと死亡は無関係とはいえない、というのが本当の結論です」

「死因究明ではA・iとやらが9例と解剖よりずっと多いから、医療現場ではA・iを死因究明の基本的な検査にした方がいいに決まっている、というわけか」

白鳥は手を叩き、「ふう、ふう」と、できそこないの口笛を吹きながら、言う。

「ブラボー！　聡明《そうめい》な豪間大臣にお仕えできて、僕は嬉しいです」

白鳥の大袈裟な賞賛を聞いて、豪間大臣は照れ笑いを浮かべた。

＊

翌日、酸ヶ湯首相は、二泊四日の日程で米国を電撃訪問し、ガーデン大統領と日米首脳会議を行なうと発表した。だがこれは大不評だった。

「のこのこ外遊している場合か」という攻撃は、紋切り型なので気にならなかったが、「帰国後の隔離期間で、補選の敗戦をごまかすつもりだな」は肺腑《はいふ》を抉《えぐ》られた。

「ワクチンの優先接種を受けたくて米国に行くのはズルいです」というコメントには脱力した。俺は総理大臣だ、ワクチンの優先接種をする言い訳のネタなんて、いくらでもひねり出せるのだ、と思ったが、反論の機会はなかった。

挙げ句の果てに出発前日の四月十五日夕、爆弾発言があった。

「コロナ蔓延の場合は五輪中止もやむを得ない。それは当たり前です」と、テレビの対談番組に出演した煮貝幹事長が、キャスターの質問に歯切れよく断言したのだ。

それは煮貝お得意のブラフだったが、五輪忌避の空気が充満しているところに上げた観測気球は、ヒンデンブルク号よろしく爆発、炎上し、五輪号の墜落を予感させた。

酸ヶ湯は暗澹たる気持ちで、夕闇迫る羽田《はねだ》空港に駐機した政府専用機のタラップを上った。彼の搭乗姿を収めたカメラが撤収すると、同乗する太鼓持ち記者たちと内閣府や関連省庁の役人がわらわらと乗り込んだ。

最後にスカイブルーの背広を着た派手ないでたちの官僚と、緑のジャケットでヘッドホンをした銀縁眼鏡の医系技官風の男性、オレンジのウインドブレーカーにジーンズの軽装で、遠くをぼんやり見ているような茫洋とした青年という、三色《トリコロール》トリオが乗り込んだ。夜の帳《とばり》が降りる中、不穏なメンバーを乗せた首相専用機は、ワシントンに向けて離陸したのだった。

酸ヶ湯が政府専用機を使うのは、二度目だった。特別仕様の機内には総理居室に加え事務作業室、会議室の他、同行記者等の座席も用意されている。

一号機には酸ヶ湯首相と精鋭スタッフ、お気に入りの報道記者たちが乗った。

普通、首相外遊に同行するのは記者の勲章だ。機内の懇親会に参加することで記者も格が上がり、閉鎖空間で長時間一緒に過ごせば、親しさも増す。

訪米が決まると酸ヶ湯は「ガーデンは英首相より俺との会談を優先させた。俺はガーデンと世界の中心になる」とはしゃいだ。事前折衝で首脳会談の「特別感」を出す「演出」に腐心し、会談に先立ち訪米した局長に「とにかく見せ場を作れ」と命じた。トランペット前大統領と安保前首相のゴルフ、スプラッシュ元大統領と大泉元首相のキャッチボールのような、派手なパフォーマンスを最優先で求めたのだ。

だが成立したのは大統領との短時間の二人きりの「テタテ」会談だけだった。それはホワイトハウスの意向だった。高齢のガーデン大統領はコロナ感染を怖れていたから酸ヶ湯の申し出も、ZOOM会談でいいではないか、と考えていた節がある。

その時、ポン、とチャイムが鳴り、シートベルトを外す許可が出た。客室乗務員が「支度が整いました」と告げた。これから会議室で食事会を兼ねた記者懇談会で同行記者にサービスだ。前回はそうした配慮を忘れたせいか、会議の時にマイクの付け方を間違えたというささいなミスが取り上げられた。記者の中には安保前首相に忠誠を誓う輩も残っていたので、前任者の意向を忖度した嫌がらせだったのかもしれない。

酸ヶ湯はたちまち首相付けの記者を手懐けたが、そんな努力も無駄になりつつある。いくら記者たちが持ち上げようとしても、世間の空気が冷ややかだったからだ。

会議室には立食形式の軽食が用意され記者が五名、スタッフが七名、食事を始める。

『酸ヶ湯総理は四月十五日に羽田を出発、ワシントンD．C．にて同日、米合衆国ガーデン大統領にとって初となる首脳会談を対面で実施します。会談では日米同盟の強化を確認し、強固な日米関係を広く世界に発信する機会になります』

酸ヶ湯は配布文書から目を逸らす。予定はスカスカだ。記者懇談会も盛り上がらない。弾丸ツアーのメイン行事は首脳会談だけで、記者会見しか記事になりそうになく、酸ヶ湯の長男の不祥事もあり腫れ物に触るようだった。

すると静かな湖面にいきなり、大岩のようなひと言が投げ込まれた。

「酸ヶ湯さんは本気でファイザーがワクチンをくれるなんて思ってないですよね？」

スカイブルーの背広を着た人物の、突然の発言に場の空気が凍り付く。

「ば、バカな。いきなり何を言うんだ」と酸ヶ湯は、思わず大声を出す。記者たちが、互いの肚を探り合うように視線を交わす。とっておきの秘策を達成し、帰りの機内で褒めそやされる目論見だったのに、事前に漏らされたら驚きが半減してしまう。

「記者懇談会は到着前にもう一度開催しますので、それまでお休みください」

気を利かせた泉谷首相補佐官が言うと、記者たちは退室する。今の話は特ダネには違いないが、うまくいけば記者会見で発表され、テレビで報道されるので、のこのこ米国についていく記者にとって価値はない。そのせいか解散後、酸ヶ湯首相に食いついて質問する記者はいなかった。記者達が姿を消すと、酸ヶ湯首相と泉谷補佐官、過激な発言をした人物を入れた三色服のトリコロール・トリオが残った。

酸ヶ湯は顔を灼熱《しゃくねつ》の鋼のように真っ赤にして、白鳥を怒鳴りつける。

「さっきの発言はどういうことかね。ああしたことをできると豪間君が推薦したから、専用機に乗せてやったのだ。できないのであれば、今すぐこの機を降りなさい」

「そんなに怒らないでくださいよ。そもそもこんなことになったのも、泉谷補佐官のお気に入りがドジして契約を詰めなかったせいなんですから。でも帰国した時に僕を連れていってよかった、と思える程度の工作はします。それよか今は、ガーデン大統領との首脳会談に集中した方がいいと思うんですけど」

「わかっておる」とぶっきらぼうに応じた酸ヶ湯は、隣の泉谷補佐官が、ばつが悪そうに黙り込んでしまったので、それ以上何も言えなくなった。

「向こうに着いたらすぐ首脳会談だ。私は休ませてもらう」

「どうぞどうぞ。それよりお願いしておいたことは、手配してくれてますよね？」

「スタッフが対応している。現地で確認したまえ」

「アイアイ・サー」と言って白鳥は敬礼した。

六時間後、機内の灯りが点き酸ヶ湯は目を覚ます。その後は早朝懇談会で精力的に喋った。事前のロジは不充分だが俺の力でひっくり返してみせる、という根拠のない自信があふれてきた。白鳥率いる三色トリオがいなかったことも気分をよくさせた。

彼らは後方の席で何事か熱心に相談していた。その時、ぽん、とアラームが鳴って

「当機は着陸態勢に入ります」というアナウンスと共に機体は徐々に降下を始めた。

日米首脳会談は幻滅だった。見せ場の「テタテ」は二十分程度で、通訳時間を加味すると実質十分しかなく、自己紹介だけで終わった。広いテーブルにぽつんと置かれたハンバーガーは、寒々しく食べる気にならなかった。だが酸ヶ湯は、会話が盛り上がり食事をするヒマがなかった、と負け惜しみを言った。

ガーデン大統領は台湾認定を共同声明に盛り込んだ。そのことを事前交渉で通告され酸ヶ湯は安保前首相に相談した。煮貝幹事長は親中派だから、台湾明記は気に入らない。だから意趣返しで訪米前に「五輪中止の可能性」に言及したのだ。

酸ヶ湯は日米首脳共同記者会見で重大なミスを重ねた。東京五輪については従来からの表現である「人類が新型コロナウイルスに打ち勝った証し」は使わなかった。

酸ヶ湯は、米大統領の五輪出席の確約取り付けに失敗し、共同記者会見では外国メディアの記者からド直球の質問を食らってパニックになった。

「衛生の専門家が準備できていないと指摘する中での五輪開催は無責任ではないか」

日本ではありえない質問だったので回答はスルーしたが、その手法は日本では通用しても、ガーデン新大統領が世界初で対応した首脳会談という、世界のメディアが注目する大舞台では大失敗だった。

三ヵ月後に全世界からゲストを招くつもりなら、五輪招致の際に安保前首相が大見得を切って「原発事故の汚染水はアンダーコントロールにある」と無責任にブチ上げたように、たとえ嘘でも「問題ありません」と断言すべきだった。

酸ヶ湯の対応に一瞬、驚愕の表情を浮かべたガーデン大統領は次の瞬間、微笑した。これで五輪出席を確約しなかったことを米国民も容認する、と確信したからだ。

酸ヶ湯をさらに打撃が襲う。ワクチン供給の最大手、ファイザー製薬のCEOとの面談を拒否されたのだ。一国の首脳の要請にNYからワシントンまでの短距離の足労すらせず、粘った末に電話会談がやっと、しかもワクチン確保の口約束は取れない。

口の悪いネット民は、日米首脳会談は製薬会社への電話を国内通話で浮かせるため行なわれた、と嘲笑した。反論できなかったのは、おっしゃる通りだったからだ。

これが意に染まぬ官僚を排斥し続けた「安保＝酸ヶ湯長期政権」下で、生き残った茶坊主官僚の実力だった。加えて酸ヶ湯の無知さもあった。ビオンテック社の社長はトルコ移民のドイツ人で、レイシストのトランペット前大統領を嫌悪していた。

そして酸ヶ湯はトランペットの子分、安保前首相の忠犬と見做されていた。

これではファイザーのCEOに冷たくあしらわれたとしても、やむを得ない。

意気消沈した酸ヶ湯一行が帰国機に乗り込むと、別行動の青・緑・橙の服を着た三色トリオが機内に飛び込んできた。酸ヶ湯は「でかい口を利いたくせにできなかったではないか」と詰った。疲れ切った様子の白鳥は、両手を合わせ頭を下げた。

「ごめんね、スカちゃん。委任されたのは渡米直前で、ろくに根回しができなかったんです。でもご安心を。スカちゃんはレスキューできなかったけど日本は救えました」

真意が理解できず、更に問い詰めようとした時、着座を促す放送が流れた。

帰りの機内は通夜のように静まり返っていた。記者懇談会も「質問スルー」に関してはタブーだったので盛り上がらないこと甚だしい。実はあの質疑応答には同行記者たちも傷ついていた。全世界の嘲笑が、自分たちにも向けられているということは、飼い慣らされていた彼らも、さすがに肌で感じていた。

別行動の三色トリオ《トリコロール》は座席で泥のように眠り、記者懇談会にも顔を出さなかった。

日米首脳会談の空疎な成果を乗せ、二機の政府専用機は一路、日本を目指した。

帰国後、全国民接種対象者一億一千万人分のワクチンを、九月末までに追加調達できるめどが立ったとアピールしたが、国会で野党議員から質問された正直者の厚労相は「合意書を交わしたわけではなく、詳細は申し上げられない」と、本音で答弁してしまう。その発言を裏付けるように、ファイザー社のCEOはツイッターで酸ヶ湯首相との電話協議は認めたが、ワクチン供給を約束したことはきっぱり否定した。

酸ヶ湯はその場凌ぎで、嘘をつく度胸もないクセに結果的に国民と世界に大嘘をつくという、身の丈に合わないことをしでかしてしまったのだった。

大量のワクチンと一緒に凱旋帰国し、一躍スターになるという目論見が打ち砕かれた酸ヶ湯が気息奄々《きそくえんえん》で羽田空港に降り立つと、休む間もなく、凶報が届いた。

週末の衆議院議員三補選の世論調査の結果が芳しくないとの一報が入ったのだ。北海道は大臣室で業者から現金を受け取るという、前代未聞の汚職議員の辞職後なので、候補者を立てられず不戦敗。長野は野党有力議員がコロナ死した弔い合戦で勝てる見込みはない。広島は安保前首相が自分を批判する有力議員を落選させるため通常の十倍の選挙費用を出した落下傘候補が買収で逮捕され、議員辞職をした後だ。しかも党本部が出した一億五千万円という法外な選挙資金は当時の幹部の安保前首相、酸ヶ湯官房長官、煮貝幹事長の三役が決定し、原資は税金だ。

酸ヶ湯は、煮貝詣でに出掛けた。煮貝はなぜかご機嫌だった。

「安保君とよりを戻したから酸ヶ湯君は、儂なんぞお見限りかと思っておったが」

「とんでもありません。私など、煮貝先生のご加護がなければこの座にいられません」

「口ではどうとも言えるわな。まあ、いい。さすがに三連敗はダメージが大きいが、手は打ってある。小日向君に緊急事態宣言発出要請を出すことを言い含めておいた」

「東京に緊急事態宣言を、ですか？　それは無理筋というものではないでしょうか。東京都はステージ3、都の医療は逼迫していませんし、緊急事態宣言発令の要件すら満たしておりません。私は渡米前の国会で『全国的なうねりになっていない』と発言したので、帰国した途端百八十度方針を転換するのは、いかがなものかと……」

「儂には小難しい理屈はわからんが今、東京の緊急事態宣言は、これしかない一手だ。君のように屁理屈をこねない分、小日向君は有能だ。東京都に緊急事態宣言発出をお願いしたらどうかと言ったら、八時以降、ネオンサインを消すようにとの過大な要求も一緒に出しますと、打てば響くようだった。あの反射神経は君も見習った方がいい」

　酸ヶ湯は唇を噛んだ。

「緊急事態宣言の発出は二十三日の夕方にするといい」と煮貝は付け加えた。

「なぜですか」と酸ヶ湯が訊ねると、煮貝は深々と吐息をついた。

「金曜の夜に緊急事態宣言を発出したら、土日は大騒ぎになる。メディアは、緊急事態宣言であたふたする街の様子を垂れ流し、宣言を無視して飲んだくれる若者を非難する。月曜日の朝に惨敗ニュースがテレビに溢れかえるのを防げるだろうて。酸ヶ湯君は小日向君を毛嫌いしているが、その見識は改めたまえ。今は未曾有の国難の時、過去の確執を水に流す大度量がなければ、難局は乗り切れんぞ」

　煮貝は酸ヶ湯の目をじっと見つめて言った。

　酸ヶ湯は平伏し、後ずさりしながら幹事長室を退出した。だが彼の胸中には、投票結果は、どう転ぶかまだわからない、という反発があった。

そうした甘い予断にすがりついてしまうところが、三流政治家の証だった。

結局、週末の衆院補選三連戦は大方の予想通り、自保党の三連敗に終わった。だが月曜朝のワイドショーは緊急事態宣言とコロナウイルスの蔓延状況の報道に終始し、自保党三連敗にあまり触れなかった。見事な目眩ましだった。酸ヶ湯はぞっとした。

煮貝は、国民生活をあえて混乱させることで、自保党の敗戦を覆い隠したのだ。

酸ヶ湯首相はワクチン供給に関し裏付けなきブラフを発信し続け、七月に必要量の供給を終えると豪語した。これは三千六百万人の高齢者と医療従事者四百万人のことで一般市民は含まれない。そんな中、若年層の重症化症例が増え始めた。すると酸ヶ湯のワクチン接種計画の前提は根底から崩れてしまう。だが方向転換はできない。

緊急事態宣言を五月十一日までと区切ったのはIOCのバッカ会長が五月十七日にヒロシマの聖火リレーを見学に来て、東京でメッセージを発するためだった。

そこは小日向君もわかっている、と煮貝に言われ酸ヶ湯はほっとした。だが肝心の東京都からの、実施に向けた情報発信は途絶えていた。酸ヶ湯は泥川五輪相に「都が発信しないのは無責任だ」と言わせたが、ヒステリックな調子になった。

美湖は、そんな要望に応じるつもりなどさらさらなかった。酸ヶ湯のパペット如きに云々されるほど甘くない。そんな中、組織委員会が看護協会に五百人の看護師派遣を要請したと野党系新聞が報じ、「そんな仕事はしたくない」という現場の看護師の声をスポーツ紙が報じた。ＩＯＣは五輪関係者七万人に毎日ＰＣＲ検査を要求した。感染症対策の世界標準だったが日本のＰＣＲ検査能力は一日七万件で、人口あたりの検査実績は世界二百ヵ国中で百四十五位とアフリカの最貧国レベルだった。

四月半ば、首相官邸は特設ホームページで都道府県別の「医療従事者等」と「高齢者」の接種状況を公表した。一回接種を終えた医療従事者は百二十万人で二五パーセント。高齢者接種は四月十八日時点で九県でゼロ。全国七十四自治体で五月に接種が始まったのは十三市区。それは一年前の愚策「アボノマスク」と似た経過だった。

焦った酸ヶ湯は子飼いの保地総務大臣に全国自治体の担当者宛てに督促メールを発信させた。七月末の高齢者接種完了は不可能という回答を自治体の六割から得ると、「とにかく何とかしろ」と厳命した。保地総務大臣にできることは自治体の担当者を叱咤《しった》激励し「ガッツと熱意でなんとかして」と懇願するだけ。高齢者にはネット予約はハードルが高く、電話してもつながらず、直接役場に出向けば予約できないと追い返される。ワクチンがないのに予約は殺到し、システムはダウンし担当部署はクレーム対応に忙殺され、総務省のポチ大臣の邪魔臭いメールが届くという地獄絵図だ。

四月二十五日、全世界のワクチン接種は累計十億回を突破したが、日本では累計二百七十万回に止まった。惰眠を貪った日本が後進国になっていたことが、ワクチン行政の遅滞で明白になった。

湧き上がる五輪中止論に「五輪開催の決定権はＩＯＣにある。できることをやり対応するのが政府だ」と答えた酸ヶ湯政権に異論をつきつけたのが日本医師会の川中会長だ。彼は感染拡大の理由に新規感染者数が増加中に二回目の緊急事態宣言が解除されたことを挙げ、宣言解除は陽性者減少や病床使用率改善達成の「成果型」にすべきとした。「医学的根拠に基づく医療」（エビデンス・ベイスト・メディスン＝ＥＢＭ）なら当然の提言だ。二回目の緊急事態宣言解除でリバウンドを招いたので、新規感染者が百人以下を解除の目安にすべきとした。医学的に妥当な建言だったが、酸ヶ湯首相には飲めないことばかりだった。そこで「医師会の判断ミスがこの事態を招いた」とネットのコメント欄に偏向意見を掲載させるべく、久々にネトウヨのネット投稿団パンサーズを動員した。だが彼らのパワーも落ち、以前ほどの影響力はなかった。

政府、東京都、ＩＯＣの三者のリモート会談で、観客数の上限を決める予定だったが四月から六月に延期された。ここへ来て政府はワクチン接種でアスリートを優先すると言い出した。さらに看護師五百人、医師三百人、指定病院三十ヵ所の確保を要請し反発を食らう。五輪中止をやんわり意見していた国民は、もはやそれでは生ぬるい、と悟った。ネットのコメント欄に、政府とＩＯＣを非難するコメントが溢れた。

テレビの情報番組に出演した泥川五輪相の応対も酷かった。

「五輪開催と感染対策、どちらが優先事項と考えていますか」とキャスターに問われ、泥川五輪相はアナウンサー上がりらしい滑らかな口調で答えた。

「感染対策について一番の現場は東京都。その東京都はまさに五輪の主催者でありますので、どのような大会を実施すれば実際に医療の現場を預かる東京都として、どのような負荷が医療にかかるのかというのは一番よくご存じだと思います」

キャスターが彼女自身の認識を再度問いただすと、にこやかにはぐらかす。

「私も組織委員会が観客の規模に応じ、どの程度の医療が必要か精査しています。観客の規模を決めるのは少し先ですが、それに応じ必要な医療も変わると思います」

その発言は頭と尻尾をつなげた輪になっていて、中身は空っぽだ。

「ＩＯＣのバッカ会長が、緊急事態宣言発出と五輪開催は無関係だと発言しましたが、それについては同じ認識ですか」という質問には明言を避けた。

「主催者としての考えは主催者としての考えであろうと思います。ただＩＯＣと東京都が話をした上で、ＩＯＣ会長がそう言ったかどうかは申し上げられません」

何を言いたいのか、全く意味不明だった。

五輪開催が近づくにつれ、様々な問題が明白になっていく。小中学校のスポーツ大会を自粛させながら、国際的な大規模運動会を実施するという支離滅裂な論理に、従順だった市民も本気で怒り始めた。

21章　奇跡の病院、崩壊す

二〇二一年五月　桜宮・東城大学病院・不定愁訴外来

その朝、俺は愚痴外来で、思い詰めた表情の如月・若月両師長の訪問を受けた。

「東城大の二つの名月」と呼ばれた二人は、コロナ対策の象徴的存在だ。

コロナ対策のヘッドクオーターの二人が、揃って俺を訪問するなど尋常ではない。来るべきものが来たか、と俺は覚悟をした。

「昨日の件ですね」と俺が言うと二人はうなずいた。

昨晩、東城大でコロナ感染者が十名発覚し、クラスター認定されたと報じられた。ネットニュースに「奇跡の病院、落城」という見出しが躍った。

院内感染は予期せぬ形で起こった。感染者を受け入れたオレンジ新棟や黎明棟ではなく、一般病棟の入院患者が発熱し、ＰＣＲ検査の結果は陽性だった。患者はＣＴ検査でも新型コロナ特有の所見はなかったので、虚を衝かれた形になった。

新型コロナの場合、無症候性の感染者がいるため患者が感染しているかどうかがわからなくなった。この感染は周囲の患者、医師や看護師へと密やかに拡大していた。

そしてコロナの軽症患者受け入れのバックヤードの黎明棟を直撃した。

普段は物静かな若月師長が、淡々と言う。

「もともと、黎明棟の病床使用率は昨年十一月頃は落ち着いていて三割程度でした。でもその後徐々に増加し二月には五割を超え、今は七割です。ベッドは空いていますが、スタッフがいません。なので空床に患者を受け入れることは不可能です」

見かけの受け入れ病床というヤツか、と内心で呟く。如月師長が言う。

「黎明棟が機能しなくなれば、オレンジも機能不全になります。現場は限界です」

救命救急の虎、速水の愛弟子が言うのだから説得の余地はない。

「わかりました。では、高階学長のところへ行きましょう」と俺は立ち上がる。

俺は不定愁訴外来の居室を出て、外付けの階段を上った。二人の看護師は俺の後に続いた。アポなしの訪問にも、高階学長は驚いた表情は見せなかった。

俺たちにソファを勧め、俺たちの向かいに座り、「お話を伺いましょう」と言う。

高階学長が、この三人が揃ってやってきた理由を察していないはずがない。

「昨日のクラスター発生でオレンジからも一名の看護師の感染者が出ました。これまでなんとか、やりくりしてきましたけど、もう限界です。東城大のコロナ患者受け入れを停止してください」

如月師長の言葉を聞いた高階学長は、煙草《たばこ》を取り出すと、俺たちに許しを求めてから火を点けた。

久しぶりに学長が煙草を吸うのを見た気がする。学長の手はかすかに震えていた。

「これも職責なのでお許しを。東城大がコロナ患者受付を停止すると公表することは、日本中における影響がとても大きいのです。たとえば本棟のＩＣＵを全面停止し、オレンジに補充する、という判断をしても継続は無理でしょうか」

如月師長と若月師長は驚いたような表情で黙り込む。二人に代わって俺が言った。

「この状況で本当にそんなことができるとお考えなのですか」

本棟のＩＣＵのスタッフをオレンジに投入するということは本棟のＩＣＵを閉鎖するということで、すなわち通常手術を停止することになる。それは、東城大の通常の医療機能を全停止するという判断に等しかった。高階学長は、ふっと微笑を浮かべた。

「私としたことが、うろたえたようです。そんな選択、できるはずありませんよね。すみません、今言ったことは忘れてください」

それから目を閉じて、深く紫煙を吸い込み、ゆっくりと吐きながら、言う。

「東城大がコロナ患者の受け入れを停止するというコメントを、本日正午に発表します。申し訳ありませんが現在入院中の患者が退院するまでは継続してください」

「もちろんそのつもりです。新規患者の受け入れを停止してくだされば、今の人員で現状維持できます。でも今回、私たちの心が折れたのはクラスターが発生したことに加え、看護協会から五輪に人員を出せないかと打診されたからです。中央は現場のことをわかっていないんだ、とわかりました。そんな中であたしたちが頑張るとむしろ医療現場の破壊につながってしまうのではないか、と若月師長とも相談しました。ですから看護協会からの要請も断ろうと思います。よろしいでしょうか」

「看護部門のことは決めていただいて結構です。因みに医師も同じような要請があったようですが医師会が峻拒《しゅんきょ》したようです。看護協会の上層部も相当苦悩されていると仄聞《そくぶん》しています」

「それなら上層部が打診を断ってくれればよかったのに」と如月師長が言った。

「おっしゃる通りかもしれません。ところで田口先生にはお伝えしていなかったのですが、実は本院も昨日から抗議の電話が殺到し回線がパンクして、三船事務長から悲鳴のような報告が来ています。このままでは特定機能病院としての機能が失われ、救急診療や予定手術を中止せざるを得ません。どうせ機能不全に追い込まれてしまうならいっそ、コロナ対応に専念したらどうか、などと考えてしまったのです」

電話が鳴り、高階学長は受話器を取り上げる。受話器の向こうから切迫した三船事務長の声が聞こえてきた。その背後で絶え間なく電話のベルが鳴り響き、「申し訳ありません」と謝罪する他のスタッフの声が重なって響いている。

病院でクラスターが発生しようものなら、恐怖のあまり市民を守る病院を責めるために電話することも市民は厭《いと》わない。高階学長は冷静な声で言う。

「わかりました。その方針で結構です。外部からの問い合わせの対応は大変でしょうが、よろしくお願いします。とりあえず病院の全機能を停止し対応に専念しましょう。正午に学長会見を開きますから準備してください。院内感染調査については、ここに新型コロナ対策本部長がお見えになっていますので相談の上、お知らせします」

受話器を置いた高階学長に、俺は驚いて言う。

「コロナ感染症に関するクレーム処理はシンコロ対策本部長である私の仕事なのでは」

「その通りですが、田口先生のように相手の訴えを懇切丁寧に聞いていたら、人格が崩壊してしまいます。これは故なきクレーム処理ですから、三船事務長の業務範囲内です。そういうわけで、正午までにコロナ患者をこれ以上広げないようにするため、シンコロ対策本部を設置し情報共有してください。ここからは田口先生に一任します」

「了解しました。直ちにシンコロタイホン（新型コロナ対策本部）を緊急招集します。とりあえず新たな感染者と濃厚接触者を割り出すため、全職員のＰＣＲ検査が必要です。とりあえず保健所に要請しますが、基礎部門の先生にＰＣＲ対応をお願いすることになるかもしれません」

「お任せします。しかし参りました。東城大全体をコロナ受け入れ専門病院にするというのは窮余の一策だと思ったのですが、田口先生の指摘で正気に返りました。それには多数の入院患者を外部に転院させなければなりません。そんなことは桜宮では不可能です。万策尽きましたよ」

　こんなに憔悴《しょうすい》した高階学長の姿は初めてだ。どんな時も余裕綽々《しゃくしゃく》で、へらへらしながら物事に対応してきた腹黒ダヌキの面影は、そこにはなかった。

　胸の奥から、強烈な想いが湧き上がってくる。

「高階先生が私をこき使わずにギブアップするなんて、らしくありません。これは東城大の危機である以上に桜宮の医療の危機です。東城大が倒れたらドミノ倒しで桜宮の医療は全壊します。どんなにボロボロになっても東城大は医療の砦を守り続けなければならないんです」

　高階学長は俺を見つめた。立ち上がると窓際に向かい、外の景色を眺めやった。

　新たに煙草に火を点け、紫煙を吸い込む。その手元はもう震えていない。

「田口先生ともあろう人が、大口を叩くようになったものです。先生如きに説教されなくても、そんなことはわかっています。そんなことを言うのなら十一時半までに、桜宮市民が安堵《あんど》できるような提案を取りまとめ、報告してください」

　ああ、またいつものパターンだ、と思ったが、いつもと違い悔いは微塵もない。

　俺は立ち上がると、高階学長の側に寄った。

「了解しました。しばしお待ちを」

　そう言って身を翻した俺の後を、二人の名月が付き従った。

午前十時。不定愁訴外来に戻ると別宮記者に連絡し、東城大学医学部付属病院でのクラスター発生、並びに院内対応に関する取材と、如月師長と若月師長の取材を依頼した。別宮記者からはすぐに返事がきた。ニュースを見て取材を申し入れようと考えていたところだったという。終田師匠を同行していいかと言うので、二人の師長の確認を取って了承した。続いて十時半に新型コロナウイルス感染対策委員会に招集を掛けた。ただしＺｏｏｍによるリモートなので問題はない。その間、シンコロタイホンで検討する書類を作成した。だが検討ではなく「通告」するつもりだった。

文書を作成していると携帯が鳴った。このクソ忙しい時に、と思ったが、通話者の名前を見て、あわてて電話に出る。とっておきの疫病神、白鳥技官からだ。

——ハロー、田口センセ、大変そうだね。

「ええ、病院中、大騒ぎです」

——だろうね。別宮さんには連絡した？

「一時間後にお見えになります」

——ふんふん、まあ第一関門は合格かな。でもって今は何してるの？

「三十分後に招集する、シンコロタイホンで検討する書類の作成中です」

こっちの事情を察してさっさと切れよ、という気持ちを込めて、気ぜわしく言う。

――グッドだねえ。で、「通告」のキモは？

思惑を見抜かれてぎょっとしたが、俺は平静を装って答える。

「本院の病棟を再編し対応にあたる専用のエリアを新設、ゾーニングを徹底し職員と入院患者全員にPCR検査を行ない、ウイルス・フリーのエリアを構築し直します」

――ブラボー！　これなら免許皆伝かな。僕からのアドバイスは何もないよ。さすが名村センセの愛弟子だけのことはあるね。

名村茫《ぼう》・蝦夷大学感染症研究所教授は黎明棟にコロナ病棟を立ち上げた時、懇切丁寧に感染防止対策をレクチャーしてくれた恩人だ。

「免許皆伝してくださり、ありがとうございます。もう電話を切ってもいいですか？」

白鳥技官にしては珍しく、あっさり「うん」と素直な答えが返ってきた。

――僕からプレゼントがあるけど当人から連絡させる。僕が言ったらズルだからね。あともうひとつ。珍しく参っていると思う高階センセに伝言して。高階センセが桜宮の医療をひとりで背負って立つ必要なんて、ないからね。「責任は取れません」と宣言すれば済む話さ。全力を尽くせばそれは「無責任」ではなくて「非責任」で、誠実な対応なんだから。

俺の返事を待たず、電話はぷつん、と切れた。「非責任」という聞き慣れない言葉について考えていると、また携帯が鳴った。今度は彦根だった。

——田口先生、大変そうですね。さっき白鳥さんから電話があって、たぶん東城大で大規模PCRをやることになるから協力してやれって言われました。僕だってそれくらい考えていたのに、頭ごなしに命令されちゃうと、なんだかむっとしますよね。

「まさか、ひょっとしてお前のところで大規模PCRをやってもらえるのか？」

——そのまさか、です。これはまだ内緒ですが、村雨さんが浪速で動くことになり、第一歩として浪速ワクセンを拠点に浪速の医療を立て直そうと考えています。当然、大規模PCR検査構想も包含していますが、現状は白虎党の『ナニワ・ガバナーズ』がいて、浪速の行政に食い込めません。大規模PCR検査をする体制だけあるので、東城大のためにちょろっと転用すれば、こちらもいい宣伝になって一石二鳥で。

目の前にいない彦根を抱きしめたくなった。たぶん目の前にいないから抱きしめたくなったのだろうけど。「通告書」を書きながら、まさに大量のPCR検査が可能なのか、そこだけが懸念材料だった。俺は彦根に最大級の感謝の気持ちを伝えて電話を切った。これで「通告書」は完璧だ。

俺は書類をシンコロタイホンのメンバーにメールした。意見があれば返信で、なければ賛同を、と書き十分以内に全委員から賛同を得た。これでZOOM遠隔委員会も必要がなくなった。メールで高階学長にシンコロタイホンの対応策を送った。

十一時、締め切り三十分前だ。トレビアン。

二週間、東城大医学部付属病院の医療行為を全停止し、ゾーニングを立て直し段階毎に再開していく包括的かつ漸進的な対応が骨子だ。

それが正解かどうかは、わからない。だがこんな風に目の前の問題を潰していき、強引でも独断で医療資源や人的資源を適宜、適切に投入していかないと間に合わない。先は読めないが、医療のニーズがある限り、立ち向かわなければならない。逃げることは許されない。できる範囲で地域医療への貢献を続けなくてはならない。

だが誰のために？　そして何のために？

病院に殺到している抗議電話の対応に忙殺されている三船事務長の姿を思い浮かべた俺は、その問いに対する答えを見つけることができなかった。

十一時ジャストに不定愁訴外来にやってきた別宮記者は、俺の通告書、もとい、東城大シンコロタイホン対策案を記事にしたいと申し出た。二つ返事で了解した。

その後、二人の名月の話を聞いて、別宮記者は泣き出してしまった。

「お二人のお話を聞いたら、本当にギリギリで踏ん張ってくださっていたことが身に染みて涙が止まりません。でもあたしが泣いたらダメですね。『地方紙ゲリラ連合』のネット記事にアップして、お二人の想いを、必ず日本中に届けます」

隣ではいつもは饒舌《じょうぜつ》な終田師匠が、黙って二人の看護師を見つめていた。

翌日、時風新報一面に「『奇跡の病院』を壊したのは誰か」という記事が掲載された。連載小説「ゴトー伝」が最終回を迎えようとしていた作家の寄稿記事だ。

「一年前、コロナ対策に万全を期した東城大学医学部付属病院は賞賛された。だが、ついに東城大でコロナ患者のクラスターが発生した。メディアは『奇跡の病院、落城す』と揶揄した。東城大病院は全機能を停止し、コロナ対応病棟も受け入れ停止を決断した。市民は自分の不安を東城大に抗議電話でぶつけた。だが市民は知らない。コロナ対策に必要な改修費や諸経費は全て病院負担だ。外来患者が激減し収益が落ち込む中、身を切って対応してきた。我々が政府の口車に乗り「GoTo」で浮かれた間も、医療人は防護服の中、コロナ感染患者病棟の深海の底でもがいていた。そんな人たちを差別する連中もいる。小市民のエゴと無関心、それが「奇跡の病院」を破壊した下手人だ。こんな状況下で五輪に看護師派遣要請が届き、現場でギリギリで業務に携わっていた看護師のこころを折った。我々はそんな無神経な連中を黙過してきた。今こそ彼らにノーを突きつけよう。そうしないと彼らは欲塗れの行為を完遂する。日本のコロナ対策は周回遅れと言われるがそれどころではない。これは逆走である。誰も彼もが無責任だ。そのツケを現場の医療人に押しつけるのは厚顔無恥である」

文章を読み終えた時、自分たちの気持ちを代弁してもらえた気がした。

その日、東城大はコロナ感染患者の新規受け入れを中止した。


二週間後、俺たちは喫茶「スリジエ」に集まった。その日、店は貸し切りだった。最終回を迎える終田師匠が藤原さん、高階学長、俺、如月師長、若月師長、別宮記者を招いてくれた。中央の円卓に、アクリル板のついたてが立てられ、紅茶のケーキセットが置かれた。和服姿の終田千粒師匠は立ち上がり、咳払いをした。

「連載『ゴトー伝』最終回の朗読会を行ないたい。この作品はここにおられる方々の協力なしには完成しなかった。ご多忙の中ご参集いただいたことを感謝する」

「こちらこそ終田先生と別宮さんには感謝しています。あたしたちの気持ちを伝えてくれてありがとうございました」と如月師長が言う。

「宗像博士にはご報告されたのですか」と俺が訊ねる。

「もちのろんだ。昨日、浪速のご自宅に伺い、原稿を読んでいただいた」

「私も同行し、コメントをビデオ撮影させていただいたのでお見せします」と別宮記者が言う。居住まいを正した宗像博士の姿が、店内のモニタ画像に映し出された。

「先生のおかげで、ゴトー伝を書き終えることができました。本当にありがとうございました」と終田師匠の声がすると、画面の中の宗像博士は厳かに言った。

——君には史実を綴《つづ》るという大いなる任が課せられた。今を書き残し後世の評価に身を委ねなさい。公文書破棄は歴史への冒瀆《ぼうとく》だ。だが小説の形にすれば抹殺できぬ。三文文士が書いた胡散臭い小説だと攻撃されるだろうが、そうした声も含め、作品は後世に残り、歴史修正主義者への蟷螂《とうろう》の斧《おの》になる。君のような弟子を持って幸甚に思う。

藤原さんが、カウンターの後ろから花束を取り出した。

「作品完結をお祝いし、花束を贈ります」

終田師匠は、受け取った花束を机の上に置くと、原稿を読み始めた。

——この時代に転生し、日本が途方もなく根腐れしたことを、思い知らされた。だが俺は吠え、世の中を少し変えた。すると昨晩、神が夢枕に立った。

昨年、余はある者にチャンスをやったが、彼は余の好意を生かし切れず、人類滅亡のミッションは継続している。余の軍勢は無敵ぢゃ。人類が武器を作り上げても、今回の精鋭部隊は、変幻自在に姿を変え忍び寄り、宿り、増殖する。ヒトが欲を捨て去らなければ、余の軍勢は必ずや彼らを滅ぼすであろう。だが、余は彼らを愛している。彼らが足るを知り、地球に害悪を及ぼすまで貪欲でなければ愛で続けたい。今回、男爵はベストを尽くした。男爵の声に耳を傾け、貪欲な魑魅魍魎《ちみ》に背を向ける人々が増えた。余は今しばし彼らを滅ぼすのを猶予する。男爵は、自分の世界に帰るがよい。

神の言葉を告げた後藤男爵は、大気に溶けていくように、その姿を消した。

「最後に夢枕に立った神の言葉は実話だ。神は前回の失敗を許してくださった上に、もう一度チャンスをくださった。別宮殿は『コロナ伝』の時、拙者を信じていなかったがあえて言う。これは真実なのだ」と終田師匠が言う。

「確かに『コロナ伝』の時は妄想だと思っていました。でも今は違います」

「終田先生の一ファンとして、今回の作品は大傑作だと太鼓判を押させてもらいます」

別宮記者の言葉に重ねて、藤原さんが言うと、終田師匠は大きくうなずいた。

「いいことを思いついたのでござる。日本に災厄をもたらした『ダイヤモンド・ダスト号』を国で買い取り『ナイチンゲール号』と名を変え、二千人の看護師さんを招待し日本一周クルーズをすればいいのでござる。船内で看護師さんは飲み放題食べ放題に歌い放題踊り放題、費用は一切合財、国持ちで一ヵ月に一回の定期便にすれば、看護師さんたちもリフレッシュでき、やりがいを持てるだろうと思うのでござる」

「それって素敵すぎます。ミリオン・ダウンロードを達成したらお願いしますね」と、如月師長は、くしゃっと、泣き笑いの表情になって言う。

「あ、いや、あの作品は単価が安いからこれは公費で……」

「終田先生、医者は仲間はずれですか」と高階学長が突っ込む。

「いや、そんなつもりは決して……」

うろたえる終田師匠の姿を見て、その場にいた人々はみな、笑い転げた。


五月中旬、連載小説「ゴトー伝」は最終回を迎えた。下旬、前作と同形式で緊急出版されると発売週でミリオン・ダウンロードを達成した。

記事に連動した「#五輪派遣困ります」という看護師発のツイートのリツイートは、二週間余りで五十万件を超える大反響となった。

聖火リレーは全国の自治体が経費を負担し、税金が投入され、四十七都道府県の総額は約百二十億円に達し、全てが巨大広告代理店「電痛」に流れることを「新春砲」がすっぱ抜いた。

こうした動きと相俟《あいま》って聖火リレーは変容し始めた。讃岐《さぬき》県の聖火リレーで、交通規制した県警の警察官が新型コロナに感染したと発表された。

聖火リレーの交通規制でマスクをし人とも距離を取っていたのに感染したのだ。

大いなる転換点は、聖火リレーが鹿児島県に到着した頃だった。午後のワイドショーのMCが、聖火リレーに参加するために番組を欠席したのだ。中立のフリをして五輪報道をしていた彼は、実は隠れ五輪支持者だった。以後の彼は生彩を欠いた。

聖火リレーに対する批判が、公然と溢れ始めた。彼らは無責任な政府に煽動され、五輪を消極的に支持したが聖火リレーを走り終えると、我に返った。果たしてこれは、日本の感染リスクを増大させてまでして、やるべきことなのか。

大音響で音楽を垂れ流すスポンサーの巨大な宣伝カーは、民主政治を踏み潰す、軍事政権の戦車のように見えた。市民の目に、五輪と政府の実相が見え始めた。

それまで熱烈な支持者だった人たちが、聖火リレーを終えた途端、強力な反対者になった。オセロの盤面が終盤に黒から白に一気にひっくり返るように、五輪支持者は減り、反対者が指数関数的に増えていく。「聖火リレー」はいつしか「聖火伝達式」と名を変え、外部をシャットアウトしたスタジアムの中で、聖火のトーチを隣の担当者に手渡しする、「トーチキス」という面妖なものに変わった。

それは「聖火リレー」などではなく、単なる「松明の移動」になっていた。

22章　ナニワ事変

二〇二一年五月　浪速・「どんどこどん」Aスタジオ

五月六日。暦の関係で、史上最短に終わったゴールデンウィークが明けた。

連休直前に発出された三度目の「緊急事態宣言」は再延長された。アルコール提供の自粛でたくさんの居酒屋が潰れた。東京は映画館の閉館を要請したが、一年間に映画館で発生したクラスターはなかった。ゴールデンウィーク中の旅行も制限した。「ＧｏＴｏトラベル」を強行した酸ヶ湯が「移動は感染と関係ないと伺っています」という、過去の強弁と矛盾した。

国際アンケート組織で「五輪中止を求めます」という署名活動が始まると、三日で三十万筆の署名を積み上げた。すると五輪強行派が「五輪実施を求めます」と逆の署名活動を始めた。主唱者は五輪誘致の買収疑いでフランス当局の捜査を受け辞任した元実行委員の子息だ。票数は三日で二万人に届かず、反対派の十分の一に止まった。

そんな中、各地で五輪のテスト大会が行なわれた。北海道のハーフマラソンは札幌への移転後、初の本コース走行だった。だが外国人参加者は六人だけで競技終了後、札幌市に「マンボウ」が、一週間後に北海道全域に緊急事態宣言が出された。

国立競技場での陸上国際大会では、会場の外で五輪反対のデモが行なわれ、百人のデモ隊に三百人の警官が動員された。日本ではデモの時事前申請が必要だが、世界的にそんな民主国家はなく、軍事独裁政権以外にありえないことを市民は知らない。その後、公安警察が五輪反対運動の中心人物に捜査をかけていたと明らかになった。抗議活動と無関係の「免状等不実記載」という微罪で家宅捜査が入りパソコンやスマホが押収された。「安保＝酸ヶ湯政権」は、強権警察国家を構築していた。

国会で「感染爆発の状況でも五輪を開催するのか」と問われ酸ヶ湯首相は「感染対策を講じ、安心して参加できるようにし、国民の命と健康を守っていく」と十二回、同じ答弁を繰り返した。テレビは「野党と首相の議論が嚙み合わない」と報じたが、事実は「酸ヶ湯首相は問いに明確な回答を避けた」ということだ。

酸ヶ湯は「全責任は私にある」と言うが「責任を取る」とは言わない。かけ声だけは勇ましく、一日百万人にワクチン接種し七月末までに高齢者への接種を終えると宣言したが一万人接種の大会場は結局、人材の打ち出の小槌、自衛隊に頼った。

ワクチン接種予約が始まる五月中旬、予約の電話通信量の増大を見越し通信各社は通信制限を掛けた。それはロジ担が接種の順番や対象を指示すれば済む話だ。

会場設置の委託先は、煮貝の支持母体の旅行系代理店だ。この期に及んでもなお、政府は利権は貪り続けていた。

コロナ対策と五輪遂行は「大臣多くして日本、地獄へ向かう」の様相を呈した。

そんな中、ささやかな市民の反乱が、各地で小さな勝利を上げ始めていた。

その日、別宮のスマホが鳴った。発信者は「有朋学園事件」の、赤星哲夫氏の未亡人の民事訴訟担当、日高正義《ひだかまさよし》弁護士だ。

「お久しぶりです」と挨拶すると、受話器の向こうから、興奮した声が流れてきた。

「やりましたよ、別宮さん。財務省が『赤星ファイル』の存在を認めたんです」

思わず「え？」と聞き返し、別宮は呆然とした。赤星未亡人は民事訴訟で、夫の自死は財務省に改竄を強制されたことを苦にしたためとし、当時の上司の理財局長や国を相手取り一億二千万円の損害賠償を求め、桜宮地裁に民事提訴した。その過程で精神的苦痛を証明する「赤星ファイル」の提出を命じる「文書提出命令」を出すよう桜宮地裁に申し立てた。これに対し国は五月初旬までにファイルの存否について文書で回答するとした。それまで国は「ファイルは裁判の争いに関係せず、存否を回答する必要がない」と存否の回答すら拒んできた。その後、裁判手続きの中で国は「ファイルは探索中」と回答を変えた。財務省が不実な対応を一転させた理由は不明だった。

「最近、国会議員が調査権を使っていろいろ調査し始めたようです。私も何度か議員に呼ばれ状況を説明しましたが、議員たちはかなりよく勉強していました」

「大きな一歩ですね。緊急事態宣言が解除されたら、祝杯を上げましょう」

いいですね、と言い日高は電話を切った。別宮はしばらく考え番号をプッシュする。

「鎌形《かまがた》法律事務所ですか。鎌形先生をお願いします。……お久しぶりです。別宮です。突然電話してすみません。実はビッグニュースで財務省が『赤星ファイル』の存在を認めたそうです。……ええ、そうです。日高先生から直電で……これって鎌形さんは関わっていないんですか？　そう、議員が聞きに来たんですね。進展がありましたらまた連絡します。……そうだ、私が言っていいかどうかわからないんですけど、浪速で梁山泊が復活しました。村雨さんが白虎党の狼藉ぶりに我慢できずにとうとう……、ええ、近いうちに鎌形さんにも声を掛けるつもりだって言ってました。ではでは」

電話を切り吐息をつく。あんな興奮した鎌形は初めてだ。でも今回の仕掛け人が鎌形でなかったのは意外だった。市民運動で三十八万筆もの署名を集めたことが大きな力になったのは間違いないだろうが、それだけとも思えない。ひょっとしたら新たなる地殻変動で、覆い隠されていた真実が露わになる予兆かもしれない。

別宮は「地方紙ゲリラ連合」の特集記事としてネットに掲載すべく、執筆を始めた。

別宮がキーボードを叩く音が、時風新報の編集室に高らかに響いた。

市民の意思が時代の流れを作りつつあった。その象徴が五輪問題に集約された。

「マンボウ」と「緊急事態宣言」を恣意的に適用しつつ、五輪開催に執着する酸ヶ湯政権の混迷した対応に、五輪に対する逆風が海外で吹き荒れた。

多数の国の多様なメディアが一斉に、東京五輪開催に疑念を表出した。極めつけは米国の新聞がIOCバッカ会長を「ぼったくり男爵」と罵倒したことだ。日本のネットニュースは胸のすく啖呵《たんか》をこぞって転載し、早くも二〇二一年の流行語大賞の最有力候補になった。緊急事態宣言が延長されると、「ぼったくり男爵」は来日を延期し、ヒロシマで平和メッセージを発し東京で小日向知事と会見する計画を放り出した。

五月中旬、政権支持の読捨新聞が、アンケート調査で国民の六割が五輪中止を希望するという結果を報じた。アスリートにワクチンを供給するというバッカ会長の弥縫策も国民を激怒させ、おまけにワクチン接種は義務づけないと言う。日本に入ってくる感染者に関しIOCは無関心だ。五輪推進派の打つ手は尽く国民の反感を買った。

そして五輪強硬派の最後の拠り所が瓦解した。日本が五輪中止にしたらIOCに巨額の賠償金を請求されると脅したが、東京都・IOC間の開催都市契約が公表されると、「開催都市の知事として選手の安全を保障できない」と小日向知事が中止を求めればIOCも受け入れざるを得ないことがわかった。しかも開催都市契約に中止＝違約金の規定はなく、日本の判断で中止になった場合、開催都市契約では保険加入が義務づけられているので損失は保険金でかなりカバーされるという。

組織委員会の事務総長は、五輪が中止になった場合、ＩＯＣから違約金を賠償請求されるかどうかについて「考えたことがなく、あるのかどうかも見当がつかない」と語った。事務総長は契約について無関心、無責任、無頓着だと認めたわけだ。

そんな中、五輪に出場する米国陸上チームが安全面への懸念から事前合宿を中止した。選手団を受け入れる「ホストタウン」は、全国で五百二十八の自治体が登録したが、五月の連休明けに四十の自治体が、交流事業や選手の事前合宿の受け入れ中止を決めた。今や五輪推進派は白い目で見られていた。

酸ヶ湯首相、泥川五輪相、橋広組織委員会会長など当事者が、右往左往する中ただ一人、不気味な沈黙を守り続けるキーマンがいた。小日向美湖・東京都知事である。

＊

浪速の梁山泊の拠点となった菊間総合病院のカンファレンス・ルームで彦根、天馬と一緒に最後の詰めをしていた村雨の携帯が鳴った。電話に出ると女性の声がした。

村雨は目配せをして、通話をモニタにする。相手は小日向都知事だった。

「私が前回の都知事選に出馬する前に、貴方が言ったことは覚えていらっしゃる？」

「ええ、なんとなくうっすらと、ですけど」と村雨が口ごもる。

「私が、五輪開催より都民の命の方が大切です、と答えたら、貴方は『我々は、小日向美湖都知事を日本国首相に推戴すべく、協力します』とおっしゃったのよ。そしてこうも言ったわ。『貴女は五輪が終わり安保首相が後継者に禅譲したタイミングで次の仕掛けを考えている。安保内閣は五輪を切れない。その瞬間、五輪開催からコロナ禍から都民を守るという方向に舵を切れば、貴女の政治家としての資質が多くの都民に認められ、圧倒的な支持を得るでしょう』。凄い慧眼《けいがん》よね」

「は、驚きました。会話を録音していたかのような再現性ですね。でも両極端相通ず、究極の強欲は無私に見え、極度な自己中心を極めると大徳に見えるものですね」

「あら、なんだか手厳しいわね」

「登場人物を入れ替えれば一年前の言葉はそのまま成立するように思えるかもしれません。でも登場人物が変われば別のストーリーです。あの頃、私は舞台を降りていましたが今、舞台に立とうとしています。すると条件は変わります。あれから一年、貴女は地位を手に入れたがその安定を捨てるような言動をする。つまり貴女は今の地位に安住するつもりがない。それが何を意味するか、言わなくてもおわかりでしょう」

「怖いひと。それならさっきの質問に、改めてお返事はいただけるのかしら」

「私の返事は一年前と変わりません。五輪を中止したら全面的に貴女を支援します」

「その言葉を聞けてよかったわ。これからもよろしくお願いしますね」

媚びを含んだ言葉に、村雨は冷ややかな言葉を突きつける。

「その前に、ひとつ確認しておきます。一年前、貴女は五輪中止を表明しませんでした。そして今もそのことに言及しません。全ては二ヵ月後に明白になるでしょう」

ぷつん、と電話が切れた。村雨は、彦根と天馬を見て、肩をすくめる。

「我々の動きは女帝のレーダーに探知されたようです。こうなったら潜行を続けるのは無理です。やむを得ません。急速浮上し、戦闘開始のZ旗を掲げましょう」

「そのお言葉を待っていました」と言って、彦根はにっこり笑った。

ついに浪速の臥龍、村雨弘毅・梁山泊総帥の出陣の銅鑼《どら》が打ち鳴らされたのだった。


「浪速は医療崩壊寸前」とテレビや新聞は報じたが、「寸前」ではなく「崩壊」していた。ワイドショー知事・鵜飼はテレビ番組をハシゴ出演し、首都圏の知事に直接支援を訴えた。看護師の派遣をお願いしたが、首都圏の知事は重症患者を搬送しろと、つれない返事だ。そんなことをしたら浪速の医療の惨状が詳《つまび》らかになってしまう。

なので、猫なで声で医療スタッフの派遣をお願いしたが、首都圏にも余裕はない。

すると府知事と市長は市役所や府庁の職員が、大人数の会食をしていたという調査報告を出した。誰かを攻撃して、我が身の安泰を図るのが白虎党のスタンダードだが、中央で厚労省の面々がもっと酷いことをやっていたので、あまり効果はなかった。

＊

「鵜飼知事は最近、お疲れに見えますけど」とずけずけと言ったのは、デカい顔をして東京のワイドショーに出演している若手の社会学者だ。

白虎党の元党首・蜂須賀守は断固とした口調で言う。

「あれだけ出ずっぱりで人々の厳しい視線に晒されたら、そりゃあ疲弊するでしょう。ですから私は彼に、少しは完全休養日を作れ、と忠告しているんですがね」

「その方がいいですよ。白虎党は鵜飼知事が休まない分、皿井市長が休みっぱなしだそうですから。浪速の医療が崩壊しているのに登庁日は週の半分だそうですね」

「いや、彼はコミュニケーターですから、そうやって街の声を拾っているんでしょう」

「公用車を使ってホテルのサウナ通いをしていて、街の声って拾えるものなんですか」

こんなぶしつけな発言を許すなんて番組スタッフは何をしているんだと蜂須賀は憮然としたが、ひょっとして風向きが変わりつつあるのかも、と思った。

「締めるべき所は締めないといけませんね。先日も浪速市役所の職員が、千人以上も大規模会食をしていたことを公表し、身を切った改革をしようと努力してますからね」

「上がたるんでいたら、下だって言うことは聞かないですよ」

安保前首相とべったりの若手社会学者が浪速白虎党を攻撃するということは、政権内の権力構造が変化しているのかもしれない。酸ヶ湯は日米首脳会談を強行したのに評判がよくならなくて苛立っている。そこへ浪速で感染爆発状態になり、医療破綻が起こった。酸ヶ湯からすれば白虎党に足を引っ張られていると感じているのかも……。

今日のところは様子を見よう、と蜂須賀は考えた。

同時刻、鵜飼府知事は、ナニワテレビのAスタジオのメイク室にいた。

府知事になった直後は、男前の鵜飼は番組のメイクさんたちに大人気だった。若々しく端正なマスクに七三分けのヘアスタイル、強い目力を持つ鵜飼はルックスに絶大の自信を持っていた。「知事のお肌ってすべすべで、目もぱっちりでメイクし甲斐があります」などと言われて喜んでいたが、最近はメイクさんの扱いもおざなりな感じがする。そんな微妙な変化を感じていると番組のディレクターがやってきた。

いつもは打ち合わせなどせず、ぶっつけ本番なので、珍しいことだった。

「鵜飼知事、今日はサプライズ・ゲストが登場しますので、お楽しみに」

「ほう、誰でしょうか」

「内緒です。鵜飼知事を驚かせたいので」

「それなら楽しみにしてます」と言い、アイシャドウを引いてもらうため目を閉じた。

自分のファンだと公言した美人女優かな、などと密かに妄想しひとりニヤついた。

「どんどこどん」は「そこまで言ったら圧巻隊（あかんたい）」と並ぶ、関西の人気番組だ。討論番組で固い後者と比べ、「どんどこどん」は気安いのでお気に入りだ。Aスタジオも馴染みで週三は出演している。だがさすがに最近の逆風は身に染みた。

連日テレビ出演していると「そんなヒマがあったら仕事をしろ」と反発される。

小中高校に部活の自粛を求めると「子供にばかり無理を強いるな」とブーイングが飛んだ。居酒屋に「酒なし営業をやったら」と提案すると、「テレビや新聞で見出しになるようなことばっか狙っとるんちゃう？」と店主に一喝された。視聴率が取れるため、中身もないのにメディアに持ち上げられてきた真実をコロナ禍が炙《あぶ》り出した、という評論家も出てきている。「東の三代目ポエマー大泉・西のポピドン鵜飼」などと、ありがたくない比較もされ始めた。人気が先行した反動だろうか。

そう考えた鵜飼は首を振り、ネガティブな気持ちを振り払う。するとモヤモヤは、つるんと胸から滑り落ち、跡形もなく消えた。いつものことだ。

番組のオープニング・テーマが終わると、鵜飼は拍手に迎えられ、着席する。

朝九時からのバラエティ形式の番組は、局アナウンサーとお笑いアイドルのペアだ。

「鵜飼知事、浪速の医療が大変なことになっていて、医療崩壊と言われている現状についてどうお考えですか」と男性アナウンサーの質問に、鵜飼はむっとした。

「大変な状況ですが、医療崩壊には至っていません。そのためにできることを精一杯、努力させていただいているところです」

「でもあたしの友だちのおばあちゃんがコロナに罹《かか》って自宅待機していたんですけど、具合が悪くなって救急車呼ぼうとしたら、八十歳以上の方はご遠慮してくださいって言われちゃったんですけど。それって医療崩壊ってゆうんじゃないんですか？」

痛いところを突かれた鵜飼は一瞬黙り込む。

「そうしたことも起こる状態になりつつありますが、なんとか持ちこたえています」

「でも、友だちのおばあちゃんは、持ちこたえられなかったわけで」

鵜飼の眉間に皺が寄りまばたきが増えた。それは鵜飼が不快に思った時の特徴だ。以前の番組で何回か、その徴候を見ていたアナウンサーがすぐさま話題を変える。

「そんなご苦労をされている鵜飼知事を励ますべく、本日はサプライズ・ゲストをお招きしています。どなただと思いますか？」

「わかりません。皿井市長だなんて、ガッカリ・ゲストじゃないでしょうね」

「いえいえ、『どんどこどん』はそんなドッキリみたいなことは致しません。正真正銘のサプライズ・ゲストは、今も浪速で人気の高い、この方です」

スポットライトが当たった舞台袖から、背筋を伸ばした男性が大股で歩み出てきた。白髪交じりだが身のこなしは若々しい。アナウンサーが朗々とした声で言う。

「元白虎党党首の蜂須賀さんの師匠筋にあたる、村雨広毅・元浪速府知事です」

鵜飼は、頭の中が空白になる。彼には頭を下げなければならない人物が三人いる。ひとりは白虎党前党首の皿井照明《てるあき》市長、もうひとりは白虎党の創始者の蜂須賀守元府知事、そして酸ヶ湯儀平首相だ。村雨のことは蜂須賀から聞いていたが面識はない。

蜂須賀さんの師匠だから丁重に対応するが、先輩風を吹かせたら容赦なく、自分の立場を思い知らせてやろう、と鵜飼は即座に計算する。

「蜂須賀元党首から、村雨さんのお噂はかねがねお聞きしていました」

「そうですか。蜂須賀君は不肖の弟子だから君は不肖の孫弟子になりますね」

「確かに蜂須賀さんが不肖の弟子なら、私など道端の石ころみたいなものです。どうか今後ともご指導ご鞭撻を賜りますよう、お願いします」と鵜飼は慇懃《いんぎん》に応じる。

「殊勝な心がけですね。では早速、石ころ君に指導鞭撻《べんたつ》しましょう。君は『政治は結果責任』という言葉はご存じですか？」

一瞬、目を泳がせた鵜飼知事だが、「もちろんです」と力強くうなずく。

「では『公約は実現させなければならない』ということは？」

「当然です」と今度は、動揺の色を見せずに即答した。村雨は微笑する。

「素晴らしい。実は知事に敬意を表し、スタッフに鵜飼府知事のツイートをフリップにしてもらいました。これまでで私が一番感銘を受けた言葉です」

村雨が掲げたのは昨年四月十四日、鵜飼の絶頂だった時のツイートだ。

——ワクチンができればコロナとの戦いは一気に逆転だ。浪速の力を結集し実用化に乗り出す。府市、大学、病院機構。早ければ七月治験、九月実用化、年内量産。最前線の医療関係者から治験。浪速医学はコロナに打ち勝つ力があることを証明する。

「この公約は未達ですね。浪速の医療崩壊状態を石コロ君はどうするつもりですか」

「先ほど申し上げた通り、浪速の医療は崩壊していると考えていません。ただし危険水域に足を踏み入れたとは感じております」

「質問を変えます。この新型コロナの感染爆発に対しどんな対策を取っていますか」

「ひと言では言えず、その都度こうして説明を申し上げています。こうしたひとつひとつの対策について、毎日ご説明申し上げていまして」

「説明している、ということを説明しているんですね。では具体的に。昨年四月、石コロ君は国産ワクチン開発に着手し、七月に治験を終え、九月に府民全員に接種を開始すると発表しました。あれから一年、浪速のワクチンの現状はどうなっていますか」

「その件に関しては、随時『エンゼル創薬』の三木代表から状況説明を受けておりますが、正確を期すために本日、府庁に戻りましたら調べて、改めてお答えします」

「それは無用です。『エンゼル創薬』は七月に少数の治験を実施後、国から百十億円の研究費を取得し百七十億円を資金調達し、巷で株券印刷会社だと揶揄されています」

「三木代表からは日本の治験制度が未熟で外国のように大規模治験が不可能だ、と聞いております。日本社会の構造的な問題で、酸ヶ湯政府は規制緩和を進めています」

「確かに従来、日本のワクチン開発は反対が強く、思うように進められませんでした。それに新型コロナ症例が少なく、大規模治験が不可能だったので仕方ありません。でも今、これほど患者がいるのに治験の話を耳にしないのはなぜでしょう」

「彼らはベストを尽くしてくれているはずです」

「石コロ君は状況を把握せずに発言なさるクセがありますね。『エンゼル創薬』の研究開発は二相の治験段階で止まっていて、その先のロードマップは示されていません」

鵜飼はここでようやく、コイツは完全にエネミー（外敵）だ、と認識した。

騙し討ちしやがって、二度と「どんどこどん」には出ないからなと、ほんわか顔をしたディレクターを内心で罵倒する。

「石コロ君は私の孫弟子ですが、私の『機上八策』はご存じですよね」

「ええと、それはその……」

「まあ、八つもあったら、石コロ君の頭では覚えきれないでしょう。せめて第一項くらいは、言えませんか」

「申し訳ありません。次までに勉強しておきます」

「それなら今教えてあげます。『医療最優先の行政システムの構築』が第一項です。

だが蜂須賀君は第一項を無視した。新自由経済主義にはそぐわないからです。彼は都合のいい時だけ私の弟子を名乗り、私が政界を去ると浪速に君臨しました。私は早いうちに彼を矯正すべきだった。腑抜けた私は浪速の惨状を見過ごし、失われた十年で浪速の医療は破壊されてしまった。今の浪速の医療崩壊は、君たち白虎党の十年の統治の結果です。そもそもワクチン開発も浪速には浪速大ワクチンセンターという、日本トップの組織があるのになぜ、そこに委託しなかったのですか」

「それは……ワクチンセンターから提案がなかったからです」

「それは嘘です。二年前、あなた方白虎党の上層部がワクセンの予算を削ろうとした時、当時の宇賀神元総長が、ＲＮＡワクチンを開発中で、あと一息で完成すると報告して抗議しています。その提案を却下したのは鵜飼府知事、あなたですよ」

シルクハットを被った禿頭の老人の顔が、ぼんやりと浮かぶ。

クソ、あのジジイか。

「当時は、やむを得ない判断でしたので……」

「でも状況が変わった今、なぜ判断を変えないのですか。ワクチン業界で浪速ワクセンがトップランナーだということは『エンゼル創薬』の三木代表もご存じのはずです」

「あの時点では意欲がある分『エンゼル創薬』の方が上だったんです」

「今から、一年の周回遅れでワクセンがワクチンを開発できたらどうします？」

「仮定の話にはお答えしかねます」

「政治家が仮定の話をしなくて何を語るんですか。世界の森羅万象はなにひとつ、確定したことはありません。仮定の上で針路を取る、それが政治家の仕事のはずです」

「先輩と私は政治観が違います」

「では一年前の君と同じように私も宣言しましょう。ゴールデンウィーク明けの来週から新たに開発したワクチンの治験に入り、九月には浪速に国産ワクチンを配ります」

「それは行政的な裏付けのない、夢物語でしょう」

「そんなことはありません。私は浪速の市政に復帰するつもりですから」

「無理です。皿井市長の任期は来年四月まであと一年ありますから」

「皿井市長にリコールを掛け、成立後に市長選に立候補し、ワクチン開発を市政の中心事業に据えるつもりです」

足許がぐにゃりと歪む。そんなことをされたら自分ひとりで白虎党を支えていかなければならない。だが浪速のヤンキー共を政治家に仕立て上げたツケが噴出している今、不良の親玉の皿井抜きで白虎党を維持するなんて、とてもムリだ。

「リコールなんてムリですよ。それは画に描いた餅ですね」と鵜飼は震え声で言う。

「リコール、すなわち解職請求権については、白虎党が尾張県の知事を解任しようとしたからご存じでしょう。浪速市の人口は二百七十五万人。市長の解職は地方自治法

第八十一条第一項で『選挙権を有する者は、その総数の三分の一以上の連署を以て、その代表者から選挙管理委員会に対し、解職の請求をすることができる』とあるから有権者の三分の一の署名を集めればいい。都構想を住民投票で二度も否定されながら似た政策を議会で強行に通した白虎党に市民は不信感を持っています。リコールを提案したら住民の三分の一の九十二万人の連署なんて、すぐに集まると思いますよ」

鵜飼は唇を嚙む。確かに今、浪速の医療を崩壊させた白虎党に反発が集まっている。そこに今なお根強い人気を保つ村雨が煽動したらリコールは簡単に成立しそうだ。加えて今、市長選で国産ワクチン作成を公約に掲げられたりしたら、それに対抗するのは不可能だ。

だが鵜飼はあるポイントに思い至り、落ち着きを取り戻す。

「先輩は一年先行している『エンゼル創薬』を追い抜けると思っているのですか？」

すると村雨は、凄みのある微笑を浮かべて言った。

「逆にお聞きしたい。『エンゼル創薬』はこの一年、真摯にワクチン開発をしてきたんですか？　基本的なワクチン作成だけなら費用は数十万円、期間は二週間でできる。ワクセンの研究主任は厚労省の承認を取り、来週から大規模治験に入ります。開発母体は浪速大ワクチンセンターで治験の人員は、今の浪速ならすぐ集まります」

青ざめた鵜飼に向かって、村雨は朗々と続けた。

「現在のファイザーやモデルナのワクチンは、新型コロナのスパイク蛋白構造の二ヵ所をプロリン置換した『2P』タイプですが、我々は次世代『6P』モデルで新ワクチンを開発しインフルエンザワクチン同様、鶏の有精卵システムによる大量産生も視野に入れています。すると後進国へのワクチン供給も可能になります。もちろんまずは世界最大のワクチン後進国、日本への供給を優先しますけどね」

「ハッタリだ。そんな話、『エンゼル創薬』の三木代表から聞いたことがない」

「これは先の日米首脳会談で手配した、酸ヶ湯首相と豪間ワクチン大臣のファインプレーです。新ワクチン用のスパイク蛋白の設計図を持ち帰れと命じるなんて、どうしてどうして、大したものです」

「ワクチン生産の費用はどこが出すんですか」

「モナコ公国と提携しモンテカルロのエトワールが残したA資金の一部を使わせてもらいます。と言っても石コロ君にはちんぷんかんぷんでしょうけど」

鵜飼は、状況を理解できないまま、屈辱に震える指で村雨を指さした。

「浪速では府知事の僕に断りなしに、勝手なことはさせませんからね」

村雨は薄目を開けた。鵜飼を睨みつけ、低いバリトンでドスを利かせる。

「いい加減にしろよ、小僧」

その声の変わりように、鵜飼はぎょっとした顔になる。村雨は続けた。

「お前の話は『お願い』ばかり、市民に命じるだけだ。市民のため何かするのが政治家だ。もう口先坊主に浪速を任せておけない。お前は知らないだろうが先日、浪速の保健所のナンバー2が高齢者入院を後回しにしろ、というメールを担当部署に発信した。そのお嬢さんが言ったことが浪速の実情だ。その発言を聞いて実情を汲み上げないお前は政治家失格だ。浪速は医療が破綻し、お前がペラペラ謳っている間も市民はバタバタ倒れている。お前は感染対策に主権制限が必要だ、などとたわけたことを言っているらしいが、その前に今の法律でやれることをやりつくせ。お前の言葉は軽すぎる。喋ってばかりいずに動け、働け、汗をかけ」

歯切れいい啖呵を切ると村雨は立ち上がり、肝を潰した鵜飼府知事を見下ろした。

それからふと、気がついたように、カメラ目線で言う。

「私としたことが、お見苦しいところをお見せしました。私の出演はここまでです。七月、浪速市長としてお目見えいたします」

テレビカメラに向かって一礼すると、村雨は颯爽と画面から姿を消した。

画面には鵜飼府知事の、剝げ落ちたアイシャドウ姿が延々と映し出されていた。

スタジオを出た村雨は玄関で待機していた彦根に、車に乗り込みながら訊ねた。

「まあ、こんな感じでしょうか」

「パーフェクト、相変わらず舌鋒《ぜっぽう》鋭いですね。十年のブランクを感じませんでした」

「相手は小僧っ子ですからね。それより新ワクチンは本当に実現するんでしょうね。そうでないと私はあの小僧っ子と同じ詐欺師になってしまいます」

「その点はご心配なく。天馬君と鳩村君が頑張っています。天馬君は宇賀神さんにしごかれひいひい言っていますが、同年代の鳩村君と天馬君が一緒に働くことで、互いにいい刺激になっているようです。まあ、若者は働け、ということです」

「それは頼もしいですね」と、村雨は微笑する。

「ええ。でも今回は本当にギリギリでした。ここで乗り遅れたら日本のワクチン開発は世界に追いつけなくなったでしょう。その意味で白鳥さんの慧眼にはつくづく感服します。本当は敬服なんて絶対したくないんですけど」

彦根は目を閉じて、半月前の二泊四日の米国弾丸ツアーを思い出していた。

＊

政府専用機でワシントンに到着した直後、白鳥、彦根、天馬の三人は首相一行から離脱し、待機していたプライベートジェットでNYへ飛び、マウントサイナイ大学病院へ向かった。そこで構造生物学者の第一人者ジェイソン・マクレラン教授と面談し、最新の六つのプロリン置換を有する新型コロナウイルスのスパイク蛋白をベースにした「ヘキサプロ」、通称「6P」の設計図の供与を受けたのだ。

一国家一施設という縛りは厚労省技官の白鳥が同席したことでクリアできた。

伝手は二つあった。天馬の元同僚のハンナがマクレラン教授のラボに勤めていたこととWHO事務局長秘書官で感染症対策部長を兼任するパトリシア女史の口利きだ。

——ドクター・ヒコネがプレジデント・スカユの名代ならお断りしました。アボとスカユはトランペット大統領のパペットですから重要情報を託したくありません。でもドクター・ヒコネはアボ＝スカユ独裁政権に叛旗を翻すドクターだと、WHO感染症対策部長パトリシアが保証しました。ですからこのデータをお渡しします。もちろんドクター・テンマもわがラボのスタッフ、ハンナの友人なので信頼しています。

そうしてマクレラン教授はmRNAワクチンの基礎になる「ヘキサプロ」のデータを供与してくれた。天馬は同僚たちと九ヵ月ぶりの再会を果たし旧交を温めた。

マウントサイナイ大学病院は正常に復帰していた。壊れる寸前だったERのナンシーも、救急外来のナースのエマも、状況が落ち着き生気を取り戻していた。

そこまでは彦根の描いた絵図で、その実現のため白鳥を飛び道具として利用したとも言える。だがその後の白鳥の動きは、彦根の想定を凌駕《りょうが》した。白鳥はマクレラン教授に頼み、ガーデン大統領とのZoom会見をねじこんだのだ。

マクレラン教授はガーデン大統領に諮問を受けていて、太いパイプがあった。そこで白鳥は米国大統領を向こうに回し巨大製薬会社が持つワクチンの特許権を放棄すべし、という申し出に支持を表明すべきだ、と滔々と主張したのだ。

「プレジデント・ガーデン、特許に関する協定を定めるWTO（世界貿易機関）に、WHO事務総長が、途上国でもワクチン生産ができるよう、ワクチンの特許権を持つ企業に一時的な放棄を求めてます。ここは各国で独自に生産させた方が絶対お得ですよ。レーガノミクスの象徴のパイ・ドール法からの解脱を宣言すれば、ガーデン大統領の株が上がります。それに製薬会社は十分儲けたでしょ。ファイザーは二月の時点で売り上げ予想の二兆八千億円の三倍近い七兆八千億円になる見込みだそうですから」

さすがに即答はなかったが、米国大統領にズケズケ進言する様を見て彦根は、この人には敵わない、と脱帽するしかなかった。

＊

彦根は回想から我に返る。そうした話し合いをベースに今、浪速で独自のコロナワクチン生産が幕を開けようとしている。村雨が思い出したように言った。

「浪速の復権を目指す前に、彦根先生に謝っておかなければならないことがあります。

かつて浪速大にＡｉセンターを設置する構想があった時、私は彦根先生との約束を破り、Ａｉセンターを司法の手に渡してしまったことです」

「なにかと思えばそんなことですか。その程度の裏切りには慣れています。あの時、村雨さんが僕ではなく鎌形さんをチョイスしたのは当然です。為政者にとって死亡時医学検索なんかより、検察の力の方が重要ですから」

しかし、となおも言い淀む村雨に、彦根は言った。

「それにＡｉの重要性を白鳥技官も主張し続けてくれています。先日も豪間大臣にワクチン接種後死亡例調査でＡｉ重視を進言し『ＣＴ：６例、死亡時画像診断：２例、ＭＲＩ：１例、不明：７例、解剖：２例』という表記を次の39例では『Ａｉ：14例、不明：20例、解剖：２例』という表記に変え、Ａｉも着実に増えていることを明らかにしてくれました。Ａｉは綿毛になって世界に広がっているので、ご心配なく」

白鳥の顔を思い浮かべた村雨は苦笑しながら言う。

「私が浪速市の市長になったら今度こそ、画像診断中心のＡｉセンターを創設します」

「期待してます」と彦根は微笑した。

そんな会話を交わしているうちに、タクシーは浪速大に到着した。車を降りると浪速大学付属疫学センターに異動したばかりの八割パパ・喜国忠義教授が玄関先で出迎えた。喜国は彦根にスカウトされたのだ。

「結局、このフォーメーションに戻りましたね。喜国先生、ご苦労をお掛けします」

村雨が頭を下げると喜国は険しい表情で言う。

「コロナの主戦場の浪速に戻るなんて天命の気がします。計算では感染対策を行なわない場合、従来型の実効再生産数は2・5でした。一人の感染者が平均して2・5人にコロナを感染させる状況ですがインド型の実効再生産数は5・6、つまりインド型は一人の患者から五人に感染する凄まじい感染力で予断を許しません」

そこで喜国教授は、ふっと表情を緩めた。

「でもそんな絶望的な状況でも、今は晴れやかな気持ちです。わからんちんの安保前首相や耳なし芳一《ほういち》の酸ヶ湯首相に説明する虚しさを思えば、村雨さんにアドバイスするのは極楽です。やることも単純化されています。まず新ワクチンの開発現場を見学してください。エース研究員の鳩村・天馬の両名が現場でお待ちしています。もちろん彼らの親分の海坊主、宇賀神元総長も手ぐすねを引いて待ち構えています」

彦根は一瞬、遠い目をして十年前のインフルエンザ・キャメル騒動を思い出す。

あの時のリベンジが始まるのだと思い、武者震いした。市政を司れば司法関係も絡んで、電光石火のカマイタチ・鎌形さんの出番も増えるだろう。そして画像診断の女神で彦根の比翼連理の鳥、桧山《ひやま》シオンをいつ浪速に呼び寄せようか、と考えた。

見上げた初夏の青い空を、一羽のツバメがすい、とよぎった。

その日、有休を取った朝比奈春菜は、村雨が出演している情報番組「どんどこどん」を、自宅の居間で見ながら、「佐保」と電話で話していた。

「やっぱり村雨元府知事って、かっこええわあ」

しみじみと春菜が言うと、受話器の向こう側から、からかうような声が響く。

――春菜はファザコンだから、昔からああいう渋いオッサンに弱いのよね。

「やめてよ、そんなんやないんやから。でも村雨さんのお役に立てて嬉しいわ」

――そうだね。そんなことより春菜、本当にこれでいいの？　二人のユニットなのに、このままだと「佐保」は私が独り占めすることになっちゃうよ。

「それはどうでもいいよ。『佐保』は覆面アバターやもの。それよりコロナが落ち着いたら浪速に遊びにおいでよ。一緒にご飯しよ。真魚《まお》は浪速で何したい？」

――そうだなあ。天保山《てんぽうざん》の水族館で、ジンベエザメを見たいな。

「ほんとに真魚は水族館が好きねえ。天保山にはクラゲもたくさんいるし」

――うん、楽しみ。早くコロナが収まるといいね。

「せやね。天保山水族館も閉館中やし。その時はカイザーも誘ってみようか？」

――それは止めとこ。説教されそうだもん。

カイザーこと甲斐冬樹《かいふゆき》は同じゼミの先輩で、情報開示請求についての指導者だった。

その界隈では「情報開示請求クラスタの帝王」と呼ばれていた。

「佐保」は沢村《さわむら》真魚と朝比奈春菜のユニットだ。二人は大学のゼミで「平家物語」を研究した間柄だ。卒業した時は就職氷河期で二人とも就職できず故郷に帰った。

真魚は讃岐で浪速から遠くないので、ご飯を一緒に食べようと言いながら、なかなか会えない。そんなある日、鵜飼府知事がうがい薬でいい加減なことを言ったのに怒った春菜は、電話でそのことを愚痴った。黙って聞いていた真魚は、話が一段落すると「それなら情報開示請求っていうのをやってみない？」と提案した。

公組織は情報開示には組織防衛のため黒塗りでごまかそうとする。だが地方自治体は、市民の請求に篤実に応じる気質もあるので面白い情報が得られるという。

真魚は、尻込みする春菜に、ツボを心得たやり方でささやきかけた。

——情報請求は誰でもできるけど、お役所の膨大な書類を読み解くには読解力と忍耐力が必要なんだって。お役所言葉は方言みたいなものだから、その世界と縁がないと読み解けないけど、春菜は病院の事務員で浪速府の通達なんかを読み慣れているから、お役所言葉は馴染みがあるし、大学で平家物語の研究をしていた私たちは、古文書を読み解く忍耐力があるから、役所の文書も解読できるんじゃないかなあ。

「確かに私たちは歴史の記録文書の重要さもわかっているし、公文書も一種の歴史文書だと考えれば、ドンピシャかも」と春菜は真魚の提案に乗った。

するとひょんなことから、ゼミの先輩の甲斐冬樹がその道のプロだと知った。そうしたことを趣味でやる人たちを「開示請求クラスタ」と呼ぶということも教わった。資料請求すると、たくさんの文書が送られてきた。二人でああだこうだ言いながらつなぎ合わせていくと、鵜飼知事の矛盾点がジグソーパズルの絵柄のように浮かび上がった。それはゼミで平家物語を研究しながら、卒論を書いた時の気持ちと似ていた。うんざりするような単調な仕事だったけれど真魚と分担するとすいすい進んだ。

結果をネットにアップするといい、とカイザーにアドバイスされた。春菜は消極的だったが、ハンドルネームを好きに決めていいと言われたので、春の女神「佐保姫」を意識し「佐保」と名乗ることにした。

鵜飼知事のポピドンヨード会見のいきさつを解き明かしアップするとアクセスが殺到し、「佐保」は華々しいデビューを飾った。賞賛のコメントが満ちこれからも白虎党の問題を追及してください、応援してます、と激励の言葉が多数寄せられた。

その調子で過去の鵜飼知事の言動をチェックしたら、彼の発言の九割がテレビカメラの前で口にした思いつきだったということが判明する。

いつしか二人は「佐保姫」と呼ばれるようになった。「佐保」の実体は、社会の変革を目指す気持ちなどさらさらない、無味乾燥に思える書類を読み解いて血を通わせ、そこから真実を見つけるのが趣味の学究肌の女子二人のユニットだった。

「佐保」は鵜飼府知事が医療領域でいい加減なことを言うのは我慢できなかった。なので次は、鵜飼知事が得意げに発表した「新幹線で浪速にやってくる人を検温する」という企画についてまとめた。資料で事務方に全く諮られず、単なる思いつきでその場で口にしたことが明らかになった。それは鵜飼知事のいつものやり口だった。

「佐保」を煩わしく思う白虎党上層部は「白虎党ファクトチェッカー」で、その指摘が「フェイク」だと言いくるめようとした。だがリアルの開示情報を持つ「佐保姫」に鎧袖一触《がいしゅういっしょく》で叩き潰された。世人は「佐保」に対し「白虎党ファクトチェッカー」がチェックを断念したことを以て、「佐保」のサイトが真の「ファクトチェッカー」だと認知した。それは「似非」が「本物」に取って代わられた瞬間だった。

「佐保」は「地方紙ゲリラ連合」の統領、「血塗れヒイラギ」と邂逅《かいこう》し、白虎党打倒に立ち上がった「浪速の風雲児」の「梁山泊」に全面協力することを決意する。

手土産に皿井市長が公用車でホテルに出入りしているというウワサを聞き、役所の書類を情報開示請求し、ばっちり公私混同の証拠を摑み、発表したのだ。こうして村雨梁山泊は再起動に際し、遊軍の弓兵部隊「開示請求クラスタの佐保姫」を陣容に加えた。それは「政治変容」の第一歩だ。「情報開示クラスタ」が解き明かすのは些細な末端の事案の問題点だ。本来、政治はそうしたささやかな日常の積み重ねであるべきだ。だが従来の政治や行政は、成果をチェックされず底抜けだった。それは市民社会、政治世界、行政機構の不備を補完する、本質的な仕組みになる可能性があった。

だが彼女たちはまだ覚醒しておらず、凄《すさ》まじい内容の会話を無邪気に重ねていた。

——そういえば今回はカイザーも頑張ったみたい。「赤星ファイル」関連で、野党の財務省ヒヤリングに呼ばれたんだって。もちろん顔出し厳禁で、だけど。

「何それ、知らなかった。それって有朋学園事件で赤星さんって官僚が、自殺前にこっそり作ったメモよ。今回知り合った記者の別宮さんが追いかけていた事件」

——そうなんだ。ほんとびっくりしたわ。知らぬ存ぜぬとしらを切り続けた財務省に、『赤星ファイル』があるって白状させちゃうんだもん。「カイザー」は凄いわ。

「あれは財務省が悪いわ。公文書を改竄するなんて、海より深く原典を愛する『カイザー』の逆鱗《げきりん》に触れて本気で怒らせたから、ただでは済まないわよ。怖い怖い」

——今回、カイザーは新たなステージに入ったって言ってた。国会議員は国勢調査権があるから、彼らと組むと情報開示請求の質が格段に上がるんだって。

「あの緻密さで情報を突き合わせてネチネチと追及されたら、勘弁してってなるわ。私たちもしごかれたもん。別宮さんに教えたら喜ぶやろうなあ」

——ダメだよ。情報開示クラスターの掟《おきて》その一、むやみに素性を明かすべからず。

「そうやね。掟その二、情報発信の前は三度、見直せ。あといくつあったっけ」

——「その五」までよ。そんなこと言ったら、カイザーにどやしつけられるわよ。

「怖い怖い。でも今回はやりがいがあったわ」

――春菜が大好きな村雨さんを浪速市長にするため、これからも頑張ろ。

「やめてってば。そんなんじゃないんやから」

画面の中で村雨が威風堂々と画面から退場するところだった。


「佐保姫」が浪速白虎党の欺瞞を白日の下に晒した頃、東京では「カイザー」が野党議員とタッグを組み、大暴れしていた。彼は「赤星ファイル」の提出をめぐり財務省と丁々発止のやりとりを重ねた。野党議員がファイルの国会提出を求めたのに対し、財務省は「存在が確認できない」という不誠実なゼロ回答を続けた。そのことに憤り「ファイル」の「情報開示」を請求したが、財務省は「カイザー」にも同様の塩対応をした。それは当然だが赤星氏の未亡人が起こした民事賠償請求裁判で、裁判所から再三資料開示を要求された財務省はぽろりと赤星ファイルが存在すると答えてしまう。単純ミスでなく、二重三重の状況が重なり検討に検討を重ねた果ての浅知恵だ。そもそも財務省は桜宮管財局が公文書を捏造したことは認めている。だがその「自白」が更に捏造、削除の塊のような不実な代物だったとすっぱ抜かれた。

赤星ファイルは、捏造を実行させられたことを苦に自死した担当者、赤星哲夫氏が、捏造書類作成に関し依頼者と依頼日時、捏造内容を詳細に記録したものだ。

ファイルの存在は赤星氏の遺書で明らかにされ、弔問に訪れた当時の上司の発言で裏付けられた。財務省は「赤星ファイル」の存在をひた隠しにした。ファイルが表沙汰になると再調査は必須になり、かつての調査の欺瞞が明らかになるからだ。

それなのになぜ今になって存在を明らかにしたのか。「有朋学園事件」は国有地払い下げを不当な低価格で実施しようとして、有朋学園の校長が当時の首相夫人・安保明菜に口利きを頼んだことに端を発した。安保前首相が国会答弁で「妻がこの件に関わっていたら自分は首相どころか、国会議員も辞める」と大見得を切ったため大事になった。明菜がこの件に関わった証拠が桜宮管財局の書類に残されていたのだ。だから安保首相を守るため桜宮管財局のトップが、書類の捏造を指令したのだ。

その契約書を詳細に検討すると、払い下げから十年が経過すると土地を処分できるという条項があった。背後に白虎党の政治家の影が見え隠れしていた。その国有地簒《さん》奪《だつ》構造は白虎党元党首、蜂須賀が浪速で活用した手法だ。

新自由主義経済の推進者で日本を食い荒らすシロアリの王、竹輪元総務相が指導者だ。酸ヶ湯も竹輪の愛弟子《まなでし》で、同じ図式で横浜の広大な国有地を自分の支援会社に払い下げさせた。酸ヶ湯と元白虎党党首の蜂須賀は兄弟弟子なのだ。

酸ヶ湯はこの際、赤星未亡人の民事訴訟に一気にケリをつけてしまおうと考えた。憲法記念日を前に、またぞろ浮かれ出した安保前首相を牽制《けんせい》する意味もあった。

もう安保前首相がダメージを受けても、痛くも痒《かゆ》くもない。五輪が始まり、人々の関心を逸らせる。だが財務省のロジックは破綻し、野党ヒヤリングで「赤星ファイル」を国会に提出しろと迫られた。裁判所に提出するなら野党議員の要求は当然だった。ヒヤリングに同席した「情報開示クラスターの帝王」は「どう書けば赤星ファイルを開示してくれるか、書き方を教えてほしい」と質問した。財務省担当者が「個別案件への回答は差し控える」と答えると、総務省の行政通知「行政機関等の保有する情報の公開に関する法律の趣旨の徹底について」を持ち出し、「開示請求をしようとする者に対し、必要な情報の提供を積極的に行ない、開示請求をしようとする行政文書等を当該者に明確に特定させた上で事務処理を進めることを徹底すること」なる文書を朗読し、「財務省担当者の姿勢は情報開示法に反している」とやりこめたのだ。

その様子はユーチューブで発信された。THKは、七時のニュースで国会討論を編纂し、安保首相がまともな答弁をしているように見せかけ長期政権を支えてきた。だが全てを見せる動画はそんなTHKの欺瞞もあからさまにした。逆らう者は左遷すると公言した酸ヶ湯を前に、気骨ある官僚は姿を消し、有能な人材は霞が関を去り、無能なイエスマンだけが残った。優秀と言われた官僚機構は劣化し、腐り始めた。

政治家の生命線は言葉だ。公約は国民との契約で権力の源泉は国民の付託にある。

だが国会で嘘をつくことを容認した安保政権は何でもありだった。政治権力は利権のみ追求し、抑止者はいない。メディアは政権の言うことを垂れ流すばかり。

虚偽答弁を容認した「安保↓酸ヶ湯長期政権」と「浪速白虎党」は、東西で日本を熱帯ジャングルでの腐敗のように全てをぐずぐずにしてしまった。だがSNSでの署名、デモ、開示請求など新しい風が、清新な国土を作り上げようとしていた。

特に「開示請求クラスタ」の活動は、これまでの政治・行政が決定時の審議のみ重視し検証を怠ってきた、日本の社会制度の旧弊を糺す可能性がある。

もっと早く機能していれば五輪経費がここまで膨れ上がることも避けられたかもしれない。だが後悔しても仕方がない。これから新しい日本を作り上げていくしかない。

「開示請求クラスタ」の面々は、自ら識らないうちに、日本再生の一柱を担っていたのだった。

23章　油すましvs火喰い鳥

二〇二一年六月　東京・霞が関・首相官邸

あと一ヵ月半で、五輪が始まろうとしている。

首相官邸の執務室の窓から、小雨に濡《ぬ》れた青葉が風に揺れているのが見える。今年は梅雨入りが早かった。しかし梅雨なのに水無月とは、妙な呼び名だ。

ノックの音に、酸ヶ湯は夢想の世界から、現実に戻る。

閣議前に呼び出した豪間ワクチン大臣だ。日の丸や星条旗をあしらったカラフルマスクがお気に入りのワクチン大臣は、今の酸ヶ湯にとって希望の光だった。

だがやたらに酸ヶ湯の背後に、生気溢れまくりの背後霊のように映り込もうとする彼は、今日はなぜか尻込みするように執務室の中に入らず、外からぼそぼそと言う。

「本日は酸ヶ湯首相が誰より直接お話しになりたいと思うナンバーワンの人物を連れてきました。閣議までの三十分間、思う存分、語り合ってください」

豪間大臣の背後から、男性がぴょこん、と顔を出し、「ども」と言った。

「お、お前は……」と言ったきり、酸ヶ湯は絶句する。返事を待たずに部屋に入ってきたのは、深紅の炎のマスクが悪目立ちする人物、ファイザーCEOとの面談すら設定できなかった口先男、厚労省の下っ端技官、名前は確か、白鳥だ。

「スカちゃんは相変わらず貧相ですね。そんなんじゃダメダメ、スマイル、スマイル」

「ふざけるな。お前のような無責任なヤツを前に、笑顔でいられるはずがないだろう」

「それは超絶逆恨みですよ。ファイザーのCEOとの直談判や大量のワクチンのお持ち帰りなんて、日米首脳会談の下ごしらえに参加していなかった僕には無理かもしれませんね、でもベストは尽くしますって、渡米前に言いましたよね。不満があるなら泉谷さんの失楽園パートナー、本田審議官に言ってください」

怒濤の口撃に酸ヶ湯は黙り込む。言われてみれば、確かに白鳥技官に非はなかった。

「豪間君も無責任だな。一体どういうつもりで、君なんぞを寄越したんだね」

「こんな進言はどうですかって提案したら、ゴーちゃんはビビって僕に直接言わせようとしたからです。これはふたつのことを意味してます。ひとつはスカちゃんにこんな進言をできる腹心がいないということ。もうひとつはゴーちゃん自身、僕の提言は至極もっともで唯一の打開策じゃないかと思うだろうってことです」

酸ヶ湯に興味が湧いた。今の酸ヶ湯は藁《わら》にもすがりつきたい、溺《おぼ》れる者だった。

「豪間君もビビったという、その提案を聞いてやる。話してみろ」

「そうやって改まられると照れちゃうんですけど。スカちゃんはそろそろ五輪中止をブチ上げたらどうですか、なんて言おうと思ったんですけど」

「たわけめ。それができるくらいならとっくにやっとるわ」

「どうどう、怒らない、怒らない。スカちゃんが出来ないと思い込んでいるから、意表を衝いて正面攻撃に出てみたわけ。これは『アクティブ・フェーズ』の極意その六、『敵が想定しないところをついて本音を引っ張り出せ』の応用篇ですけど」

「アク、なんとかフェスだと？」

「『アクティブ・フェーズ』、日本語で『能動的聞き取り法』っていうんですけど、無理に覚えなくていいです。で、どうなんですか。なんで五輪中止と言えないワケ？」

「当たり前だろう。五輪は私の切り札で命綱だからな」

「でもなんだか命綱で首をくくりそうに見えるんですけど。それに切り札っていうのは、ここぞという時に一撃必殺で使うものです。スカちゃんお気に入りの『仏滅の剣』の第二の必殺技、『全散乱』ってヤツですよ。知らない？　スカちゃんってニッチなオタク知識も乏しいんですね」

なぜコイツに、ここまで言われなければならんのだ、とむかつきつつも反論する。

「ここまで五輪開催を言い続けてきたんだ、国際的な信用問題だ」

すると白鳥は人差し指を立て、左右に振りながら「ちっちっち」と言う。

「それは全人類に対する責任じゃなくて、ＩＯＣのバッカ会長に対する個人的な信頼関係でしょ。あんなゲタ親父なんか、気にする必要なんて全然ないですよ」

「そうはいかん。二人三脚で五輪を成功させようと、固く誓い合ったんだからな」

「でもグータッチで誓い合った小日向知事は、いつ寝返るか虎視眈々《こしたんたん》とタイミングを見計らってますよ。これは言い出しっぺが総取りの大勝利になります。でもってそのことに気がついている人は大勢いる。議員にもいる。でもスカちゃんに進言する人はいない。僕が得た裏情報では、煮貝さんが小日向さんと連絡を取り合って発言のタイミングを調整しているっていう、採れたてほやほやのウワサもあるんですけど」

驚天動地の情報だ。煮貝幹事長が自分を見限り、後継に小日向美湖を考えている、というのか。その瞬間、酸ヶ湯にも構図が見えた。小日向知事は五輪中止を訴え、人気が最高潮に達した七月、都議会選で「都民一番大切党」を大躍進させる。するると次は五輪中止後の衆議院選挙に打って出て、小政党の党首として合従連衡、妥協の産物で首相の座を射止めることができる、かもしれない。

それは絵空事ではない。現に煮貝幹事長は小政党を渡り歩き、連合政権が成立した場に何度も居合わせた。確かに今、五輪中止を打ち出せば世の賞賛を集めるだろう。そしてそれを言い出せる人物はこの世に二人しかいない。酸ヶ湯と美湖だ。

悶々《もんもん》と悩み始めた酸ヶ湯を前に、白鳥は驚愕情報をさらりと口にした。

「実は日米首脳会談に相乗りさせてもらった時、ワクチン開発の重要情報を入手したんです。ニュータイプのワクチンの設計図の大本になる情報ですよ」

「なんだと。そんな重要情報を黙っていたとは、許し難い裏切り行為だ」

「でも報告したらスカちゃんは皿井さんに教えるでしょ。そしたら『エンゼル創薬』に渡しちゃう。一年間『エンゼル創薬』は何もしなかったんですよ。一年の時間と百億円の研究資金をドブに捨てたのは、スカちゃんと鵜飼知事の共同正犯です。だから僕は本当にワクチンを作れる実力とメンバーが揃ったワクセンに一任したんです。あの時同行したぼんやりした若造は、日本製ワクチン開発のキーマンです。スカちゃんが大好きな『イクラ』連中と経歴は似てるけど中身は全然違って、今回のスパイク蛋白のブループリントを持ち帰った殊勲者です。アイツはワクセンのエース研究者と協力して、すでに国産ワクチンの開発に取りかかっています」

口調は軽いが話す内容はずしりと重い。白鳥は腕時計をちらりと見た。

「今頃、浪速テレビの番組で浪速の風雲児、村雨さんが九月までに国産ワクチンを開発して頒布する計画をぶち上げています。閣議が終わる頃にはネットニュースを席巻しているでしょうから読んでみてください。治験に全面協力するよう、スカちゃんが豪間大臣を通じて厚労省を指導したということにしてあります。これが今の僕にできる精一杯、だけどスカちゃんの顔も立ててあげたから文句はないですよね」

ぐむ、と酸ヶ湯は言葉を失った。

「あ、きょとんとしてる。こんな簡単な話もわからないなんて、スカちゃんってほんとにバカなんですねえ」

「一国の首相に面と向かってバカとはなんだ、バカとは。無礼者め」

酸ヶ湯は真っ赤になって、白鳥を怒鳴りつける。白鳥はへらりと笑って続けた。

「僕は遠慮は止めたんです。バカをバカと言わないと、そのバカは図に乗ってバカをまき散らし、この世がバカばっかになっちゃいますから。だからバカを選別するため、とりあえず『バカ五ヵ条』っていうのを作ってみました」

「なんだ、それは」と、思わずつられて訊ねてしまう酸ヶ湯はバカだった。

「バカは思い上がって周囲にバカをまき散らすので、コロナよりタチが悪いんですよね。『バカ五ヵ条』は各項一点、四点以上でバカ確定です。その一、自分を利口と思うバカ、その二、議論で揚げ足を取るバカ、その三、バカと言われると逆ギレするバカ、その四、知恵者の話を聞かないバカ、その五、漢字が読めず教養のないバカ。さて、ここで質問です。スカちゃんは何点だったでしょう」

「バカバカ言うな。そんなくだらん採点は断固拒否する」

「うくく、スカちゃんはクソ真面目すぎるんです。最近、スカちゃんは政府分科会の近江座長が好き勝手なことを言っているって怒りまくっているようですけど、あれはやめた方がいいです。感染症の専門家が感染予防の観点で喋るのは当たり前だもん」

だが白鳥の言葉が、酸ヶ湯の鋼鉄の鼓膜を震わせることはなかった。

やむなく白鳥は、別の角度から酸ヶ湯を攻撃する。

「そういえば、懲りないお坊っちゃま前首相が再起を目指し、またぞろメディア界隈で活発に発言をし始めたみたいですが、放っておいていいんですか?」

「賞賛のコメントはほとんどない。かつての好評は私がネトウヨのネット投稿団パンサーズに依頼して書かせた。今は官房機密費をそんな無駄なことに使わない」

「権力の世界って怖いですねえ。一寸先は闇だもの。そういえばスカちゃんは最近、素晴らしい政策を打ち出しましたね。ほら、こども庁の新設ってヤツです。それと、小学一年生にやらせた『子ども国会』も面白かったです」

酸ヶ湯は、小学一年生との質疑応答がテレビ放映された場面を思い出す。

──総理大臣に質問があります。おじいちゃんやおばあちゃんにワクチンを打って、なぜ、パパやママには打ってくれないんですか。

「それはね、おじいちゃんやおばあちゃんを大切にしようと思ったからだよ」

──でも、おじいちゃんやおばあちゃんが助かって、おとうさんやおかあさんが死んじゃったら困るので、順番は逆にしてほしいです。それと子どもの運動会はダメなのに、なぜ大人の運動会はやるんですか。

無邪気な質疑応答は、酸ヶ湯の詐術を明らかにした。黙り込んでしまった酸ヶ湯を見て、白鳥はにっと笑い、言いたい放題を続けた。

「子どもに判断を丸投げするのは英断です。王様が裸だと言えるのは子どもですから。チャイルド・シャドウ・キャビネットの方が欲ボケ老人内閣よりマシですよ。ついでに優秀な子を飛び級させちゃえば、その子たちが落魄した日本の救世主になります。そうだ、今度、文科省の同期に提案してみようかな。小さな子どもが気づいているんだから、そろそろ国民の洗脳は解け始めてますね。総裁選のライバル叩きに血道を上げていたら、思わぬところで足を掬われますよ」

「小日向知事のことかね？」

酸ヶ湯が低い声で訊ねると、白鳥はにっと笑った。

「もっと面倒な強敵です。十年前、『日本三分の計』なんて大ボラを吹いたヤツが、浪速の風雲児を再起させたんです。首脳会談に同行した銀縁眼鏡の気障なヤツですよ。アイツは『空蟬の術』が得意技で『スカラムーシュ』と呼ばれてる。十年前は時期尚早だったけど、中央政府が自壊しつつある今、機は熟しました。村雨さんが出てきたら白虎党なんて一撃で粉砕だし、国産ワクチン開発を実現されたら、スカちゃんだってイチコロです。『大ボラ吹き』の異名だけあって、ヤツはとんでもないことを考えてます。WHO上層部の強力なコネで、国連総長に『現在の世界は交戦状態にある』と宣言させるよう、画策してるらしいです」

真っ赤なマスクを顎に掛け、滔々と喋る白鳥の口元を酸ヶ湯は呆然と眺めた。

「『仮定の話にはお答えできない』はスカちゃんのお得意のワンパターンのフレーズですけど、少しは仮定の話についても考えておいた方がいいです。だって国連総長からそんな談話を出されたら、政府としてコメントしないわけにいかないでしょ」

あまりにもめまぐるしい白鳥のロジック展開に、酸ヶ湯はついていけない。

白鳥は鼻歌交じりでスキップしているみたいな口調で続ける。

「僕も負けじと、訪米の隙間時間に米国の知り合いの記者に、日本をレスキューする記事を書いてもらう手配をしておきました。バッカ会長に『ぼったくり男爵』とあだ名をつけた糾弾記事を書いてもらったので、そろそろ火の手があがるはずです。日本が中止を決めた時、違約金を請求したら国際世論が攻撃するっていう寸法です。これはアクティヴ・フェーズその十二、『守るが攻め』ってヤツの応用ですけど」

青ざめた酸ヶ湯は、震え声で言った。

「バッカ会長に、あんな失礼なあだ名を付けたのはお前だったのか」

「あ、もう記事は出ましたか。それは僕じゃなくて知り合いの女流ネット小説家で、小日向さんを『砂かけ婆』、皿井さんを『子泣き爺』、スカちゃんを『油すまし』に喩えた張本人です。それと比べたら『ぼったくり男爵』なんてカッコ良すぎでしょ」

それを知らなかった酸ヶ湯は、衝撃を受けた。小日向知事に対するあだ名を高く評価していただけにその分、ダメージは大きかった。

「梁山泊の攻撃はまだまだ続きます。特に彦根は、怒濤の波状攻撃が得意技なのでご用心を。あとガーデン大統領に気をつけた方がいいです。スカちゃんの帰国直後に、渡航禁止勧告を拡大したのは事前通告で、次は日本です。この前Ｚｏｏｍ会見した時、ガーデン大統領がぽろりとこぼしたマブネタです。この情報は、米国に連れて行ってくれたスカちゃんへの、最後のツルの恩返しです」

コイツは白鳥じゃなくて鶴だったのか、などとしょうもないことを考えつつ、あまりにぶっ飛んだ白鳥の通告に、酸ヶ湯は目を白黒させるしかない。

「スカちゃんの再選の目は紙のように超薄くなったけど、万が一生き残れたら、次は誰を登用するかに気を遣った方がいいですよ。『エブリシング・イエス』の茶坊主連中はスカちゃんが権力を失ったとたん、周りからいなくなっちゃいますから」

そう言った白鳥は立ち上がると一礼した。

「僕の進言を採用するかどうかはお好きにどうぞ。どのみちスカちゃんの未来は、ほぼほぼ終わりだと確定してますから」

そう言い残し部屋を出て行く白鳥の後ろ姿に、言葉を掛ける気力はなかった。

窓の外では五月雨が音もなく、しとしとと降り続いていた。

24章　スカラムーシュ、出師す

二〇二一年六月　浪速・天目区・ワクチンセンター

俺は、機能停止から復帰した東城大学医学部で、全館の感染状況を把握し終えた。不定愁訴外来に戻ると、自分で淹れた珈琲を口にして、吐息をつく。

先ほど本館の外来受付を覗いてきたが、クラスター発生前と変わらず、大勢の患者が順番を待っていた。この二ヵ月の騒動が何もなかったかのようだ。

嵐のような日々だった。ひっきりなしに鳴り響く抗議の電話に謝罪を繰り返す事務員。外来停止を知らず訪れたかかりつけ患者。薬だけでもほしいと窓口で粘る通院患者。予定手術が延期され呆然とする患者、その患者に寄り添う看護師は自分もコロナに感染しているのではないかと怯え、それでも患者のケアをしなければならない。

そんな中、三船事務長は不眠不休でいつ倒れてもおかしくなかった。対外的な対応に加え患者のベッド移動や医療スタッフの配置など事務的な雑事は膨大で、それが全て三船事務長に集中していた。俺や高階学長が補佐しようと申し出たが、却って邪魔になるから他のことをやってくれ、と言われてしまった。まあ、おっしゃる通りだ。

クラスターが発生して以後、事務員の退職が相次いだ。医療職と同様に事務員のコロナ接触の機会は多いが対応は後回し。経済的に打撃を受けると真っ先に彼らの手当が削られた。それは仕方がないが納得できない気持ちもわかる。こうして人員不足に陥り、三船事務長の負担が増した。そんな状況下でも高階学長が現場に顔を出すと、現場は活気づき、高階学長が声を掛けると、疲労困憊の看護師の顔に生気が戻り、事務員も溌剌《はつらつ》となった。これが指揮官の威力だ、と俺は改めて感服させられた。

俺は彦根が伝えた最新のコロナ情報をプリントし、各病棟や事務室に配布した。

「新型コロナウイルス感染の潜伏期は五日、他者に感染させる期間は発症二日前から発症後九日まで。発症二日前からPCR陽性になり、二週間で三割、三週間で七割、四週間で九割が陰性化し、抗体は発症十日以後に陽性になる」

こうした情報は有用だった。他者へ感染させる時はPCR陽性で、濃厚接触から二週間隔離すれば他者への感染は防げると確信できたからだ。科学的に明確な情報を徹底して伝えることで、看護師の動揺も防ぐことができた。ただしそれは、メディアや政府が伝えた情報とかなり違っていて、混乱したスタッフもいた。

看護師は自責の念が強く、自分がクラスターを醸成したのではないかと落ち込む人もいてメンタルケアが必要になった。それは神経内科で不定愁訴外来担当の俺の仕事なので多少寄与できた。

そこで吐露された、コロナ対応と距離がある一般病棟の看護師の言葉も切実だった。

それを思うとコロナ対応の最前線で踏ん張り続けた、オレンジ新棟の如月師長と、黎明棟の若月師長の二人の名月の、メンタルの強さにはつくづく感服させられる。

オレンジ新棟と黎明棟に新型コロナ感染患者が収容され始め、二人の名月は獅子奮迅の対応を再開した。そつのない別宮記者は二人に、クラスター発生時の看護部門の記録を本にまとめることを提案した。企画はオレンジ新棟と黎明棟が一時閉鎖された時期にすっぽり嵌まり込んだ。二人は何度も打ち合わせ、記録を書き上げていった。

黎明棟の廊下の壁に延々と書き綴られた「クロノロジー」が役に立った。一章分を書き上げるとその都度、終田師匠が文章を添削した。「ゴトー伝」を出版し一瞬腑抜けた終田師匠は、水を得た魚のように未熟な原稿に赤字を入れまくった。鬼気迫る様子は、不実な政権の衛生行政に吠える後藤男爵が乗り移ったかのようだった。

そうして完成した書籍を、つい先ほど如月師長が俺に手渡しに来た。

「第4波が収まったら、『スリジエ』で出版記念パーティを開くので、出席してくださいね」と光栄にもご招待に与《あずか》った。彼女たちの奮闘に刺激されて、俺も懸案だった「怖い話」のショートショートを書き上げた。愚痴外来に居座り、如月師長や若月師長の文章を添削する終田師匠の熱気と毒気に当てられて生まれた俺の、最初で最後の創作作品だ。幼い頃に聞いた怖い話を記憶の底から呼び起こし書きあげた俺の作品を読んで、終田師匠は、むう、と呻いた。

「やはり拙者が睨んだ通り、おぬしはただ者ではなかったでござる。これからは師弟の縁は切り、切磋琢磨する敵同士でござる」

いや、それは過分な評価で、と言っても後藤男爵が憑依した師匠には届かない。

最後に師匠は、はなむけで赤を入れてくれた。俺はタイトルを「真っ赤な顔」としたが、師匠は「赤い顔」とシンプルに変えた。確かにこの方が怖さが際立つ。

俺は、創作に関しては真っ白な灰に燃え尽きた。せっかく完成した作品だったが、出版不況の折、ショートショート・アンソロジーの出版は無期延期されたままだ。

＊

西下する新幹線の車中はガラガラだ。「のぞみ」が止まらない静岡県内の「ひかり」や「こだま」は、特に空いている。なので俺は高階学長と離れて座ることができた。

新浪速まで三時間弱、その間高階学長と隣り合わせでは息が詰まる。それにしても距離は半分なのに、東京＝新浪速間よりも時間が掛かるのはおかしい、といつも思う。

東城大でのクラスター発生時、大規模ＰＣＲ実施に全面協力してもらったお礼に、高階学長と俺は新生浪速ワクチンセンター研究所を表敬訪問し、浪速ワクセンの樋口総長と東城大学の高階学長の間で包括的協力協定を締結することにしたのだ。

浪速では浪速市長のリコール運動が始まり、三日で三十万筆の署名を集めたという。この調子なら必要数の署名が集まるのは確実だと報じられた。気のせいか最近、鵜飼府知事がテレビに露出する回数が減った気がする。

新浪速駅は五年後の万博を見据えて改装され、規模も大きくなり迷いそうだった。タクシーで浪速ワクチンセンターへ向かう。二十分で天目区にある浪速ワクチンセンターの研究センターに到着すると、彦根が玄関まで出迎えてくれた。

「遠路はるばる、ようこそ浪速へ。樋口総長、宇賀神元総長がお待ちかねです」と彦根が言う。どこでも自分の根城にしてしまうヤツだ。

総長室での顔合わせの時、宇賀神元総長と高階学長は互いに腹を探り合うように、見つめ合った。相通じるものを感じたのだろう。隣で、やはり樋口総長と俺が、どことなく近しい気持ちを抱きながら、挨拶を交わした。

研究所は小さなバラックの建屋だが活気に溢れていた。ニュータイプのワクチンの大量生産が軌道に乗り、隣接地に新築の研究所を建設中、一足先に大量ＰＣＲ機を小部屋に設置し、大規模ＰＣＲを実施しているという。

久しぶりに天馬君と再会した。右眉の傷も薄くなり元気そうだ。同年代の鳩村博士と議論を闘わせながら手際よくＰＣＲのデータ解析を実施している。

東城大と浪速ワクセン上層部のランチ会食の席上でも天馬君と鳩村博士は、寸暇を惜しむように侃々諤々の議論をしていた。天場君も、やっと一人前の研究者になったのだな、と感慨深かった。天馬君も、やっと自分の居場所を見つけたのだ。

　高階学長は桜宮にとんぼ返りをしたが、俺は病院の騒動も落ち着いていたので、一泊した。彦根と天馬君が寄宿している、菊間総合病院の寮の部屋が空いているので、遠慮なくお邪魔した。彦根は、自分の病院のようにいろいろ差配してくれた。

　ウワサの菊間院長はあいにく出張中で不在だった。でも医師会御用達の「かんざし」という小料理屋で、彦根が夕食を接待してくれた。

　緊急事態宣言の最中だったので酒が出ないのは残念だったが、料理は旨かった。

　そこで交わした会話は、最新情報を織り交ぜたもので、勉強になった。

「五月末に解除予定だった東京、浪速の主要都市の緊急事態宣言は当然延長され、メディアは、感染の主力がインド株に置き換わったと報じています。でもこれは間違いで、新型コロナウイルスのインド株が新たに流行し始めたと考えた方がいいです」

「そう言えば以前、速水に、武漢ウイルスのように地域の名前でウイルスを呼んではいけない、と説教されたことがあるんだが、変異株は地名で呼んでもいいのか？」

「よくないんですが、ＷＨＯの対応が追いつかないんです。変異株の呼称に伴い、旧来型を武漢株と呼ぼうという動きもあります。それはＷＨＯのウイルス命名法の基本精神から外れていますが、現状では黙認されているんです」

「その方が、いろいろすっきりするんだがな」と俺は言う。

「『懸念される変異株（ＶＯＣ）』という、現在最も注目されている四つの変異株と、次に警戒すべき『注目すべき変異株（ＶＯＩ）』がありますが、近いうちにその二系統の呼び名から地名を外し、ギリシャ文字の新名称を用いるらしいです。今の英国株はアルファ、南アフリカ株はベータ、ブラジル株はガンマで話題のインド株はデルタ株とカッパ株の二種に改名される模様です」と彦根はなぜか得意げだ。

　事情を聞いたら、長々と自慢話を聞かされそうな予感がしたので触れずにおいた。

　彦根は一瞬、残念そうな顔をしたが、続けた。

「武漢株＝『ＳＡＲＳ‐ＣｏＶ‐２ウイルス』は日本では生ぬるい対策で抑え込めました。それで自信過剰になった政府が図に乗って経済優先の促進政策『ＧｏＴｏ』を張ったんです。でも年が明け仕切り直しの五輪イヤーを迎えた途端、強力な感染力を持つ変異株が現れパンデミックになりました。衛生学の基本をサボタージュし表面を取り繕った日本の衛生行政ではひとたまりもありません。未だにＰＣＲは不確実な検査だと言う医師連中もいます。日本のＰＣＲ検査率は先進諸国の十分の一なのに……」

　衛生学の感染予防の基本が「検査して陽性者を隔離せよ」だなんてことは、落ちこぼれ医学生だった俺でも知っている基礎知識だ。

「天馬君情報によれば、一年前にコロナが猖獗を極めたＮＹでは、ワクチン接種率が五割を超え、『コロナ封じ込め宣言』が出て地下鉄も二十四時間運行を再開し、タイムズスクエアに祝賀する人々が溢れているそうです。トランペット元大統領と交代したガーデン大統領が、衛生学の基本に忠実な対応を徹底した結果です。一方の大国の中国もワクチン接種は合理的なデジタル化で推進されています。日本だけ取り残され、コロナ流行にどっぷり嵌まったまま。日本では五輪をいかに実施するか、ということばかり議論され、市民感情と乖離しています。愚鈍な政府や鈍感な大メディアとは違い、賢明な市民は、膨大な世界的人流を発生させる大規模スポーツイベントが、どんな惨事になるか直感しているんです」

「五輪の後に日本が酷い状況になったら、政治家はどう責任を取るつもりなのかな」

俺が、答えがわかりきっている、無意味な問いをすると彦根は吐息をついた。

「政治家連中は責任なんて取りません。後始末を押しつけられる医療現場から続々と五輪開催に反対意見が寄せられ、世界中のメディアにも五輪中止の論説が溢れています。でも酸ヶ湯首相は市民の声、外国の勧告から目を逸らし、壊れた蓄音機のように『安心安全な大会開催を目指す』と繰り返すばかり。五輪後に日本国民は、この時期に空費された時間と経費を見て絶望するでしょう。市民を守る医療の旗を、政府と官僚とメディアという三位一体の利益共同体がないがしろにしているんです」

「俺たちは、そんな選択をしてないんだが」と俺は言う。

最近は、コロナ患者に対応する医療機関に患者が殺到し、受け入れきれず溢れ出した。東京都は五千六百床のコロナ病床を確保し、使用中は二千三百で余裕があると報じる一方、スタッフが足りず収容できる病床は十分の一という詐術が暴露された。浪速はインドより酷い状況だ。二ヵ月で自宅待機患者が十七名死亡し、一日の死者も五十五名に達した。鵜飼知事はツルン顔で屈託なく、予定入院や手術を延期して重症者用病床を更に確保してほしい、とカメラ目線で訴えた。彼の要請に対応した病院は重症者用ベッドを五床、七床、十床と増やしたが重症患者は溢れてしまう。

神戸では老健施設で、百三十四人のクラスターが発生して、二十四人が死亡したが、保健所のクラスター調査は手が回らない。それでも浪速に隣接した兵庫県の、年老いた知事は断固、聖火リレーは実施すると言い張っている。彦根は深々と吐息をついた。

「酸ヶ湯首相は老人優先のワクチン接種を公約し、介護にあたる介護士や、コロナ患者に直面する救急隊員は後回しです。ワクチン接種のケルベロス大臣体制は機能不全に陥り、やむなく虎の子の自衛隊を投入し大規模接種センターの開設を打ち出すも、予約登録システムはデータベースと紐付《ひもづ》けができず番号、生年月日がデタラメでも入力でき、同じ番号を入れると先に予約した人の分がキャンセルになる『史上、最も使えない予約システム』として笑いものです。不備を指摘した雑誌の取材行為を防衛相が不正手段で実施した悪質行為と非難しました。これが日本の国防の砦となる省庁の業務で、日本を蚕食し続けた政商・竹輪元総務相の会社が開発したできそこないの入力ソフトのように、全てが根腐れしていくのを見守るしか術はないんでしょうね。ここに来て厚労省は、病床逼迫率の計算方法を変更しました。これは入院待機者を数に入れないことで、医療機関の負担を少なく見せかける詐術です」

「酷いもんだな」と俺は呻く。彦根はぼそりと続ける。

「仕方ないので、僕も前線に出ることにしました」

「何を企んでいるんだ、お前？」と俺は恐る恐る訊ねた。

「『空蝉』を発動し、医翼主義者に動員を掛け医療現場からゲリラ活動を始めます。救急学会に働きかけ五輪会場で医療責任者を務めるＶＭＯ（オリンピック会場医療者統括責任者）に一斉に辞退してもらいます。医療の危機を思い知らせるには実力行使するしかないんです」

「相変わらず、医師ストライキの焼き直しか。果たしてそれは有効かな」

「それだけでは不十分ですので現場の看護師にツイートで声を上げてもらい、時風新報と医師専用ネットのアンケートを連動し、五輪反対が圧倒的多数だと示します。とどめに近江先生からアドバイザリーボードの医学専門家の総意として、独自に五輪実施に関する提言を、中止の可能性も仄《ほの》めかして公表してもらうことにしました」

「それは無理筋だろう。近江座長は、政府御用達の医者なんだから」

「近江さんも、デルタ株が出現した今年になって、ヤバいと思ったらしいです。白鳥さんと二人で説き伏せるのは、東尋坊《とうじんぼう》の崖に立った近江先生を背中から押した気分になりましたけど。でも内閣官房参与の大岡弘・湘南健康安全研究所所長と同じイエスマンに見られ、五輪後の感染爆発の戦犯にされますよ、と脅したら、一発でした」

「自殺の名所で背中を押すなんて、お前らって一体……。六月に入り近江座長が至極真っ当な『ステージ4の感染爆発状態で五輪を実施するなど、通常あり得ない』という意見を口にし始めたのは、お前が裏で糸を引いていたのか」と俺は呆れて言う。

「その発言を聞いて『個人的な研究成果だ』と厚労大臣が言いましたが、夏休みの小学生の自由研究じゃないんだからあんまりです。泥川五輪相も相当なタマで、近江さんの指摘に『全く別の地平から見てきた言葉を言われても通じづらい』と宣《のたま》いましたからね。でもコロナ対策では、どこの国でも衛生学者に絶対服従してます。日本だけが医学を尊重しないおバカ国家だと外国から笑われています。というわけで、とんちんかんで的外れの首相と政府にはこの際、ご退場いただきましょう」

「本当にそんなことが可能だと思っているのか？」と俺が訊ねる。

「もちろんです。まずＷＨＯの緊急事態統括ディレクターに『危機管理の保証ができない場合、大規模スポーツ大会の開催は再考すべし』と提言をしてもらいます。並行して『地方紙ゲリラ連合』を発動しＩＯＣ資金の闇を暴き、闇の政商・竹輪元総務相を暗がりから引きずり出します。強力な調査能を持つ『情報開示クラスタ』の全面協力で可能になりました。これで医療防衛の全面戦争に突入することになります」

「そんな闇に手を突っ込んだりしたら、お前の身が危なくなるかもしれないぞ」

「僕は小物ですから心配ないです。これは一番過激な上策で、現実的な次善策を同時進行してもらいます。アドバイザリーボードの非公式提言を無観客開催のラインで推進してもらいつつ喜国先生に感染者数予測カーブを出してもらいます。喜国先生によれば今、緊急事態宣言を『マンボウ』に格下げすれば五輪直前に新規感染者が千名を超えるそうです。このデータで無能で無策な酸ヶ湯政権と無責任な五輪関連者を挟撃します。これが僕の『空蟬』戦術、すなわち『虚を実に、実を虚に』、です」

彦根は立ち上がり、杯を高く掲げた。

「そんなことをすれば体制側の狙撃兵が僕を狙うでしょう。でも僕はあえて医療の砦の天守閣に立ちます。ゲリラは闇に隠れてこそ力を発揮でき、姿を見せるのは御法度ですが、ひとつだけ姿を現すことが有効な場合があります。囮として機能する時です。田口先生は反対しませんよね。東城大最大の危機を切り抜けた現場責任者であれば、僕の行動を支持するしかないはずですから」

そう言って杯を干した彦根に、俺は何も言えなかった。

25章　「無責任」で行こう

二〇二一年六月　東京・霞が関・首相官邸

二〇二一年六月。間もなく五輪が開会するはずなのだが何ひとつ確定していない。開会式のスケジュールも演出も、観客を入れるかどうか、そして参加国すらも。大会前に海外選手団を迎えるホストタウンから次々に返上の報が届き、事前キャンプ会場はワクチン接種会場に振り替えられる。街角で観戦するパブリックビューイングも壊滅した。前乗り合宿を予定した海外チームの来日は二百以上、中止になった。

第一陣の豪州のソフトボールチームの来日を、メディアは必死に盛り上げた。

だが第二陣で来日した九名のウガンダの重量挙げチームにコロナ陽性者が出た。チームはノーケアで宿泊地の浪速に到着し、新たに一名の陽性者が見つかった。結果、濃厚接触者は十五名に増えた挙げ句、濃厚接触者の選手がひとり、帰国前に行方をくらました。「安心安全な大会」は、九名の海外選手団にも対応できないザルだと判明した。紋切り型で表現したら「日本の検疫をザルに喩えるのは、ザルに対し失礼だ。ザルはそうめんを取りこぼさない」と、あるお笑い芸人が適切な発言をして、全国のザル業者の人たちから喝采を浴びた。官房長官は「発見された濃厚接触者は各都道府県の保健所の対応」とした。それは空港検疫は機能していないと言ったに等しい。彼は「三十七度五分以上が四日続くまではPCR検査せずに自宅待機」と繰り返し、撤回した時は「そんなことは言っていない」と強弁し顰蹙を買った人物だった。

大会運営ボランティアの辞退者が一万人を超え、穴埋めに求人を掛けたら高額バイト募集となり、もとからのボランティアが激怒した。それでも求人枠は埋まらない。

IOCの古参委員が「日本が緊急事態宣言下にあろうと、ハルマゲドンでも来ない限り、いかなる犠牲を払っても東京五輪は開催される」と言い、火に油を注いだ。昨年、日本ではコロナの感染状況は酷くなかったが欧米のコロナ蔓延が猖獗を極めたため五輪は延期された。今年、欧米の蔓延が消退すると、五輪貴族は極東の国の現状など気にせず強引に開催を主張した。彼らにとって日本国民の健康など、どうでもいいことだった。五輪強行後、日本がどんな惨状になるか、真面目に想像しているのは医療従事者、そして感染患者とその家族だ。

五輪開催か中止かという命題を、有観客か無観客での開催かとすり替えることは容易かった。メディア、特にテレビが共犯だったからだ。だが視聴者の多くは、なぜ「中止」の選択肢がないか、不審に思った。

そんな中、医療アドバイザリーボードの忠犬だった近江が突如、「こんな状況下では、そもそも五輪を行なわないのが常識だ」と公言し、叛旗を翻した。

なので酸ヶ湯は分科会への諮問をやめた。気に入らない言葉は耳に入れないのが流儀だ。医療代表のイエスマンはひとりでいい。内閣官房参与の大岡だけで十分だ。近江はお気に入りから除外しよう、と酸ヶ湯は決めた。気配を察したのか、近江も「五輪中止」から「徹底予防して無観客開催」に日和った。だがそれすらも酸ヶ湯には容認できなかった。おまけに近江座長は、国民の支持を集め始め、独自に発した提言をIOCに届ける、などと言い出した。

近江のヤツ、首相にでもなったつもりか、と酸ヶ湯は激怒した。

俺が五輪をやると言ったらやるんだ、と酸ヶ湯の気持ちは凝り固まった。

酸ヶ湯は国会でも、パンデミック下での五輪開催の意義を問われ続けた。躱《かわ》すのは限界で「国民の安全を犠牲にしてまで五輪をやるつもりはない」との言質を取られた。だが「自分は主催者ではないので決定できない」という責任逃れの言葉は忘れない。あまりにも強い逆風に、酸ヶ湯は最後の札を切った。酸ヶ湯の経済政策の師匠、政商の竹輪元総務相に、浪速の討論番組「そこまで言ったら圧巻隊」に生出演してもらい反論を封殺してもらおうとしたのだ。だが逆効果で竹輪は「世論が間違っている」と言い市民の反感を招いた。彼が会長を務める企業はコロナと五輪で利益が十倍になっていた。日本にも「ぼったくり男爵」がいると市民は知った。

その渦中、組織委員会の経理部長が飛び込み自殺をした。それを報じようとしたテレビ局ニュースは直前に、アフリカで象が暴走したというトピックと差し替えた。閣僚は専門家の意見を参考に開催決定すると言いながら、専門家集団が五輪中止を訴えると諮問しないと言い出した。国会の党首討論でも、「国民の命と健康を守る」という決まり文句を繰り返すばかりで、そこに対話も説明もない。六月十一日から二日間、酸ヶ湯は英国で先進七ヵ国の政治フォーラム、G7に出席した。先進国の首脳たちは内政だから五輪開催にノーなど言わない、という酸ヶ湯の読みは的中した。これならG7の賛同を得た、と言っても嘘ではない。だが五輪の主催者ではない、と公言した酸ヶ湯が国際政治の場で「五輪の安心安全な開催」を公言するのは論理破綻だ。六月十六日。第二百四回通常国会は閉会決定した。コロナ問題や五輪案件が山積する中、国会を閉じるべきでないという野党の訴えを無視し、政権与党の幹部が強行した。それは国会の権威を貶め国民を愚弄する暴挙だった。

国会閉幕の二日後の六月十八日。アドバイザリーボードの有志二十六名が「東京五輪開催に伴うコロナ感染拡大リスクに関する提言」をまとめ、政府と大会組織委員会に提出し、近江俊彦分科会会長が、記者会見を行なった。事前に「五輪の無観客開催」を勧告する内部情報を得た酸ヶ湯は、諮問しないことにしていた。

だが感染症の専門家の意見は強烈だった。開催方式は「無観客開催がリスクが低く望ましい」とし、「市民が協力する感染対策にとって、矛盾したメッセージになる」とし、有観客開催は止めるべきとした。「感染拡大の予兆があれば大会開催中でも、緊急事態宣言など、躊躇せず必要な対策を取るべきだ」と、踏み込んだ勧告をした。

　五輪と無関係に首都圏の人流は増加し「七月にかけて感染が再拡大する蓋然性が高い」とし「五輪観戦で人流、接触機会が増大し全国に感染が拡大する」と予想した。有観客にしても人流を避けるため、地元住民に限定するなど提案した。実効再生産数はアルファ株（英国株）が四五パーセント、デルタ株（インド株）が七七パーセント増しで、七月中旬にデルタ株が半数を超え、五輪の直前に東京の新規感染者が千人を超えるだろう、と指摘し提言を結んだ。それは予言ではなく科学的推測だったが、酸ヶ湯と彼が率いる政府の閣僚に、その区別がつく者はいなかった。

　国会閉幕の八日後の六月二十四日、衝撃のニュースが駆け巡った。

「陛下は、五輪での感染拡大を懸念していると拝察する」と宮内庁長官が定例の記者会見で爆弾発言をしたのだ。五輪組織委員会の会長は問題はないと強弁し、無責任な官房長官は、宮内庁長官の個人的な意見だとした。だがそうでないことを、国民は理解していた。今上天皇が、誰よりも国民の「安心安全」を気に掛けていることを、国民は知っていた。そして酸ヶ湯首相の発言が、口先だけのものだ、ということも。

「ご懸念」発言のきっかけは、二日前に酸ヶ湯が今上天皇に行なった「内奏」だ。それを聞いた天皇は、酸ヶ湯の感染対策に「懸念」を覚えたのだ。

酸ヶ湯は、今上天皇のご意志に聞こえないふりをした。そんな中、敢然と声を上げたのが酸ヶ湯が日本学術会議委員の任命を拒否した学術界の重鎮、宗像壮史朗博士だ。

「酸ヶ湯首相が重用する御用学者は、天皇が政治に関わるのは憲法違反だと非難している。確かに憲法上、天皇の政治介入は禁止されているが五輪は政治的中立を謳っているので政治ではない。従って陛下が国民の安全を案じてご意見を述べることに何ら問題はない。誰よりも国民の心情を慮《おもんぱか》る陛下のお言葉を、国民の声を聞こうとしない政府が無視する。その不遜にメディアが追随する。彼らは亡国の売国奴である」

宗像博士の激烈な正論の前に、メディアと政府は沈黙した。

＊

六月下旬。合同庁舎三号棟の厚生労働省の一室に、会議中の札が掛かっていた。

部屋ではスカイブルーの背広に真っ赤なマスク姿の男性と、落ち着いたグレーの背広姿で白の不織布マスクの男性二人が、モニタに向かっていた。厚労省の白鳥技官と新型コロナウイルス感染症対策分科会の近江会長だ。

画面には他に三人の顔が映った。浪速から彦根と喜国教授、桜宮から時風新報社会部副部長の別宮葉子が参加していた。

「近江先生、大役お疲れさまでした。お見事でした」と彦根が口火を切った。

「感染拡大や医療逼迫のリスクに関し、専門家として意見をまとめ社会に公表すべきだ、という彦根先生のひと言には打たれました。けれども案の定、酸ヶ湯首相や政府閣僚は耳を貸しません。これで効果があるんですか」

「いくら政府がシカトしても、提言がネット上にあることがツボなんだ。別宮さんの『地方紙ゲリラ連合』のウェブサイトはプラットフォームとして最適さ。そこに置いておけば地雷なみの効果があるよ」と近江会長の隣に座る白鳥技官が言う。

「閲覧数はうなぎ登りです。喜国先生の資料で感染爆発するとわかりますからね」

「スカちゃんはお冠で、喜国センセを『予言者気取り』と罵っているらしいよ」

「私は予言者ではなく、科学者なんですが」

「それは言わない方がいいよ。スカちゃんが気分を害するからね。スカちゃんは、自分に刃向かう者は飛ばして視野から外す。周りの声を無視してやりたいようにやって、その都度失敗して尻尾を丸める繰り返しなのに、学習しないんだよなあ。僕が作った『バカ五ヵ条』に嵌まるけど、忠告してくれる取り巻きもいないんだろうね」

「それにしても近江先生に大変な重責を追わせてしまいました。本当なら僕が矢面に立つもりだったんですけど」と彦根が言う。

「これはアドバイザリーボードの座長である私の責務です。五輪を開催して、日本発のメガ・クラスターを発生させたら、医学者として万死に値しますから」

「そう、彦根が心配する必要はないよ。近江センセは政府とズブズブで適役だし、こう見えてこの人は自分の保身に関しては超一流なんだよね。政府とメディアは、近江さんの予防策は保身だと火消しに躍起だけど、いずれこの提言の真価を思い知るよ。でもこれって実は田口センセに泣きつかれて思いついた一手なんだよね」

「田口先生に？　どういうことです？」

「彦根センセがひとりで突っ走り、悲劇のヒーローになろうとしているから安全装置をつけてほしいって頼まれてさ。不肖の弟子の頼みだから、やむなく対応したんだ」

「田口先生が、そんなことを……」と彦根が言葉を詰まらせると、白鳥が言う。

「なにを泣きそうな顔をしているんだよ。まったくヒーローごっこにはつきあいきれないよ。それにこの程度で、彦根センセを殉教者にはさせないよ。僕はセンセを手下として、まだまだコキ使うつもりなんだからね」

「僕は白鳥さんの直属の部下じゃないんですから、『手下』じゃなくて、『切り札』くらいにしてくださいよ」と彦根が興醒めした顔で言う。

そうしたやりとりを聞いていた別宮が、哀れみを含んだ口調で言う。

「彦根先生って行くも地獄、退くも地獄、みたいなところにいつも落ち込みますね」

「仕方ないです。僕なんて、白鳥さんには逆立ちしたって敵いっこないんですから。米国でガーデン大統領に遠慮なく直言し、日本で天皇陛下にお言葉を言わせるなんて、僕にはとてもできません」

「センセに手放しで褒められると薄気味悪いね。これは近江センセに提言をさせるという、センセのアイディアに積み重ねたものだからあんまり威張れないんだ。ここでスカちゃんが提言を握り潰すのが最悪の事態だったけど、公開されてしまえばこっちのもんさ。今上陛下は誰より国民の幸せを考え、科学者としての素養もある。だから近江先生が内奏すれば絶対ああなると予想できた。彦根センセは惜しいんだよ。僕の境地までもうちょっとなんだ。でもまあその一歩が限りなく遠いんだけどね」

珍しく相手を褒めたかと思ったら最後は我褒めになってしまう辺り、相変わらずだなと彦根は苦笑した。

「彦根センセの『空蟬』の術に近江センセの直球提言、喜国センセの驚愕データを取り混ぜて別宮さんの『地方紙ゲリラ連合』で公開する四天王部隊を、僕が司令官として仕切って進軍させる、まさに、『医療ゲリラ部隊』の情報戦だね」

「白鳥さん、締めの言葉は僕に言わせてください。これが『メディカル・ウィング』、医翼主義者、イノセント・ゲリラの戦いです。これで『無観客開催』が認知され最悪の事態は回避できました。あとはモア・ベターの『五輪中止』を目指します」

「ああ、はいはい。その調子でお気張りやす。この後の指揮は彦根センセに任せたよ。僕は少し働きすぎたからしばらくバカンスさせてもらいまっせ」

なぜか付け焼き刃の関西弁で言うと、白鳥はモニタ会議の画面から退場した。

その後、他のメンバーは互いに挨拶を交わし三々五々、ルームから退出した。

＊

酸ヶ湯政権が死に体になったと見て三たび、安保前首相が復権を目指し、阿蘇《あそ》などのお友だちと蠢《うごめ》き始めた。「赤星ファイル」が開示され、裁判所が証拠採用を決めた。政権と官僚が全力を挙げて蓋《ふた》をしたスキャンダルが、のっそりと蘇った。

酸ヶ湯首相の背後で、安保前首相と煮貝幹事長の暗闘が始まった。

終章　平和の祭典

二〇二一年七月　東京

二〇二一年、運命の七月。首都東京では、秋の衆議院選の前哨戦といわれる、都議会議員選が始まった。「都民一番大切党」を率いる小日向美湖・東京都知事との初の直接対決かと思い、自保党党首・酸ヶ湯儀平は武者震いした。

だが選挙戦が始まる直前、小日向知事は「過労」で体調を崩し入院してしまった。すると低迷していた彼女の支持率は一気に上昇し五割を超えた。「小日向マジック」恐るべし。安保前首相ははしゃいで応援演説に駆け回る。「五輪の反対者は反日だ」と意味不明の持論を、自分の支援雑誌に掲載して市民から大顰蹙を買った。

彼にとって、自分の支持者だけが国民なのだ。

酸ヶ湯に応援演説の依頼は一件もなかった。官邸は自粛したと言うが誰も信じない。彼はお膝元の帝都の都議会選で一度も応援演説しなかったという、稀有な自保党総裁として歴史に名を残した。都議会議員選で自保党は大敗し、酸ヶ湯は呆然とした。

だが酸ヶ湯は天災に救われた。前日、熱海で大規模な土石流が発生し、報道番組は大惨事に集中し都議会選の結果報道は二の次にされた。危機管理が売りの酸ヶ湯の対応も鈍かった。都議会議員選挙応援の最後の追い込みと重なり、さらに九州を豪雨が襲った。運命の文月《ふづき》はこうして日本各地を襲った天災で始まった。

都議会議員選が終わると、全ての封印が解かれ、いきなり感染爆発が起こった。

六月二十七日、東京都のコロナ検査数は千九百人弱で陽性者は四百人弱だった。浪速は一万人と検査数は五倍以上で、東京の検査数の少なさは際立っていた。都議会選を終えた小日向都知事は翌日の七月五日に三百四十二人、六日には五百九十三人と、徐々にコロナ感染者数を積み上げた。七月七日、七夕の日の東京都のコロナ感染の新規感染者はいきなり三倍近くに跳ね上がり九百二十人になった。酸ヶ湯は常々開催に対する決定権は開催都市の東京都にあり自分にはない、と明言していた。そうした責任逃れ対応の結果、肚をくくった相手の要請は無条件で吞まされることになる。

小日向都知事は、アドバイザリーボードの近江座長と、一対一のサシで面談した。会談後、近江座長は何も語らなかったが提言の内容は既に公表されていた。

手順を踏んで小日向都知事は政府に、緊急事態宣言の発出を要請した。しかも老獪な小日向知事は、酸ヶ湯の後見人の煮貝幹事長まで押さえていた。

「安心安全な大会実施のためであれば、緊急事態宣言の発出も厭わない」と発言していた酸ヶ湯は、東京都に緊急事態宣言を発出せざるを得ない。

またも酸ヶ湯は美湖に苦杯を飲まされたが、何度目か数える気にもならなかった。

都議会選の直後のどさくさに紛れ、自称ワクチンのロジ担の豪間はとんでもないことをカミングアウトする。この頃ワクチンの供給がストップすることは五月の連休前に知っていたというのだ。七月に弾切れになると知りつつ突撃させたのは、太平洋戦争最大の悲劇、インパール作戦に匹敵する愚挙だといわれた。まさにロジ担の失態だ。だが豪間の表情には一片の陰りもなかった。すべては酸ヶ湯の意を汲んだ豪間の献身だった。五輪開催が確実となった今、もはや見せかける必要がなくなったのだ。

翌日、IOCのぼったくり男爵・バッカ会長が来日した。当日、小日向美湖・東京都知事、橋広厚子・組織委員会会長、泥川丸代・五輪担当大臣と、バッカ国際オリンピック会長と国際パラリンピック会長の五者会談が開催された。席上バッカ会長は上機嫌で挨拶した。「五輪が、暗いトンネルの先を照らす光となる」というお得意のフレーズを繰り返したバッカ会長は、「緊急事態宣言」とは如何なるものか無邪気に問い、臨席した三人官女を絶句させた。バッカ会長にとって日本とは五つ星ホテルのスイートに滞在し、ミシュランの星のあるレストランで会食する、大名旅行の立ち寄り先でしかない。そんな彼に泥川五輪相が、東京に緊急事態宣言が発出されたと口火を切った。小日向都知事は無観客開催にしたい、と発言した。バッカ会長はしぶしぶ無観客開催を認めた。だがそれでもバッハ会長は不満を口にして粘った。「他のプロ競技が開催されているのに、五輪だけ特別扱いはおかしい」と言い「感染状況が大きく変わったら、有観客も検討する」という一筆を入れさせた。

首都圏からの人流を止めないとわかった北海道の益村知事は、有観客開催の発表の数時間後、無観客開催を決断した。それを聞いた福島県知事も、無観客開催を選択、「復興五輪」を謳う東京五輪は重要なシンボルを失った。

酸ヶ湯は、「安心安全の大会を目指す」と、壊れたレコードのように繰り返した。「安心安全」は、酸ヶ湯が捻《ひね》り出したキャッチコピーの傑作だ。「安心」かと問われれば「安心できない」と言われ「安全」だと主張すれば「安全ではない」と反駁される。だが「安心安全」と重ねれば輪郭はぼやけ論理的に判定できなくなる。安全とは客観的な事象で安心は主観的な気持ちだ。そのふたつをごちゃ混ぜにすれば、見たくないことから目をそらし、取らなければならない責任を逃れることができる。それはいつもの酸ヶ湯のスタンスそのものだった。

四度目の緊急事態宣言が発出されたが、市民は自粛要請に従おうとしなかった。

政府は、飲食業のアルコール提供を抑えるため、内閣官房コロナ対策推進室と、国税庁酒税課から酒類業中央団体連絡協議会に要請文を出した。

「酒類の提供停止を伴う休業要請に応じない飲食店との酒類の取引停止について」という文書は経済活動の自由を侵す憲法違反、独占禁止法違反で「優越的地位の濫用」だと猛反発を受けた。集中砲火を浴びたコロナ大臣を、酸ヶ湯首相は見捨てた。聞いていないと知らん顔を決め込んだが、コロナ大臣は酸ヶ湯の意向に沿っただけだ。

これは主権侵害にもなり得るため、実施は国会の承認が必要になるが国会は閉幕していたので酸ヶ湯政権は法律上の根拠なく、国民の主権を制限しようとしたのだ。

結局、あまりの反発に恐れを成した自保党は、この文書を破棄扱いにして撤回した。内閣官房は機能不全に陥り、官僚の劣化が露呈した。

来日して三日の隔離期間が明けたIOCのバッカ会長は、精力的に活動を開始した。だが、「一番重要なのは『中国国民』の安心安全です」といきなり痛恨の言い間違いをした。翌日、酸ヶ湯首相との面談で「日本は立派な大会を準備している」とリップサービスしたが五輪関連業務で来日した英米人が、深夜に飲酒し大暴れした上、コカインをやり麻薬取締法違反で逮捕されたことと、プレイブック違反が横行している、と記者会見で指摘され「私には報告はない」と顔を引きつらせ強弁した。

天皇陛下はおひとりで開会式に出席されると報道された。皇后と上皇夫妻は出席されないとのことで、出席が陛下ご自身のお気持ちに反した決定であることは明白だ。

その日、東京の新規感染者は、医学者の「予言」通り、千人を超えた。その翌日、小日向都知事と面談したバッカ会長は、誕生日のお祝いに花束を贈ったが、会話ははずまなかった。バッカ会長はヒロシマの表敬訪問を望んだが、被爆者団体の関係者から拒絶の声が上がった。ノーベル平和賞受賞を狙う下心が、あからさまだった。

五輪は経済を回すために必要だというロジックは、とっくに破綻していた。

逆に五輪実施のため、日本経済は瓦解しつつあった。政府は六十五歳以上の高齢者への接種に前のめりで、強力なデルタ株が直撃した若者や四十代、五十代の働き盛りの人たちへのワクチン対応はできていなかった。

大会実行委員会が安全だと豪語した、五輪参加者を市民と隔離する「バブル方式」も穴だらけだった。実態は「バブル」ではなく、イリュージョンとなり弾け散った。

そんな中、選手村で五輪選手の感染者が出た。大会実行委員会はプライバシー保護の観点から感染者情報を非公表としたが当該の国がメディアに公表した。

日本の初戦の対戦相手の南アフリカチームだった。日本のサッカーチームにとって、不戦勝の可能性も出るという、「幸先のいい」スタートになった。

バブルの内部で感染者が出れば、培養器《インキュベーター》になってしまう。

第二の「ダイヤモンド・ダスト」号になりかねない事態だ。選手村でメガクラスターが発生し日本発のパンデミックになるという、衛生学者の危惧の現実化だ。

NYのマウントサイナイ大学の衛生学者が医学ジャーナルを通じ発信したが、日本の五輪関係者で警告を受け止める者はいない。衛生学的観点からすれば政府、そして大会実行委員会の基本方針は「クソミソ一緒」だった。

国民の反発が高まる中、迎賓会でバッカ会長率いるIOC貴族の歓迎会が強行された。迎賓館の外では「ノー・オリンピック」のシュプレヒコールが上がった。

大会三日前、開会式の音楽担当者の障害者虐待が発覚し、国内外の世論の激しさに、辞任した。組織委員会は自らの判断で更迭しなかった。全てが後手後手だ。

最高位スポンサーから、開会式出席辞退の表明が相次いだ。驚いたのは、五輪を誰より楽しみにしていた安保前首相までもが開会式の欠席を表明したことだ。

巷では五輪の開会式で、五年前の五輪で登場した「マリ坊」姿で出演できないとわかり、拗ねた結果ではないか、とまことしやかに囁かれた。こうして東京五輪の主導者は敵前逃亡し、五輪を支持しない「非国民」になった。

東京に到着した聖火は公道を走らず、外部の観客を入れない「トーチキス・イベント」という名の「焚火のバケツリレー」になった。

最初から最後まで徹頭徹尾、呪われた「聖火」だった。

東京都の新規感染者数が四桁に達し、減少傾向は見られなかった。

四度目の緊急事態宣言の発出は人々に届かなかった。繁華街の人流は減らず、政府や識者の言葉に耳を傾けなくなった。おとなしい日本国民の、消極的な暴動だ。レミングの群れはハーメルンの笛吹きに従わず、各々の判断で、面白おかしく過ごし始めた。だが、誰がそのことを非難できただろう。

誰もが無責任だった。そして誰も決められなくなった。

どうなろうと知ったことか、と酸ヶ湯はひとり嘯《うそぶ》いた。

今や彼は蟬の抜け殻のように固い殻だけで、中身のない虚《うつ》ろな存在になっていた。

官邸執務室でソファに沈み込んだ酸ヶ湯の周囲を、闇のように深い孤独が押し包む。

誰かが言った。

首相官邸に入ると国民の声が聞こえなくなり、自分の姿が見えなくなるという。

酸ヶ湯は、狭い牢獄に引き籠もり、「どす黒い孤独」の中で目を瞑《つむ》る。

華々しいオリンピック開幕のファンファーレが、彼の耳に聞こえてきた。

日本の国威と日本人の生命を賭けのテーブルに載せた、古今未曾有の祝祭が今、始まろうとしている。

本書は、二〇二一年九月に小社より単行本として刊行した『コロナ狂騒録』を改題・文庫化したものです。この物語はフィクションです。作中に同一の名称があった場合でも、実在する人物、団体等とは一切関係ありません。

〈謝辞〉
左記のお二方に、免疫学、ワクチンの記述部分のご教示をいただきました。深謝いたします。(敬称略)

小野《おの》昌弘《まさひろ》
インペリアル・カレッジ・ロンドン　生命科学科　准教授

河野《こうの》修興《のぶおき》
学校法人古沢《ふるさわ》学園　広島都市学園大学　学長

【参考文献・資料】

『別冊「呼吸器ジャーナル」　COVID-19の病態・診断・治療　現場の知恵とこれからの羅針盤』小倉高志編集　医学書院　二〇二一年
『新型コロナ対応民間臨時調査会　調査・検証報告書』一般財団法人アジア・パシフィック・イニシアティヴ　ディスカヴァー　二〇二〇年
『永寿総合病院看護部が書いた　新型コロナウイルス感染症アウトブレイクの記録』高野ひろみ・武田聡子・松尾晴美　医学書院　二〇二一年
『ドキュメント　感染症利権──医療を蝕む闇の構造』山岡淳一郎　ちくま新書　二〇二〇年
『傳染病研究所　近代医学開拓の道のり』小高健　学会出版センター　一九九二年
「院内感染　その時病院は　困難極めた現場と教訓」NHK　二〇二〇年七月二十二日放送
「コロナが突然やってきた　緊迫する医療現場　密着・平成立石病院」NHK　二〇二〇年十月八日放送
「コロナの医療崩壊を阻止せよ　密着・平成立石病院」NHK　二〇二〇年十月二十二日放送
○第57回厚生科学審議会予防接種・ワクチン分科会副反応検討部会、令和3年度第4回薬事・食品衛生審議会薬事分科会医薬品等安全対策部会安全対策調査会　新型コロナワクチン接種後の死亡として報告された事例の概要　二〇二一年四月三十日
○第58回厚生科学審議会予防接種・ワクチン分科会副反応検討部会、令和3年度第5回薬事・食

品衛生審議会薬事分科会医薬品等安全対策部会安全対策調査会　新型コロナワクチン接種後の死亡として報告された事例の概要　二〇二一年五月十二日

○2020年東京オリンピック・パラリンピック競技大会開催に伴う新型コロナウイルス感染拡大リスクに関する提言・及びデータ編　二〇二一年六月十八日　阿南英明、今村顕史、太田圭洋、大曲貴夫、小坂健、岡部信彦、押谷仁、尾身茂、釜萢敏、河岡義裕、川名明彦、鈴木基、清古愛弓、高山義浩、館田一博、谷口清州、朝野和典、中澤よう子、中島一敏、西浦博、長谷川秀樹、古瀬祐気、前田秀雄、脇田隆字、和田耕治

○「コロナ禍で露呈した『医療』と『政治』と『メディア』の関係性——『大阪維新』の医療政策に基づく解析」海堂尊／『月刊保険診療』二〇二一年一月号　医学通信社

○「日本政府はなぜ、パンデミック防止に失敗したのか。——政府とメディアの罪」海堂尊／『月刊保険診療』・二〇二一年一月号　医学通信社

https://www.ncbi.nlm.nih.gov/pmc/articles/PMC7402631/

https://www.ncbi.nlm.nih.gov/pmc/articles/PMC5584442/

https://berthub.eu/articles/posts/reverse-engineering-source-code-of-the-biontech-pfizer-vaccine/

https://www.prweb.com/releases/mount_sinai_develops_a_safe_low_cost_covid_19_vaccine_that_could_help_low_and_middle_income_countries/prweb17778276.htm

https://github.com/NAalytics/Assemblies-of-putative-SARS-CoV2-spike-encoding-mRNA-

sequences-for-vaccines-BNT-162b2-and-mRNA-1273/blob/main/Assemblies%20of%20
putative%20SARS-CoV2-spike-encoding%20mRNA%20sequences%20for%20vaccines%20BNT-
162b2%20and%20mRNA-1273.docx.pdf
https://ourworldindata.org/covid-vaccinations

〈解説〉虚実とりまぜた「どこまでほんと?」感の魅力

斎藤美奈子（文芸評論家）

人の記憶が信頼に足るものであるとすればだが、二〇二〇年は世界中が新型コロナウイルスの猛威に翻弄された最初の年として刻印されることになるだろう。

中国の湖北《こほく》省武漢《ぶかん》市で「原因不明のウイルス感染性肺炎」の最初の症例が報告されたのが二〇一九年十二月。肺炎の原因が新種のウイルス（新型コロナウイルス）と特定され、それによる急性呼吸器疾患がＣＯＶＩＤ－19と命名されたのが二〇年二月十一日。

日本では二月初旬、横浜《よこはま》港に停泊していたクルーズ船「ダイヤモンド・プリンセス」号がコロナ騒動の発端となり、やがて北海道を筆頭に感染ルートが不明な感染者が続出。二月二十八日、当時の安倍《あべ》晋三《しんぞう》首相は、全国の小中高校に一斉休校を要請すると表明。さらに四月七日には全国の七都府県に初の緊急事態宣言が発出された（十六日から全国に拡大）。

この間、すなわちコロナ禍・第１波（二〇年三月～五月）の泣くに泣けない状況を、いち早く小説化したのが海堂尊『コロナ黙示録』（二〇二〇年七月刊）だった。日本で最初に書かれた「実録コロナ小説」といっていいだろう。

本書『コロナ狂騒録』は、その『コロナ黙示録』の続編である。『コロナ黙示録』と同様、本書も『チーム・バチスタの栄光』につらなる「桜宮《さくらのみや》サーガ」の一冊で、桜宮市（架空の市）の東城《とうじょう》大学医学部付属病院はシリーズではおなじみの舞台。この病院に勤務する田口公平《たぐちこうへい》も、厚生労働省技官の白鳥圭輔《しらとりけいすけ》もおなじみの登場人物だ。とはいえコロナ禍に特化した『黙示録』『狂騒録』はシリーズから独立した小説としても成立しており、シリーズを知らなくても問題なく入り込めるだろう。

舞台となるのは二〇二〇年九月から、年末年始をはさんだ翌二一年七月までの約十か月間である。現実のコロナ禍に当てはめると、二回目の緊急事態宣言が出た第3波（二〇年十一月～二一年二月）、アルファ株が出現し、特に大阪での感染拡大が目だった第4波（二一年三～六月）、そしてアルファ株以上の感染力といわれるデルタ株が猛威をふるった第5波（二一年七～九月）の初期までの時期ということになる。

巻頭の登場人物一覧と各章のサブタイトルで示されているように、物語には大きく三つの舞台が設けられている。桜宮市の東城大学医学部付属病院。「梁山泊」なる謎の集団が暗躍する（？）浪速《なにわ》市。そして、この国の中枢である霞《かすみ》が関《せき》および官邸界隈だ。

未知のウイルスに直面し、それに対応するだけで精いっぱいだった『黙示録』の頃に比べると、本書が描く十か月間は、初期の緊張感もゆるみ、政府や行政の定見のない対応が目立った時期だった。ゆえに前作にもまして、『コロナ狂騒録』は政治家たちの右往左往ぶりを描いた「霞が関パート」の含有量が多い。

後世の読者はたぶん驚き、呆《あき》れるにちがいない。

なんなの、このマンガの登場人物みたいな政治家たちは！　そして、ふざけた展開は！　いくらフィクションでも、デフォルメしすぎじゃない？

客観的には私だってそう思う。しかし、この間の経緯をリアルタイムで見てきた同時代人のひとりとしていっておきたい。この小説のベーシックな部分はほぼ実話です。

もちろん巻末に「この物語はフィクションです」云々という断り書きがある以上、解説者の分際で「といっているけど、本当は実話です」とは書けないし、虚実とりまぜた「どこまでほんと？」感こそが、本書の魅力であることもわかっている。

とは申せ、固有名詞などは別として、本書の少なくとも政治界隈の動向は、私が報道などを通じて見聞きしてきた事実そのものだし、登場する政治家たちのモデルが誰かも容易に類推できる。本書の価値はむしろ「こんなことがほんとに起きていた！」という記録性にこそあるといってもいい。なのでまず、野暮を承知で、私が勝手に類推した政治家の実名も織り込みながら、この時期のできごとを簡単に振り返っておこう。

物語は安保宰三《あほさいぞう》（安倍晋三？）首相が突然の辞任を表明した直後の二〇二〇年九月からはじまる（それまでの経緯は3章の「別宮《べっく》レポート」に詳しい）。

九月十六日、形ばかりの総裁選を経て、安保内閣の剛腕官房長官だった酸ヶ湯儀平《すかゆぎへい》（菅義偉《すがよしひで》？）が首相に就任。当初こそ「パフェ（パンケーキ？）おじさん」なる愛称で売った酸ヶ湯首相だったが、ほどなく窮地に追い込まれる。「ＧｏＴｏ」事業の強行、「自助・共助・公助」なるスローガンの欺瞞《ぎまん》、そこに日本学術会議の新委員六名の任命を拒否するという異常事態が加わって支持率は下落。起死回生の一手として、酸ヶ湯が本格始動させたのが煮貝厚男《にがいあつお》（二階俊博《にかいとしひろ》？）幹事長肝いりの「ＧｏＴｏキャンペーン」だった。

ところが彼の思惑は見事に外れた。作中の表現を借りれば、酸ヶ湯がコロナ対策を無視したのに対し、〈人々はコロナを忘れなかった。いや忘れられなかった〉のだ。十二月、感染がまた拡大傾向に転じ、人々が第３波の到来を意識しはじめるなか、政府のコロナ対策分科会会長である近江俊彦《おうみとしひこ》（尾身茂《おみしげる》？）座長までがＧｏＴｏ事業への苦言を呈し、二一年一月、酸ヶ湯は二回目の緊急事態宣言を出さざるをえなくなった。

二〇二一年、酸ヶ湯政権はワクチン摂取体制の出遅れと、一年延期された東京五輪開催の是非をめぐってさらに迷走することになる。口先だけの豪間太郎《ごうまたろう》（河野太郎《こうのたろう》？）ワクチン担当大臣。自己ＰＲに余念のない小日向美湖《こひなたみこ》（小池百合子《こいけゆりこ》？）東京都知事。御用《ごよう》メディアが流す聖火リレーの映像と、市民から湧き上がった五輪反対論。

〈大メディアと市民感覚の乖離は、もはや修復できるレベルを、とうに超えていた〉

〈大音響で音楽を垂れ流すスポンサーの巨大な宣伝カーは、民主政治を踏み潰す、軍事政権の戦車のように見えた。市民の目に、五輪と政府の実相が見え始めた〉

右のような一文は、この時期の日本の状況をよく表している。

こうした官邸周辺の動きと平行して、本書が執拗《しつよう》に追うのは、浪速白虎《びゃっこ》党（大阪維新の会？）

が牛耳る浪速（大阪）府の動きである。酸ヶ湯首相と近い鵜飼昇《うかいのぼる》（吉村洋文《よしむらひろふみ》？）府知事と皿《さら》井《い》輝明《てるあき》（松井《まつい》一郎《いちろう》？）市長は、コロナ下にもかかわらず都構想の住民投票を決行するなど、もともとデタラメな政策が目だっていたが、かねて医療を軽視してきた帰結として、聖火リレーが全国を回る頃には、医療崩壊の危機を迎えるに至るのだ。

このように見てくると『コロナ狂騒録』はまるで政治批判の書のようだ。しかし、もしそれだけだったら、本書は現実の政治を揶揄《やゆ》しただけの「悪ふざけ」の域を出なかったかもしれない。本書の政治批判が虚実の「実」の部分に根ざしているとしたら、小説としてのおもしろさは周辺の「虚＝フィクション」の部分に由来する。

すなわち東城大学医学部付属病院および浪速梁山泊のパートである。

お読みになればわかるように、本書には相当大量な新型コロナウイルスに関する専門的な情報が含まれている。フィクションといったけれども、ここで批判されている検査体制の不備やワクチン情報もかなりの部分は「実」と考えるべきだろう。

ただ、注目したいのは終田千粒《ついたせんりゅう》なる怪しげな作家が登場することである。ベストセラー『コロナ伝』の作者だという終田は『続・コロナ伝』を構想中だったが、明治のコレラ対策で辣《らつ》腕《わん》をふるった後藤新平《ごとうしんぺい》が現代にタイムスリップする筋書きを思いつく。さらにはここに歴史家の宗像壮史《むなかたそうし》朗《ろう》博士（学術会議の任命を拒否された人物という設定だ）がからんで、現代のコロナ対策は歴史的な評価にもさらされることになる。

東城大学病院に取材に訪れ、そこではじめて医療現場が戦場のような状態であることを知った終田。８章「忘れられた病棟」は医療現場の悲鳴そのものに見える。

では作中で暗躍する謎の政策集団「浪速梁山泊」とは何ものか。安保前首相を倒すために結成されたという梁山泊は、安保の退陣によって一度解散したものの、浪速府の暴政を見かねて再開されたという設定である。

元浪速府知事の村雨弘毅《むらさめひろき》に共鳴した人々からなる浪速梁山泊は、おそらく二つの役目を担っている。ひとつは良心的な市民の声を代弁するトリックスター的な役割、もうひとつは政権の中枢に接近することで、彼らの「本音」を暴露する報告者としての役割だ。病理医の彦根《ひこね》、厚労省技官の白鳥、新聞記者の別宮らが所属する梁山泊は、フィクショナルな集団ではある。だが、彼らのレポートを伝える「地方紙ゲリラ連合」も含め、こういう集団が実在してくれていたら、と考える読者も多いのではなかろうか。

「実」の部を構成する人々が「マンガみたい」に見えるのは、「虚」を構成する東城大病院や梁山泊の存在があればこそ。彼らの視点を通して私たちははじめて（あらためて）日本のコロナ対策の杜撰《ずさん》さを、ひいては政治や官僚組織の劣化を思い知らされるのだ。

爆笑しつつ、次の瞬間には背筋が凍り、同時に怒りが込み上げる。これはそういう小説だ。

物語は二一年七月の東京五輪開催直前で幕を閉じるが、現実の日本がそのあとどうなったかを参考までに記しておくと、七月二十四日、四度目の緊急事態宣言下で五輪は予定通り開催されるも、感染はさらに拡大し、八月一三日、東京都の新規感染者数がピークを迎え（五九〇八人）、日本全国では八月二十日に過去最多（二万五九九五人）を記録した。九月に入って新規感染者数は漸減したものの、重傷者の急増とともに都市部では医療崩壊が起き、病院に入れない自宅療養者が続出した。二年間でもっとも深刻な波といえる「第5波」は、東京五輪の開催時期と見事に重なる結果となったのだった。

そして、本書の主役のひとり・酸ヶ湯首相のモデルとおぼしき菅義偉首相は九月三日、間近に迫った総裁選への出馬を見送ると表明。菅内閣は一年の短命政権に終わった。

〈どうなろうと知ったことか、と酸ヶ湯はひとり嘯《うそぶ》いた。／今や彼は蟬《せみ》の抜け殻のように固い殻だけで、中身のない虚《うつ》ろな存在になっていた〉

本書の末尾に示された、右のような予測通りの展開になったわけである。

つけ加えれば、二〇二二年五月現在、コロナ・パンデミックはまだ収束していない。二二年二月には第6波に突入し、全国ではじめて新規陽性者数が一日十万人を超え、東京都の感染者数も二万人を超えた。ワクチン接種率が上がったのに加え、第6波のオミクロン株はデルタ株に比べると重症化リスクが低いことから、五月二十三日には一年半ぶりに飲食店などへの規制が解除されるなど、徐々に各種の規制は解かれている。とはいえ、この二年半で失ったものは大きく、元の日常が戻ったとはいいがたい。

パンデミックの記憶は忘れやすい。コロナ禍の記憶もやがては薄れていくだろう。しかし、五輪の開催と引き換えに、政府が人命を危機にさらしたこの間の記憶／記録を簡単に忘れてはいけない。二二年五月現在、コロナウイルスによる死者は世界で六百万人以上。日本国内の死者も三万人に近づいている。東日本大震災の死者・行方不明者が二万人弱だったのに比べても、相当大きな災害（人災）を私たちは経験したのだ。

作者の海堂尊はこの作品について「公文書を改ざんし、黒塗り文書で事実を隠蔽《いんぺい》し、統計のデータをでっち上げる。そんな政府と官僚を前にしたら、史実は物語の中に残すしかありませんでした」と述べている。作者のストレートなメッセージは、この小説の随所にちりばめられている。笑いはときに最強の武器となる。近い将来、また襲ってくるであろう新たな感染症に対しても、本書はまたとない警告の書となるはずだ。

二〇二二年五月

宝島社
文庫

コロナ狂騒録　2021五輪の饗宴
（ころなきょうそうろく　2021ごりんのきょうえん）

2022年7月20日　第1刷発行
2023年5月 5 日　第2刷発行

著　者　海堂 尊
発行人　蓮見清一
発行所　株式会社 宝島社
〒102-8388　東京都千代田区一番町25番地
電話：営業 03(3234)4621／編集 03(3239)0599
https://tkj.jp
印刷・製本　中央精版印刷株式会社

First published 2021 by Takarajimasha, Inc.
ISBN 978-4-299-03157-0